ALL
MASTER

올마스터 4

박건 퓨전 판타지 소설

초판 1쇄 찍은 날 § 2006년 2월 2일
초판 1쇄 펴낸 날 § 2006년 2월 12일

지은이 § 박건
펴낸이 § 서경석

편집장 § 문혜영
편집책임 § 최하나
편집 § 문정흠

펴낸곳 § 도서출판 청어람
등록번호 § 제1081-1-89호
등록일자 § 1999. 5. 31
어람번호 § 제1-0672호

주소 § 경기도 부천시 원미구 심곡1동 350-1 남성B/D 3F (우) 420-011
전화 § 032-656-4452 팩스 § 032-656-4453
http://www.chungeoram.com
E-mail § eoram99@chollian.net

ⓒ 박건, 2005

ISBN 89-5831-969-0 04810
ISBN 89-5831-823-6 (세트)

[새로운 세계로의 접속]
ALL MASTER
박건 퓨전판타지 장편소설
4
용기사(龍騎士)
CHUNGEORAM FUSION FANTASTIC STORY

도서출판
청어람

Contents

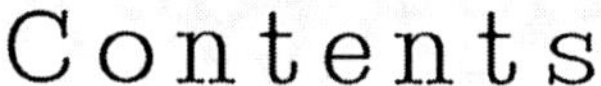

장난감 함정

Chapter 26

장난감 함정

2021년 10월 4일, 오후 11시 30분.

새까만 어둠을 넘어서자 고요한 침실이 눈에 들어온다.

평상시라면 능력치를 상승시키기 위해 명상이나 운동을 했을 테지만 난 그대로 침대 위에 누워버렸다.

"모르겠군."

에일렌은 삭제된 걸까? 하지만 왜? 그럴 이유가 전혀 없을 텐데.

나는 오른손을 들어 원을 그리듯 움직였고, 그와 동시에 정면의 마나가 동결된다. 이것뿐이군. 에일렌이란 존재가 있었다는 걸 증명하는 것은 겨우 이것뿐이다. 이제는 기술을 만들어낸 그녀보다도 더 완벽하게 사용하게 되었지만, 그것을 공유한 존재가 사라진 것이다.

예전의 나는 검의 양면에 음기와 양기를 모아 마나를 동결 상태로 이끌었지만 이제는 손등과 손바닥에 사용할 수 있다. 쉽게 말해 더욱더 빠르고 간단히 뿜어낼 수 있게 되었다는 것이지. 이 기술의 핵심은 결국 마나를 다루는 감각이었으니까.

마나의 동결은 이 세상 모든 에너지를 완벽에 가깝게 막아낼 수 있다는 점에서 효율성이 엄청난 기술이지만, 아쉽게도 난 별로 사용한 적이 없다. 아, 정확히 말하자면 안 사용했다기보다 못 사용했다는 표현이 맞겠군. 내 입장에서 보자면 굳이 이 기술을 사용할 만한 일이 없었으니까.

난 별 생각 없이 침대 옆에 놓여 있던 사과 하나를 들어서 허공으로 집어 던졌다. 천장까지 날아올랐다가 이내 포물선을 그리며 떨어지는 사과. 나는 오른손으로 부드럽게 원을 그렸고, 그대로 그 공간 안의 마나가 동결된다.

우뚝.

떨어지던 사과가 멈춘다. 시간이 멈추기라도 한 것 같은 장면이나 마나 동결의 유지 시간은 길어봐야 10초. 사과는 이내 땅으로 떨어져버렸다.

마나가 동결된 공간은 그 모든 에너지가 배제한다. 마법력, 물리력 그 모두를.

조금 전의 사과는 위치 에너지와 운동 에너지가 모두 배제되는 바람에 순간적으로 공중에서 멈췄던 것이다. 잘 사용하기만 한다면 날아오는 물건들을 멈추게 할 수도 있겠지.

"어디까지 강해질까나."

게임이라는 것에는, 특히 온라인 게임이란 것에는 보통 밸런스라는 게 존재한다. 한 명이 아닌 다수의 유저가 플레이하는 만큼 서로 공평

해야 하니까. 똑같이 게임해 온 유저인데 한쪽은 엄청 강하고, 한쪽은 약하다면 불평이 나오는 건 당연한 이치 아니던가.

하지만 난 이미 레벨의 범위에서 멀찍이 벗어났다. 기본적인 능력도, 마나의 활용도, 심지어 가지고 있는 장비와 재력까지 상식의 범위를 벗어나 버린 것이다. 그리고 그것들 중 상당 요소는 스스로 이해할 수 없었다.

먼저 메크로네스를 쓰러뜨려 얻은 이득들. 물론 메크로네스를 쓰러뜨린 건 온갖 우연과 내 능력의 결과인만큼 타이틀까지는 이상할 것도 없다. 하지만 클로즈 베타가 끝나고, 장비와 돈을 초기화하는 상태에서 굳이 나한테 아이템을 줄 필요가 있었을까? 그것도 일루젼 전체를 좌지우지할 만큼의 어마어마한 재화를?

두 번째는 바로 글레이드론의 존재. 물론 유저 중에는 나 말고도 최상급 환수를 쓰는 이가 있었지만, 최상급 소환수란 결코 가벼운 존재가 아니었다. 그나마 나니까 글레이드론을 이기고 계약했다? 물론 틀린 말은 아니지만 보통 유저들은 환계 연결을 해도 최상급 환수와 만날 수조차 없다. 그런데 다른 수단도 아니고 상급 환수의 알선에 이어졌다는 건 이상하지 않은가?

메크로네스 문제도 그렇고, 카이더스의 문제도 그렇고, 예전부터 이상하게 생각해 왔던 것들이 요번 알타그라 갑옷에 의해 확실해졌다.

"운영자들이 내 편의를 봐주고 있어."

대체 무슨 생각인 거지? 물론 그 편의라는 게 다 만만치 않은 거라 보통 유저들에게는 아무 소용도 없는 것들인 점은 사실이다. 솔직히 드래곤의 보화를 넘긴다 해도 메크로네스를 잡을 수 없으면 꽝이고, 최상급 환수를 만나게 해줬다고는 하나 글레이드론을 이길 수 없으면 꽝이다. 이번에 받은 알타그라 갑옷은 또 어떤가? 다른 녀석들이 그 딴 갑옷을 입었다가는 단숨에 눌려 죽고 말 것이다.

계속해서 밀려오는 의문에 머리를 싸매고 있는데, 멀찍이서 누군가 다가오는 기척이 느껴진다.

조심스레 다가와 문 앞에서 멈추는 두 개의 기척. 그것들은 잠시 머뭇거리는가 싶더니 문을 두들겼다.

"계세요?"

"계시다."

통명스럽게 답하자 문이 열리며 넬과 엘이 모습을 드러냈다. 화려한 드레스를 걸치고 있는 넬과 간편한 경갑을 걸치고 있는 엘. 넬은 잠시 두리번거리다가 침대에 누워 있는 내게 다가왔다.

"벌써 주무세요?"

"벌써라니? 오밤중이라고."

이미 11시를 넘어 자정에 가까운 시간이다. 물론 나로서는 이른 시간이지만 사람이 잠들기에는 충분한 시간이지.

내가 피곤하다는 제스처를 취하며 늘어지자 넬이 난감한 표정을 지었다. 머뭇거리는 넬. 그 모습을 보다못한 엘이 대신 말한다.

"무도회에 참가해 주시겠습니까?"

"무도회? 전부 거절이라고 했잖아."

내 말에 이번에는 넬이 미안하다는 표정으로 말한다.

"어마 마마께서 요청하신 거라서. 한 번만 같이 가주세요. 네?"

"하아……!"

별로 내키지 않는데… 평소라면 그냥 노는 기분으로 가주겠지만 지금은 에일렌의 일 때문에 머리 속이 복잡했다. 분노한 것도 슬픈 것도 아닌 기묘한 기분. 뭐 하나 분명하게 밝혀진 게 없어서인지 그녀의 존재 자체가 사라졌음에도 단지 허탈할 뿐 슬픔이 밀려오진 않는다.

"에, 괜찮으세요?"

"왜?"

"아뇨. 안색이 안 좋아 보여서……."

"그래?"

표시날 정도인 건가? 표정 관리는 어지간한 연극 배우보다 뛰어나졌다 생각하고 있었는데 말이야.

나는 고개를 들어 안절부절못하고 있는 넬과 엘을 바라보았다. 평소라면 내가 이 정도의 반응을 보이는 것만으로도 참여하지 말라고 먼저 나설 텐데, 저러고 있는 걸 보니 꼭 데려오라고 다짐을 받은 모양이군.

나는 한숨과 함께 몸을 일으켰다. 물론 무도회라는 건 밤늦게까지 하는 것이지만 이렇게나 늦은 시간에 초대라니……. 뭔가 이상하기는 하지만 따라주는 게 좋을 것 같군.

하지만 그 전에,

"내가 준 팔찌들은 아직 착용하고 있어?"

"팔찌? 이거요?"

넬이 오른손을 들어올려 금색의 팔찌를 보인다. 나는 엘을 바라보았고, 엘 역시 자신의 팔에 걸려 있는 팔찌를 보여주었다.

나름대로 다행이랄까. 나 역시 양팔을 들어올렸다. 내 오른팔에는 넬의 것과 같은 금색 팔찌가, 왼팔에는 엘의 것과 같은 은색 팔찌가 껴 있다.

"좋아, 둘 다 팔찌 낀 손을 내밀어봐."

"에? 난데없이 왜요?"

“내밀어.”

내가 정색하자 그녀들은 어리둥절해하면서도 팔을 내밀었다. 그럼 해볼까나? 나는 내 팔에 걸려 있는 팔찌들과 그녀들의 팔찌를 가볍게 접촉시켰다.

위잉!

“꺅?!”

“흡.”

난데없는 공명음에 엘은 긴장하고, 넬은 깜짝 놀라 뒤로 서너 걸음이나 물러선다.

잠깐! 엘이야 이미 마나를 깨우친 존재이니 그렇다 치고, 넬의 반응은 왜 이렇게 강하지? 어리둥절해하던 난 순간적으로 어떤 가설이 머리를 스쳐 지나갔다. 오호, 만약 그렇다면 아주 대박이겠는데? 나는 아직도 얼떨떨해하고 있는 넬에게 다가갔다.

“괜찮아?”

“아, 네. 그냥 깜짝 놀란 것뿐이에요.”

“왜 놀랐는데?”

“온몸이 찌릿하는 것 같은 느낌이 들어서…….”

“엘은?”

“저도 뭔가 따끔한 느낌이…….”

“다행이군. 둘 다 멀쩡했으면 조금 실망했을 텐데.”

“무슨 말이에요?”

“그다지. 다시 손 내밀어봐.”

내 말에 넬과 엘은 얼떨떨한 표정을 지으면서도 팔찌를 내밀었다. 이번의 목적은 공명이 아니니 별로 긴장할 필요 없는데. 나는 그녀들의 팔찌에 손을 얹은 후 마력 패턴을 읽었다.

"이대로라면 대충 열다섯 시간 정도인가……."

"네?"

"별거 아냐."

나는 어리둥절한 표정의 넬과 엘을 보고 웃었다. 이 팔찌가 뭔지 지금이라도 말해주고 싶지만 그래서야 극적 효과가 떨어지지. 나는 주머니 속에 손을 넣었다. 늘 말했다시피 인벤토리는 물건을 떠올리는 것만으로 물건을 꺼낼 수 있기에, 난 어렵지 않게 내가 원하는 물건들을 꺼낼 수 있었다.

내가 꺼내 든 것은 푸른빛을 뿜어내는 지름 5센티미터의 돌멩이 두 개. 나는 그것들을 잡아 마력치를 확인했고, 넬은 호기심 어린 표정으로 물었다.

"뭐예요, 그게?"

"상급 정석이라고 하는 거다. 그래 봐야 별로 알려지지는 않았겠지만."

파니티리스에는 정석이라는 개념이 거의 없다고 할 수 있다. 별 쓸모는 없지만 라비린토스에서는 오크를 잡아도 최하급 정석이 나오는데 반해 파니티리스에는 정석이 상급 정석부터 존재하니까.

하지만 상급 정석을 지니고 있는 존재는 최상위 몬스터로 결코 만만한 적이 아니다. 아니, 만만치 않은 걸 떠나서 파니티리스에는 최상위 몬스터가 거의 없지. 이모탈 트리(Immortal Tree)라든가, 그레이터 블랙 메탈(Greater Black Metal) 같은 몬스터는 세기만 더럽게 세지 이곳 사람들에게는 잘 알려져 있지도 않다. 여기 사람들이 알고 있는 정석은 기껏해야 드래곤 하트 정도인 것이다. 당연하지만 그걸 다루는 인간이 있을 리 없고.

나는 정석을 한 개씩 그녀들에게 넘겨주었다. 어리둥절해하면서도 그것을 받아 드는 두 명의 소녀들에게 나는 말했다.

"자, 그럼 둘에게 내가 부탁 하나만 해도 될까?"

"부탁이요?"

"그래. 내일까지 지금 끼고 있는 팔찌랑 그 돌들을 잠시도 몸에서 떼어놓지 마. 목욕을 할 때에도 가지고 있어야 하고 잘 때도 들고 지는 거야."

"엣? 왜요?"

"비밀. 하지만 너희들한테도 나쁜 일은 아니니까 절대 잃어버리거나 하지 마. 알았지?"

"흐음, 뭔지는 모르겠지만 알았어요."

"엘은?"

"알았습니다."

나는 고개를 끄덕이는 두 소녀를 보고 만족스럽게 웃었다. 이제 내일 정도면 결과가 나오겠군. 벌써부터 궁금해지는데? 내가 혼자 좋아하고 있자 엘이 물었다.

"저기… 무도회장에는 참석하시겠습니까?"

"우리 귀여운 아가씨들이 부탁하는데 가야지, 뭐."

나는 투덜대며 재킷을 벗고 넬과 엘이 멍해 있는 사이 상의마저 벗었다. 상체 노출. 물론 내 피부 위로는 메크로네스 아머가 씌워져 있긴 하지만 어차피 투명한 것이라 안 입은 것이나 마찬가지였기에 기겁하는 소리가 들린다.

"꺄악! 지, 지금 뭐 하는 거예요?!"

"무도회에 가야 한다면서? 적절한 복장으로 갈아입으려는 거다."

"말도 안 돼! 숙녀들 앞에서 어떻게……!"

"숙녀들?"

어리둥절한 표정으로 주변을 둘러보자 넬은 순간적으로 발끈했지만 내가 바지에 손을 대자 화들짝 놀라 몸을 돌렸다. 귀여운 것들. 나는 '훗' 하고 웃어준 후 바지마저 벗으려 했지만 엘이 내 몸을 빤히 바라보고 있는 탓에 그러지 못했다.

"그 상처… 괜찮으신 겁니까?"

"상처?"

나는 잠시 의아해하다가 그녀가 가리킨 상처의 정체를 파악하고 씁쓸한 표정을 지었다.

그녀가 가리킨 상처, 아니, 이걸 상처라고 하기는 조금 뭐하겠군. 이건 상처라기보다는 흉터다. 내 과거가 나에게 남긴 흉터. 그건 대충 두 뼘 정도 되는 것이었는데, 내 가슴 한복판에 있었다.

"칼에 찔린 상처로군요."

"그렇게 표시가 나냐?"

나는 어깨를 으쓱했다. 과연 검과 마법이 난무하는 파니티리스라서 그런지 이런 꼬마마저도 한 번에 알아보는군. 현실에서의 사람들은 전부 이 상처를 보고 교통사고를 생각했는데 말이야. 사고방식의 차이려나?

"상당히 큰 상처인데 괜찮으십니까?"

"어릴 때 찔린 거라서 괜찮아. 저기, 그런데……."

"네?"

나는 엘을 바라보면서 난처한 표정을 지었다.

"계속 보고 있을 생각이야?"

"아, 죄, 죄송합니다!"

엘은 새빨갛게 얼굴을 물들인 채 몸을 돌렸고, 난 그 틈을 이용해 옷을 갈아입었다. 전체적으로 양복 비슷한 이미지의 옷인데 어깨 부분이 좀 끼는군. 난 헐렁한 옷이 마음에 드는데 말이야.

옷매무새를 정리한 후 에일렌이 잠들어 있는 목걸이를 안 보이게끔 옷 속으로 집어넣었다. 이게 좀 많이 화려한 물건이라 누가 산다고 덤벼도 골치 아프니까.

"다 입었어."

"……."

"다 입었다고."

"아! 가, 갈까요? 안내하겠습니다!"

깜짝 놀라 앞으로 나서는 엘. 나는 그녀를 따라 걸었고, 넬은 내 옆에 서서 걸었다.

뭐가 그렇게 급한 건지 뒤조차 돌아보지 않고 앞서 걸어나가는 엘을 보며 나는 넬에게 물었다.

"왜 저래?"

"헤헷, 녀석이 남자 경험이 부족해서 그러니 이해하세요."

아니, 글쎄. 너도 그리 많아 보이지는 않는데 말이야.

나는 걸어가면서도 헛웃음을 지었다. 엘도 그렇지만 넬도 내가 바지에 손을 대니 깜짝 놀라 돌아섰었지. 평소 자기 치마는 잘도 걷어 올리는 주제에 겨우 상체 보고 당황하다니, 여자란 존재는 애든 어른이든 이해할 수가 없군. 나체를 보여주러 갔던 바바리맨이 코트를 뺏기면 당황해하는 거랑 같은 이치인가?

"……"

아니지. 그것이랑은 전혀 상관없지.

난데없이 떠오르는 잡념을 떨치며 주변을 살핀다. 늦은 시간임에도 들려오는 음악 소리. 아마 무도회장에서 들려오는 것이겠지. 넬은 무도회장 근처까지 왔다는 것을 깨닫고 말했다.

"언제까지 그렇게 갈 거야? 나, 호위 안 해?"

"아, 네……."

엘은 머뭇거리는 동작으로 넬의 뒤로 돌아왔다. 나를 한 번 돌아보더니 다시 한 번 얼굴을 붉히는 엘. 이거 생각보다 오래가는 거 아닌가 하고 걱정했는데, 다행히 무도회장이 가까워질수록 눈에 띄게 회복되는 게 느껴진다. 보기보다 자기 제어가 되는 녀석이로군. 귀족들이 잔뜩 모여 있는 장소에서 공주의 호위가 얼굴을 붉히고 있어서는 안 되니까 말이야.

우리들이 무도회장 입구에 도착하자 입구에 서 있는 기사들이 길을 비켜선다.

넬의 얼굴을 확인하고 몸을 돌리는 시종 하나, 그는 작게 헛기침을 하더니 소리쳤다.

"이레인 제1공주 네레이드 이레인님께서 들어오십니다!"

시종의 외침을 들으며 무도회장 안으로 들어섰다. 당연하지만 호위 기사인 엘과 나는 넬의 뒤편에서 그녀를 따랐는데, 그 모습을 본 귀족들이 웅성거리기 시작했다.

"저 사내가 그 소문의……."

"생각보다 젊군."

"매일 공주님 방에서 연주한다고 하던데."

“마법사겠지?”

나름대로 소곤소곤 이야기하고는 있겠지만 귀가 밝은 관계로 다 들린다. 전체적으로 그다지 나쁘지 않은 분위기라 다행이군. 십여 일간의 연주가 그럭저럭 효과를 본 모양이었다.

“오랜만이군. 이름이 밀레이온이라고 했던가?”

“다시 뵙게 되어 영광입니다, 클로니아 왕녀님.”

처음 만났을 때는 말도 못할 정도로 시건방진 분위기였는데 이제는 꽤 잠잠하군. 사람들 앞이라서 그런 건지, 아니면 내 연주가 마음에 들어서 그런 건지는 모르겠지만 나로서는 환영할 만한 일이다.

“왔군요.”

“초대해 주서서 감사합니다.”

라고 예의상 말하지만 솔직히 오밤중에 뭔 짓이야, 이게? 자정에 춤출 기분이 나나?

속으로는 구시렁거리면서도 겉으로는 태연히 웃는다. 기분이야 꿀꿀했지만 표정은 뻔뻔스러울 정도로 부드럽게 나가는 것이다.

이거, 상황 시험의 영향이 너무 오래가는군. 굳이 마음먹지 않아도 주변 상황을 살피고는 나도 모르게 거기에 맞춰 행동하게 된다.

“어머, 밀레이온님도 오셨나요?”

“부름을 받아서요.”

‘어어’ 하는 사이 왕족들이 슬금슬금 모여든다. 내가 그들 모두를 알고 있다는 사실에 넬은 내 귀에 입을 대고 속삭였다.

“언니들과 어머니는 또 어떻게 알고 있는 거예요?”

“이러저러하다 보니.”

분위기를 보아하니 내가 왕을 치료했다는 정보는 퍼지지 않은 모양이군. 하긴 뭐, 내가 왕을 치료했다고는 해도 겨우 두세 시간이 지났을 뿐이다. 아마 분위기를 봐서 왕비가 발표를 하겠지.

왕비와 공주들 덕택에 쓸데없는 귀족들이 다가올 일은 없어 덜 귀찮은 편이지만, 이쯤 되면 궁금해지기 시작하는군.

나한테 와서 말을 걸지는 않았지만 한쪽에서 담소를 나누고 있는 포랜스까지 치면 무도회장에는 이미 상당수의 왕족이 모여 있었다. 어디 그뿐인가. 현재 시간이 자정이라는 걸 생각할 때 무도회장에 모여 있는 귀족의 수 역시 지나칠 정도로 많았다.

"억지에 가깝게 불려왔다는 걸 생각할 때 뭔가 심상치 않은데……."

"응? 뭐라고요?"

"아무것도 아냐. 그리고 존대 쓰지 마. 사람들이 보면 어떻게 하려고 그래?"

"예의 바른 왕족이구나 하겠죠. 그나저나 오빠야말로 반말하시면 어떻게 해요?"

"나야 안 들리게 하니까."

"말도 안 돼."

나는 볼을 부풀리는 넬의 모습에 웃으려다 주변의 시선을 생각해 자제했다. 그나저나 정말 왜 부른 거야? 설마 하니 날 무도회에 한번 참가시키고 싶어서는 아닐 테고, 연주라도 시키려는 속셈인가?

왕비가 무슨 말을 꺼내지 않을까 싶어 분위기를 살피는데, 한쪽에 있던 노인이 그녀에게 다가가는 모습이 보인다. 저 노인네는 분명 넬의 숙부이자 그녀를 위험에 처하게 했던 데딘트 공작이겠지? 그는 잠시 주변을 살피더니 왕비에게 다가가 말했다.

"준비가 끝났습니다."

귓속말이라고는 하지만 약간만 귀 기울이면 못 들을 것도 없다. 그나저나 준비가 끝났다니? 뭔가를 하려고 하는 건가?

약간은 어리둥절해하고 있는데 왕비가 몸을 돌려 말한다.

"잠시 할 말이 있으니 모두 따라오너라."

"네? 갑자기 무슨……?"

왕비는 더 이상의 질문을 받지 않는다는 듯 몸을 돌려 걷기 시작하자 넬과 에리카, 그리고 클로니아와 포랜스는 어리둥절한 표정을 지으면서도 그녀를 따라갔다. 나 역시 넬과 동행하고 있던 만큼 따라가려 했지만, 근처에 있던 기사 하나가 다가와 길을 막는다.

"당신이 따라오는 것은 허락되지 않습니다."

"엘루미아 양은 가는데 저는 안 되는 것입니까?"

"엘루미아?"

"공주님의 호위기사 말입니다."

"아, 그녀는 따로 지시 사항이 있어 그렇습니다. 왕비님의 용무가 끝날 때까지 기다리십시오."

뻣뻣한 표정의 기사를 보고 약간은 어이없어했다. 모르겠군. 날 부른 이유가 뭐지? 분위기를 보아하니 넬에게는 날 꼭 데려오라고 시킨 것 같은데, 그래 놓고는 방치하려 들다니.

나는 슬쩍 주변을 살폈다. 혼자 남겨진 날 보고 수군거리기 시작하는 귀족들. 이거, 이대로 있으면 귀찮아지겠군. 나는 멀뚱히 서 있는 대신 무도회장을 빠져나오는 방법을 택했다. 이러나저러나 요새 들어 난 꽤 유명해졌기 때문에 왕족이라는 방패가 없으면 개나 소나 와서 짖어 댈 가능성이 높았고, 그렇게 되면 여러모로 귀찮아질 테니까.

난 무도회장을 벗어나 테라스로 나왔다. 요새 날씨가 쌀쌀해서인지 테라스에는 아무도 없었고, 난 난간에 기댔다.

"뭔가 꾸미고 있는 것 같군."

처음부터 이상했다. 모든 초청을 거절하고 있던 날 강제에 가깝게 부른 것도 그렇고, 부른 다음 모른 체하는 것도 그렇다. 혹시나 임금을 구한 걸 치하하지는 않을까 생각했지만 그럴 것 같지도 않다.

왕비는 대체 무슨 생각을 하고 있을까. 나 같은 외인이 함부로 판단하는 것도 웃기는 일이지만, 이레인의 왕 란스는 한 나라의 국왕이 되기에 부족함이 없는 인물이었다. 그런데 그런 그를 독살하려고 한다? 반역이란 그 이름만으로도 나라 전체를 들썩일 만큼 무시무시한 죄다. 나라 전체가 혼란에 빠진 것도 아닌데 저지르기에는 너무 위험하지 않은가?

이런저런 생각을 하고 있는데 누군가 다가오는 기척이 느껴진다. 전체적으로 가벼운 발걸음에 나긋나긋한 움직임. 귀족 부인이로군. 나는 작게 한숨 쉬며 몸을 돌렸다.

내 눈앞에 모습을 드러낸 것은 분홍빛 도는 드레스에 화려한 외모의 여인이었다. 나이는 대충 20대 중, 후반쯤 되어 보이는 그녀는 나를 보고 놀란 표정을 지었지만 연극에는 도가 튼 난 그 표정이 가식이라는 것을 알 수 있었다.

"어머, 나와 계신 분이 있었군요?"

"하하, 무도회장 같은 곳은 별로 맞지 않아서."

어쨌든 상대는 귀족이라는 생각에 올라오던 짜증을 숨기며 웃었다. 잠시 서 있다가 슬쩍 내 옆으로 다가온 귀족 여인은 내 얼굴을 올려다 보더니 웃었다.

"소문을 못 들은 건 아니지만 미남이시군요. 몸매도 멋지고."

"감사합니다."

물론 일루전 속의 몸은 현실의 몸을 투영할 뿐이므로 게임 속에서 아무리 운동해 봐야 몸매가 좋아지거나 하지는 않는다. 때문에 몇만 시간 동안 검을 휘둘러 온 소드 마스터가 비만이라는 약간은 우스운 일이 벌어질 수도 있는 것이지.

이러니저러니 해도 평소에 몸 관리를 하고 있는 나와는 상관없는 말이다. 요새는 넬과 여행을 함께하다 보니 시간이 많이 남아 수면 시간도 세네 시간으로 늘리고, 운동 시간도 두 시간 이상으로 늘릴 수 있었다. 누가 뭐라고 해도 넬이나 엘은 여덟 시간 가깝게 자니까. 예전처럼 근처에 사냥할 몬스터가 있는 것도 아니어서 플레이 시간을 조금 줄인 것이다.

"무덤덤하시네요."

"네?"

"무덤덤하다고요. 제가 매력이 없나요?"

그녀는 내게 몸을 기대며 귓가에 숨을 불어넣었다. '이거, 진도가 너무 빠르군' 이라는 생각이 먼저 들기는 하지만 충분히 매력적인 여인이다. 들어갈 곳은 들어가고 나올 곳은 나와 전체적으로 늘씬한 몸매에 눈에 확 띌 정도로 화려한 복장.

어지간한 사내는 단숨에 매혹시켜 버릴 것 같은 표정으로 그녀는 말했다.

"어때요? 이 근처에 조용한 장소가 있는데……."

"……."

매혹적이다. 물론 매혹적이기는 한데 왜 관심없는 나한테 와서 이러시나?

나는 쓴웃음을 지었다. 미안한 말이지만 그녀가 아무리 매혹적인 분위기를 풍긴다고 해도 유혹 전용 NPC 루네스에 비할 바는 아니다. 외모든 분위기든 압도적으로 밀리기 때문에 이러는 모습을 보면 솔직히 우습게까지 보이니까.

게다가 내가 이런 상황에서 유혹이나 당하고 있을 리가 없지 않은가. 만약 루네스를 만나지 못해 그녀를 매혹적이라 느낀다 해도 유혹당할 가능성은 전혀 없는 것이지.

나는 그녀를 돌아보지도 않고 말했다.

"죄송합니다."

"네?"

"머리가 복잡해서 잠시 동안은 혼자 있고 싶군요. 쉬게 해주시겠습니까?"

설득하기도 귀찮으니 그냥 가줬으면 좋겠는데. 역시 게임을 즐기려고 마음먹었다면, 처음부터 글레이드론을 소환하고 기사단 모조리 쓸어버린 다음에 '나를 막을 자가 누구인가. 므하하하하!' 하고 소리쳤어야 했어. 그럼 전투신이라도 많았을 거 아냐?

내가 터무니없는 생각에 피식 하고 웃을 때 잠시 조용히 있던 귀족 여인이 말했다.

"건방져."

"하?"

난데없는 소리에 고개를 돌려 귀족 여인의 모습을 바라보았다. 약간은 일그러진 얼굴로 나를 바라보는 청발의 여인. 그녀는 잠시 나를 노려보다 말했다.

"주변에서 떠받들어 주니까 자기가 대단한 존재라도 된 것 같나? 왕족들이 친한 척하니까 한자리라도 받을 것 같아?"

"무슨 소리를 하는지 모르겠군요. 저는……."

"시끄러! 네가 감히 나를 거부해? 네 까짓 게 아무리 잘나봐야 언제든 가지고 놀아도 무방한 천민일 뿐이야! 우리들과는 엄연하게 다른 존재란 말이다!"

난 이성을 상실한 것 같은 그녀의 모습에 헛웃음을 지었다. 애구애구! 이래서 무도회 같은 건 오기 싫었는데 말이야. 하지만 그렇다고 노처녀 히스테리나 들어주는 것도 짜증나는 일이기에 난 고개를 돌려 말했다.

"가십시오."

"뭐라? 네놈이 감……."

"내 눈앞에서 당장!"

내가 가볍게 살기를 뿜자 그녀의 안색이 당장 창백해지기 시작한다. 대충 보니 그녀도 소환술을 사용할 수 있는 것 같기는 하지만 대충 11레벨 정도의 능력밖에는 없다. 좀 무리를 하자면, 살기만으로도 해치울 수 있을 정도니 화 좀 났다고 이 느낌을 무시할 수는 없겠지.

그녀는 뭔가 더 말하려는 듯 벙긋거리기는 했지만, 결국 그러지 못하고 '흥!' 하는 소리와 함께 몸을 돌렸다.

"슬슬 이 나라도 떠날 때가 된 것 같군."

내가 넬에게 준비해 놓은 일들이 발휘되는 데까지는 열다섯 시간 정도가 걸리니 내일 오후 정도면 모든 게 정리될 것이다.

그래, 애초부터 이 나라에 너무 오래 머물렀어. 해야 할 퀘스트도 잔뜩 있고, 잡아야 할 마족도 잔뜩 있으니 슬슬 다른 유저들과 합류하든지 해서 퀘스트를 진행해야 한다.

"확실히 이래가지고는 언제 타이탄을 얻게 될지 모를 지경이로군. 예술가 레벨을 올린 건 나쁘지 않지만 그동안 너무 늘어졌… 응?"

혼자 중얼거리던 난 무도회장에서 한 무리의 사람들이 다가오는 것을 느끼고 입을 다물었다. 무슨 일인가 하고 보니 수십 명의 귀족이 테라스로 몰려나오고 있었다.

"어떤 자식이야?"

"저놈이에요."

난 어이가 없어서 귀족들의 모습을 바라보았다. 귀족들의 맨 앞에는 조금 전에 도망간 귀족 여인이 있었고, 그 옆에는 상당한 덩치를 가지고 있는 사내 하나가 나를 노려보고 있었다.

내 모습을 발견하고는 콧김을 뿜으며 다가오는 귀족 사내, 그가 말했다.

"감히 내 아내를 유혹하려든 게 네놈이냐?"

"유혹?"

헛웃음이 나온다. 유혹이 안 먹히니 누명을 씌우는 저 여자도 참 대단하군. 어처구니없는 일에 휘말렸다고 황당해하고 있는데 귀족들이 수군거리기 시작한다.

"그럼 그렇지."

"연주를 잘한다고 핏줄이 바뀌는 건 아니니까."

"비천한 평민이란……."

비교적 호의적이라 생각했던 분위기는 이미 돌변해 버린 상태였다. 경멸의 눈으로 나를 바라보는 귀족들. 그러자 그들의 호응에 힘을 얻은 듯 덩치가 소리쳤다.

"감히 내 아내를 건드린 대가를 치를 준비는 되어 있겠지?"

"어처구니없는 말이군요. 대체 무슨 증거로 제가 그녀를 유혹했다는
겁니까?"

"닥쳐라! 그럼 내 아내가 거짓말을 했다는 것이냐!"

덩치는 더 생각할 필요도 없다는 듯 주먹을 휘둘렀다. 매서운 기세
이기는 한데 곱게 맞아줄 수야 있나. 나는 고개를 우로 틀어 가볍게 피
해낸 후 그대로 녀석의 배를 후려쳤다.

퍼억!

혹시라도 녀석이 죽을까 봐 최대한 자제했지만 그래도 타격이 꽤
컸던 듯 녀석은 복부를 잡고 나뒹굴었다. 아, 저질렀군. 결국 저지르
고 말았어! 나는 한숨 쉬었고, 그 광경을 본 귀족들이 떼로 덤벼든
다.

"저 자식이 감히!"

"죽여!"

잠깐! 뭐? 덤벼든다고?

말도 안 돼. 모름지기 귀족이라고 하면 조금 더 고상하고 육체적인
고통을 싫어하는 그런 존재일 텐데. 그런 귀족들이 동료가 얻어맞는
모습을 보고 단체로 덤벼들다니? 뒤로 물러나서 소리나 꽥꽥 지르는
게 보통 아닌가?

나는 제일 앞에서 덤벼드는 녀석의 주먹을 피한 후 다리를 걸어 넘
어뜨렸다. 옆에서 나를 잡으려 하는 녀석의 턱을 가볍게 쳐 뇌진탕을
유도한 후 몸을 틀어 포위망에서 빠져나왔다.

단단히 쥐어진 주먹을 연속해서 휘두르는 사내와 주먹질이 빗나가

자 팔꿈치로 안면을 공격해 오는 사내.

뭐야, 이 자식들? 싸우는 방법을 알고 있잖아? 설마 하니 이레인에서 부국강병을 위해 귀족 전부에게 무술 연습을 시켰을 리 없으니, 지금 상황은 결코 정상이 아니라는 말이다.

퍽!

"크윽……!"

신음 소리와 함께 마지막으로 덤벼들던 사내마저 쓰러졌다. 아, 물론 그들은 싸우는 방법을 알고 있지만 그것은 어디까지나 인간 레벨의 경우이고 승부에 별다른 영향을 끼치지는 못했다. 바닥에 쓰러져 괴로워하는 사내들. 뒤에서 구경만 하던 귀족 부인들과 싸우지 않은 사내들은 경악 섞인 탄성을 내질렀다.

"혼자서 수십 명을 쓰러뜨리다니!"

"맙소사!"

사람들은 놀랐지만 나는 쓰러진 귀족들 앞에서 한숨 쉬었다. 저질렀다. 저질렀다고… 이 일을 어쩌지? 역시 그냥 다 쓸어버려야 하나?

하아, 평상시의 나였다면 이런 바보 짓은 저지르지 않았을 텐데 말이야. 아무래도 드워프 마을에 갔던 건 실수인 것 같다. 머리 속만 복잡하니 쉽사리 흥분해서 일을 그르치고 마는 것이다.

"이게 무슨 일이냐?"

엄숙한 목소리와 함께 무도회장 쪽에서 꽤나 강맹한 기운이 다가온다. 이레인 왕국 귀족들의 실질적인 리더이자 상급 소환사인 데딘트 공작. 그는 잠시 쓰러진 귀족들을 둘러보더니 차가운 눈으로 내 쪽을 바라보았다.

"어이가 없군. 감히 평민 따위가 귀족을 폭행한 건가?"

"곱게 얻어맞을 수는 없는 일이니까요."

내가 피식 하고 웃자 데딘트 공작의 눈썹이 꿈틀거렸다. 약간 분노한 모습이었지만 노련한 정치인답게 흥분을 가라앉힌다.

"허허, 어떻게 생각하면 오히려 잘된 건지도 모르겠군. 난 네놈을 체포하러 나온 길이었으니까."

"체포?"

"그래, 체포."

미소 짓는 그의 뒤로 수십 명의 기사가 모습을 드러내는 것이 보인다. 무장한 채 일렬로 늘어서는 기사들. 데딘트는 자신의 뒤로 무도회장에 있던 모든 귀족들이 모여든 것을 확인하고는 말했다.

"이자는 자신의 얕은 재주를 이용해 왕국을 도탄에 빠뜨리려 하였다!"

그의 말에 귀족들이 웅성거리기 시작한다. 뭐? 왕국을 도탄에 빠뜨려? 나는 어이가 없어 물었다.

"대체 무슨 근거로 그런 주장을 하시는 겁니까?"

"근거? 네놈은 그릇된 연주로 사람들을 매혹시키고 귀족들을 구타했다!"

"연주는 그냥 연주였을 뿐이고, 싸움은 정당방위였소. 겨우 그걸 죄라고 뒤집어씌운단 말입니까?"

"닥쳐라, 반역자! 네놈은 오늘 국왕 폐하 앞에서 병을 치료한다는 명목 하에 연주한 것을 시인하는가?"

느닷없는 말에 의심쩍은 기분을 느꼈다. 아무리 생각해도 상을 줄 분위기가 아닌데 왜 내 공로를 꺼내 드는 거야? 저런 일은 오히려 꼭꼭 감춰놔야 하는 걸 텐데. 아무튼 그 말은 사실이기에 고개를 끄덕였다.

"맞소."

"역시 인정하는군. 네놈의 연주를 들은 폐하께서는 며칠을 더 버틸 지 알 수 없을 정도의 중태에 빠지셨다."

"헛소리. 난 분명……."

"닥쳐라! 근위대는 무엇을 하느냐?!"

데딘트의 말에 따라 기사들이 다가와 내 몸을 붙잡는다. 어이가 없어 가만히 있는 나에게 귀족들이 수군거리는 소리가 들려온다.

"정말로 저분이 폐하를 중태에 빠뜨린 건가요? 저분의 연주를 좋아했는데."

"분은 무슨 분, 귀족들을 구타하는 거 못 봤습니까? 녀석은 흉악범이라고요."

"하지만 연주 솜씨 하나는……."

"그래 봐야 평민은 평민. 재주를 키운다고 해도 핏줄이 변하는 건 아니지."

의견은 분분했지만 난 그 모습에서 이 모든 상황이 함정이었다는 것을 깨달았다.

아아, 이제야 알 것 같군. 여왕이 왕족들을 모두 데려간 것은 내 편을 없앰과 동시에 국왕 치유의 유일한 목격자인 에리카를 치우기 위해서이다. 그리고 나한테 귀족 여자를 보낸다. 유혹하면 유혹한 대로 좋고, 실패한다면 귀족과 싸울 만한 상황을 만드는 것이다. 결국 귀족들이 나를 두들겨 패면 예술가로서 내가 가지고 있던 모든 신비성은 사라지는 것이다.

물론 녀석들은 내가 오히려 쓰러뜨리는 상황을 염두에 두지 못했겠지만, 결과적으로는 비슷하게 되고 말았다. 내가 귀족들을 패게 되는 바람에 오히려 귀족들의 반감을 사게 된 것이다. 이상하게 무도회치고는 여자가 너무 적은 것 같더니, 나를 몰아내는 데 호응할 만한 여론을 만들려 했던 건가?

"하하하!"

만약 내가 그들이 뭔가 하기도 전에 달아났으면 어떻게 되었을까? 그러면 그들은 나를 국왕 살해범으로 수배했을 것이다. 만약 귀족 여인의 유혹에 넘어갔다면? 그러면 또 불륜을 발견한 것처럼 해 시비를 걸었겠지.

잊고 있었다. 완전히 잊고 있었다, 이곳은 그들의 나라라는 것을. 이곳은 그들의 왕국, 그리고 나는 근본도 모르는 외부인.

웃기다. 너무 웃겨서 웃음조차 나오지 않는다. 일루전도 설정, 아주 죽이게 짰구나. 게임 속이라면 조금 더 아름답고 이상적인 NPC들이 있어도 괜찮을 텐데. 이렇게나 현실적인 캐릭터들을 만들면 어떻게 하나. 이래서 장사하겠어?

혼자서 피식거리고 있는데 내 몸을 잡고 있던 기사가 팔을 잡아당긴다.

"움직여라, 반역자!"

"벌써 반역자 취급인 겁니까? 전 댁 나라 사람도 아닌데요."

"시끄러우니 움직여라!"

그들은 무뚝뚝한 표정으로 말했지만 조금 당황하고 있을 것이다. 왜냐하면 대여섯 명의 기사가 내 몸을 잡아끌고 있는데도 내 몸이 끌려가지 않고 있거든. 만족스러운 표정을 짓고 있던 데딘트도 뭔가 이상함을 깨달은 건지 짜증을 냈다.

"뭣들 하고 있는 거냐?"

“아, 아닙니다. 이자의 몸이 꼼짝도 하지 않아서…….”

“그게 말이 된다고 생각하나? 빨리 끌고 가!”

“예, 옙!!”

기사들은 비굴하게 고개를 끄덕인 후 다시 내 몸을 잡고 낑낑대기 시작했다.

하지만 그런다고 끌려가지는 않지. 지금 내 발은 착(着)을 이용해 땅에 단단히 붙은 상태거든. 대여섯 명이 아니라 수십 명이 달라붙는다 해도 끌고 갈 수 없을 것이다.

“지금 장난하고 있는 건가?”

“아, 아닙니다. 저도 대체 무슨 일인지…….”

기사들은 당황한 표정으로 내 몸에 달라붙었다. 나중에는 수십 명의 기사 모두가 내 몸에 달라붙었지만 날 끌고 가기는커녕 넘어뜨리지도 못한다.

“힘들어 보이는군. 도와줄까?”

나는 피식 웃으며 오른팔을 들었다. 내 오른팔을 잡고 있던 기사는 여섯 명. 나는 오른팔을 뒤로 당겼다가 휘둘렀다. 약간의 저항이 느껴지기는 했지만 별로 방해될 수준은 아니다.

“으아악?!”

“이, 이게 무슨?!”

경갑을 입은 대여섯 명의 기사들이 쭉 날아가 벽과 충돌하자 사람들이 경악한 표정으로 나를 바라보기 시작했다. 신기한가? 나는 웃으며 왼팔마저 뒤로 당겼다가 휘둘렀다.

“으아아악!”

다시 대여섯 명의 기사가 날아가는 모습에 경악한 기사들이 내 몸에서 떨어지려 했지만 늦었어.

나는 내 다리를 잡아당기고 있던 녀석들을 걷어차고, 내 몸통을 잡고 있던 녀석들을 잡아 다른 기사들을 향해 집어 던졌다. 상상을 초월하는 괴력 앞에 그들은 무력했고, 삽시간에 근위기사단 전부가 쓰러졌다.

"맙소사!"

"대체 어떻게 된 거야?"

"말도 안 돼!"

귀족과 기사단은 삽시간에 혼란에 빠졌다. 어마어마한 타격을 입고 비틀거리는 기사단들. 데딘트는 그런 그들의 모습에 분통이 터지는지 마력을 집중시켜 주문을 외웠다.

"오호, 소환술?"

나는 약간 놀란 표정을 지었다가 1분 정도 이어지는 주문에 코웃음 쳤다.

이거야 원, 마법 쓰는 것도 아니고 언제 소환하려고 그래? 멜피스처럼 이름만 불러 소환하지는 못하더라도 명색이 서몬 마스터가 나보다는 빨라야지. 난 중급 소환사 주제에 최상급 소환수를 부르는 데 11초밖에 안 걸리는데 말이야.

어쨌든 소환술이 끝난 건지 전신 갑주를 입은 미노타우르스가 모습을 드러낸다. 그런 자신의 소환수를 보자 자신감을 찾은 건지 웃음을 터뜨리는 데딘트. 그가 말했다.

"역시 위험 인물이었군. 제법 재주가 있는 듯하지만, 내 소환수 카르우리안의 힘이라면 단숨에……."

"그걸로 되겠습니까?"

나는 음험하게 웃었다. 음험하고 사악하게 웃으며 그를 바라보았다.

재미있군. 상황이 아주 재미있게 돌아가고 있어. 그러니까 저 녀석은 지금 날 잡아두려고 하는 거지? 하지만 난 왕비에게 국왕은 3일 만에 일어난다고 말했고, 녀석 역시 그것을 알고 있을 것이다.

왕이 깨어나서 내가 그를 치료했다고 말한다면 녀석들은 모조리 끝장이다. 하지만 그럼에도 나를 죄인으로 몰아가려고 한다면 상황이야 뻔하지.

나는 웃었다. 그냥 웃는 게 아니라 아주 사악하고 위협적이게 웃었다.

그리고 그런 내 웃음에 데딘트가 질린 표정으로 물러섰다.

조금은 혼란스러울 거다. 절대 다수임에도 '이길 수 없다'라고 생각하는 자신이.

잠시 망설이는 데딘트 공작. 하지만 그는 이내 결심한 듯 기사들을 보고 말했다.

"모두 소환술을 사용해라!"

"네? 하지만……."

"내 말이 안 들리나!"

"네, 넷!"

데딘트의 서슬에 놀란 기사들이 주문을 외우기 시작했다. 사방에 떠오른 소환진과 함께 모습을 드러내는 수십 마리의 소환수들. 그것들은 주인의 명령에 따라 낮게 으르렁거리기 시작했다.

"이거야 원."

내가 입을 열자 소환된 소환수들이 일시에 나를 주시했다. 주인들이 한 번씩 얻어맞은 상태이기 때문일까, 아니면 소환사들이 나를 쓰러뜨리기 위해 소환했기 때문일까?

소환수들은 위협적인 이빨을 드러내며 으르렁거렸다. 나를 향한 명백한 적의. 나는 고개를 들어 녀석들을 마주 보았다.

전신의 기운이 폭풍처럼 일어나 환수들을 잡아 짓누르기 시작했다. 그것은 마치 한 마리의 야수처럼 포효하며 그들의 머리를 부수고 몸통을 갈기갈기 찢는다. 잔인하게 짓밟아 일어나는 것을 막고 그대로 목을 꺾어버린다.

환수들도, 나도 그냥 바라보고 있을 뿐이었지만, 난 이미 그들을 학살하고 있었다. 살기라는 게 약간은 뻔한 거라서. 만화책 같은 거 보면 가끔 나오지 않는가? 아직 싸우기도 전에 검에 찔리는 환상을 본다거나 하는 것들. 그와 마찬가지다. 아마 환수들 역시 비슷한 광경을 보고 있겠지.

주춤.

나를 향해 적의를 드러내던 모든 소환수가 뒤로 물러난다. 전의를 상실한 듯 고개마저 숙인 채 부들부들 떠는 수십 마리의 소환수. 그것은 데딘트 공작의 상급 환수 역시 마찬가지였고, 그들은 당황하기 시작했다.

"이, 이 녀석이 왜 이래?"

"저 녀석을 공격해! 명령이다!"

"어떻게 된 거야?"

그들은 소리쳤지만 이미 겁먹은 환수를 상대로는 소용없는 일이다. 저 상태의 환수를 싸우게 하려면 환수가 자신의 목숨을 아끼지 않을 정도의 충성심을 가지고 있거나 소환사가 환수를 완전히 압도할 만한 지배력을 가지고 있어야 하는데, 여기에는 둘 중 어느 경우도 없으니까.

나는 앞으로 한 걸음 나섰고, 그런 내 움직임에 환수와 귀족들 역시 뒤로 한 걸음씩 물러섰다. 내가 다시 앞으로 한 걸음 나서자 환수와 귀족들 역시 한 걸음씩 뒤로 물러선다.

좋아, 이 정도면 될 것 같군.

나는 오른손을 들어올렸다. 난데없는 내 행동에 깜짝 놀라 긴장하는 귀족들. 나는 말했다.

"항복입니다!"

"뭐?!"

"뭐라고?"

분위기가 분위기였던 만큼 여기저기서 황당해하는 사람들이 보인다.

아, 그래, 이 상황은 분명히 함정이다. 나를 궁지에 빠뜨리고 자신들이 원하던 것을 취하려는 함정. 하지만 그들은 모르겠지. 나에게 있어 이 함정은 장난감이나 다름없다는 사실을. 설사 걸린다 해도 그 어떤 타격도 입지 않는 장난감 함정.

나는 황당해하는 귀족들을 보며 말했다.

"이렇게 많은 적을 제가 이길 수 있을 리 없으니까요. 안 그래요?"

"……."

웃어보았지만 반응이 영 썰렁하군. 나는 웃는 걸 멈추고 근처에 서 있는 기사들을 손짓해 불렀다. 멈칫멈칫하면서도 결국 다가오는 기사들. 그들은 내 팔을 밧줄로 묶었고, 나는 그들을 따라 걸었다.

지금이 대충 한 시니까 앞으로 열네 시간. 그러니까 대충 오후 세 시 정도면 완성되겠군. 무리할 것 없지.

“감옥 식사는 먹을 만합니까?”
“…….”
인상 쓰지 마. 자식들이 소심하기는.

Chapter 27

자유로운 죄수

십여 명 정도의 사람들이 온통 푸른색으로 가득 찬 공간을 바쁘게 날아다닌다. 사방을 복잡하게 메우고 있는 온갖 영상들과 마법 문자들. 가운데에서 노트북을 두들기고 있던 적발의 사내가 소리친다.

"결계 상태가 왜 이래? 겹층 강화시키고 외부 방어를 증가시켜!"

"아, 쌤! 휴가 반납하고 왔더니 너무 부려먹는 거 아니에요?!"

"시끄러워. 그리고 한얼아, 오리하르콘(Oriharcon) 120kg만 더 부탁해!"

"다, 다른 것도 아니고 오리하르콘으로 백이십이요? 대체 뭘 그렇게 많이……."

"자자, 열심히 하도록 하고! 도현아, 만들던 파워풀 바실리스크(Powerful Basilisk) 제작은 끝냈냐?"

"헥헥! 바, 방금요. 후우! 대체 뭘 이렇게……."

"좋아. 그럼 다음 차례는 천명용신류(天明龍神類)를 사용하는 싸이클롭스 사무라이(Cyclops Samurai) 차례야. 설정하고 능력 정보는 조금 있다가 보낼 테니 서둘러라."

"이, 이런, 젠장! 신규 몬스터는 왜 자꾸 만들어요! 게다가 그거 전부가 최상급이라니? 유저를 모조리 죽일 셈이에요?"

"닥치고 일해! 카모밀레, 상황은 어때?"

카인이 말에 그가 치고 있던 노트북에서 빛이 뿜어지는가 싶더니 푸른색 드레스를 입고 있는 미녀가 모습을 드러낸다. 새벽의 여명이라도 받은 것처럼 향기롭게 빛나고 있는 보랏빛 머리칼과 조물주가 혼신을 다해 빚어낸 것 같은 모습은 일반적인 상식을 넘어설 정도로 환상적이다.

이 세상 모든 아름다움을 집결시켜 놓은 것 같아 보고만 있어도 빨려 들어갈 것만 같은 외모. 살짝 얼굴을 붉히고 있는 그녀는 너무나 아름다워 이 세상 모든 남자, 아니, 이 세상 모든 존재를 가볍게 매혹할 것만 같았으나 카인은 별 신경 쓰지 않는 듯했다.

"왜 그래? 얼굴이 붉구나."

―아뇨. 그건… 그건…….

'당신이 제 몸을 계속 만지기 때문이에요' 라고는 죽어도 말 못하는 카모밀레였다. 실상 노트북으로 타자 좀 치는 게 뭐 이상하단 말인가? 하지만 그럼에도 그녀는 얼굴을 붉힌 채 부끄러워했고, 카인은 의아한 표정을 지었다.

"카모밀레?"

―사, 상황 설명드리겠습니다. 아마 아시고 있겠지만 이미 라비린토

스는 한계에 이르렀어요. 가입자 수도 계속 늘어 1억 2천 명에 달했죠. 물론 그게 다 평균 접속자 수는 아니라 어떻게든 버티고 있지만 파니티리스로 갈 수 있게 해달라는 항의가 하루에도 몇십만 건씩 올라오고 있는 상태입니다.

사실이 그랬다. 적어도 유저들 입장에서 볼 때에는 이해가 가지 않는 게 당연할 테니까. 지구와 1:1 비율이라는 어마어마한 크기의 파니티리스가 있거늘, 어지간한 소국보다도 작은 라비린토스에 대부분의 유저를 가둬놓다니? 아무리 생각해도 비상식적인 일이었다.

"하지만 그렇다고 파니티리스로 보내줄 수는 없지. 물론 나도 보내주고 싶기는 하지만, 아무리 계약 형식이라도 정도라는 게 있는 법이거든. 카모밀레, 현재 버틸 수 있는 한계 마스터 숫자가 얼마나 되지?"

―830명 정도입니다.

"파니티리스에 나와 있는 마스터 수는?"

―195명. 총 마스터의 수는 220명입니다.

"흐음, 아직 한참 모자라는군."

단순히 능력 부여한다고 마스터가 아니다. 그들이 원하는 것은 뛰어난 마나 응용력과 풍부한 실전 경험으로 자신의 능력을 극한까지 끌어낼 수 있는 그런 마스터.

그들의 능력을 처음부터 80레벨까지 올리지 않는 이유가 바로 자신의 능력을 완전히 이해하고 활용하는 전사를 만들기 위해서였다. 더 많은 수련과 더 많은 전투 경험을 쌓은 자들이 그만한 능력을 받을 자격이 있었다.

"확실히 많은 사람들 중에서 뽑아야 뛰어난 마스터가 나올 확률이 높겠지. 가뜩이나 시간 모자라니까 조금 무리하더라도 서두르는 게 낫겠군. 아이드, 호영, 종섭, 지형 크기를 늘릴 테니 준비해."

그의 말에 동양풍의 옷을 입고 있는 청발의 사내, 종화가 말한다.

"좀 쉬는가 싶더니 일이군요. 대충 얼마만하게 만들까요?"

"사람도 늘어났으니 한반도보다 약간 큰 정도가 좋겠지. 맵 모양은 그대로 두고 크기만 증가시켜."

"얼마만하게라고요?"

"한반도보다 조금 크게."

"얼마만하게라고요?"

"한반도보다 조금 크게."

"얼마만하게라고요?"

"한반도보다 조금 크게."

"얼마만하게라고요?"

"지고의 이름으로 명하노니, 불타라. Prime the Volcanic Eruption—Eternal Vanishment."

속삭이듯 부드러운 목소리와 함께 불꽃이 피어오른다. 그것은 세계와 존재를 소실시키는 공포의 폭염. 지구에 떨어졌다가는 지구는 물론 태양계 전체에까지 그 영향이 끼칠 정도로 무시무시한 궁극의 10클래스.

종화는 그 난데없는 공격에 대경하여 방어술을 펼쳤지만 폭염은 그 모든 장막을 태워 버리고 그의 몸에 닿았다.

"으아아아! 팔이 탄다! 누가 좀 꺼줘! 아이드 형!"

"대지를 만들어야 한다. 바쁘니 말 걸지 말도록."

"한얼아!"

"죄송해요. 전 치유 능력이 없어서."

"정훈아!"

"어차피 그 불은 영원히 안 꺼지니까 자르고 재생해."

"크악! 자, 잔인한 것들!"

하지만 방법이 없었던 터라 그는 눈물을 흘리며 팔을 잘랐다. 새까맣게 타더니 이내 소멸해 버리는 팔. 카인은 말했다.

"후, 팔이 아니라 얼굴에 불이 붙었어야 하는데."

"이보세요!"

"아무튼 조심하렴. 불의의 사고로 목숨을 잃으면 너무 가슴 아프지 않겠니?"

"……."

더 이상 까불다가는 정말 목숨이 위험할 거라는 판단에 종화는 입을 다물었다. 어쨌든 목숨은 소중한 것이니까.

종화가 조용히 물러서자 카인은 다시 노트북을 두들기기 시작했다.

"후, 역시 시간이 모자라. 가뜩이나 모자랐는데, 라일레우드가 등장하는 바람에 더 촉박해지고 말았어. 다크, 파니티리스로 나갈 육체들 좀 제작해 줘. 시간 없으니까 그냥 허용량 전부 채워놔."

"엑? 설마 마스터 수준을 낮출 생각인 거야?"

아직 수준에 이른 마스터는 허용량에 한참 못 미쳤다. 능력을 주는 것은 문제가 아니나 그것을 쓸 만한 수준의 인간이 필요했으니까. 하지만 실력이야 어차피 기르면 되는 것. 카인은 음흉하게 웃었다.

"그럴 수야 없지."

＊　　　＊　　　＊

2021년 10월 5일, 오전 1시 30분.

꽤나 험상궂은 외모의 사내가 다가오더니 수갑이 채워진 팔다리에 사슬을 얽기 시작했다. 쇠사슬이 무거워서인지 땀을 뻘뻘 흘리며 쇠사슬을 감는 사내. 그는 거의 30분에 걸쳐 쇠사슬을 감았고, 내 사지는 엄청난 양의 쇠사슬에 묶여 버리고 말았다.

"이건 너무한데. 내가 무슨 괴물도 아니고."

"시끄러워. 나도 이해가 안 가지만 위에서 내린 명령이니 어쩔 수 없지."

확실히 좀 과분한 처사이기는 하다. 감옥에 가두고 쇠고랑까지 차고 있는 죄수가 뭐 그리 두렵다고 쇠사슬을 얽어놓는단 말인가?

"……."

아니, 뭐, 그렇다고는 해도 나라면 가볍게 끊고 나올 수 있다. 그렇게 보면 괴물이 맞는 걸지도 모르지.

내가 피식거리는 사이 쇠사슬을 다 얽어놓은 간수는 지친 듯 의자에 앉았다. 의자 등받이에 몸을 기대고 쉬던 그는 내 몸을 살피더니 무언가 마음에 안 든다는 듯 인상을 찡그렸다.

"단련된 몸이군."

"후후, 댁도 운동 열심히 하시면 그 뱃살로부터 탈출하실 수 있을 겁니다."

상큼하게 웃어주자 그는 황당한 표정으로 말했다.

"분위기 파악이 안 되냐? 여기는 그냥 감옥이 아냐. 고문실이다."

"그래 보이는군요."

오른쪽으로는 시뻘겋게 달궈져 있는 인두가 보이고, 왼쪽에는 의사들이나 쓸 것 같은 칼들이 종류 별로 늘어져 있었다. 잘 보니 끝에 가시가 박혀 있는 채찍도 보이고, 못이 박힌 몽둥이도 보인다. 하나같이 피를 머금은 것으로 보아 꽤 자주 사용하는 물건들인 것 같다.

확실히 이런 장소에 보통 사람이 오게 되면 두려움에 빠지겠지만 난 보통 사람이 아니니까. 굳이 나뿐만 아니라 다른 유저라고 해도 이런 상황을 두려워할 일은 전혀 없다. 무엇보다 유저들은 '로그오프' 라는 궁극의 탈출 기술을 가지고 있다.

"이거 겁대가리를 상실한 놈이군. 나름대로 여유로운 모습을 보이려는 것 같기는 하지만 난 그런 거 그다지 안 좋아하거… 든!"

간수의 주먹이 내 안면을 정확하게 가격한다. 온몸의 무게가 제대로 실린 게 꽤나 훌륭하지만 많이 싸워봤다기보다 쳐본 솜씨군. 하긴 간수인 동시에 고문관이기도 한 것 같으니 사람 치는 데 익숙하다고 해서 의아해할 필요는 없겠지.

제대로 맞기는 했지만 그다지 타격이 오지는 않았다. 이미 내 몸은 튼튼해질 대로 튼튼해져서 일반인 레벨의 공격으로는 상처 입지 않으니까.

내가 멀뚱히 서 있자 간수 녀석의 얼굴이 일그러지는 게 보인다. 적어도 코피 정도는 기대한 모양인데 멀쩡하니 마음에 안 드는 모양이었다.

"이거 아주 웃기는 놈일세. 뭘 꼬나봐? 뭘 꼬나봐, 자식아!"

그는 잠시 씩씩대더니 못이 거꾸로 박혀 있는 몽둥이를 잡아 들었다. 분위기를 보아하니 사람을 많이 후려친 물건인 것 같았는데 피를 닦지 않아 보기만 해도 매우 불결해 보였다.

"그나저나 물어볼 게 있는데."

"물어볼 거?"

그는 어이없는 표정을 짓더니 그대로 몽둥이를 휘둘러 내 턱을 후려쳤다.

텅!

골이 울리는 느낌이 들긴 했지만 메크로네스 아머는 목 부분을 넘어 턱까지 뒤덮는 물건이라 별다른 타격이 느껴지지는 않았다.

"흐음, 이렇게 때려서 고문이 됩니까?"

"하? 뭐, 이런 자식이!"

그는 이성을 잃은 듯 무자비한 구타를 시작했다.

하지만 뭐, 아파야 말이지. 말했다시피 내 몸은 메크로네스 아머에 뒤덮여 있었고, 메크로네스 아머가 뒤덮여 있지 않은 안면이나 머리도 별 타격이 없기는 마찬가지였다. 기본적으로 내 몸은 매우 튼튼한데다가 마나를 집중시키면 몸을 강철처럼 강화시키는 것도 가능하니까.

간수 녀석은 계속해서 몽둥이를 휘두르다가 뭔가 이상함을 느낀 듯 멈칫했다. 말했다시피 몽둥이에는 못이 거꾸로 박혀 있기 때문에 그걸 얻어맞는 놈은 전신이 피투성이가 돼야 하는데, 내 몸에는 상처 하나 없으니 바보라도 뭔가 이상하다는 걸 알 수 있겠지. 하지만 난 녀석이 의아해하고 있는 모습을 보고 있을 만큼 한가하지 않다.

카앙!

오른팔에 힘을 주자 맑은 쇳소리와 함께 쇠사슬이 끊어지는 게 느껴진다. 물론 내 팔에는 수십 겹이 넘는 쇠사슬이 얽혀 있었지만 어차피 대충 얽힌 거라서 한 가닥만 끊어버리면 다른 줄은 가볍게 풀 수 있으니까.

카앙! 카앙! 카앙!

차례대로 왼팔, 왼발, 오른발의 쇠사슬을 모두 끊어버리자 잠시 상황 파악을 못하고 있던 간수가 기겁하며 근처에 있던 바스타드 소드를 집어 들었다.

"뭐 이런 괴물 자식이! 죽어!"

"무리라고 보는데."

나는 쇠사슬이 얽혀 있는 오른손을 그대로 휘둘러 간수 녀석의 안면을 후려쳤다. 비명조차 지르지 못하고 허공에서 반 바퀴를 돌아 머리부터 바닥에 떨어지는 간수. 흠, 이건 좀 아프겠는걸. 하지만 뭐, 자업자득이다. 남들 패던 녀석이 좀 맞았다고 하소연할 수는 없는 일이겠지.

나는 아직도 충격에서 벗어나지 못한 채 해롱거리고 있는 간수에게 다가갔다. 내가 바라보고 있다는 걸 깨닫고는 황급히 몸을 일으키는 간수. 하지만 녀석은 내가 눈앞에서 쇠사슬을 끊어버리는 모습을 보여주자 바로 비굴한 표정과 함께 너털웃음을 지었다.

"아하하하! 자네 정말 대단한 친구였군!"

"굳이 말 안 해주셔도 알고 있습니다. 자, 이제 어쩔까요?"

"아이쿠! 이런, 내 정신 좀 보게. 열쇠 풀어줘야지?"

그는 황급히 품속을 뒤져 열쇠를 꺼내 들더니 아직까지 얽혀 있는 쇠사슬까지 모조리 끌러주었다.

"흐음, 오래 사시겠군요, 당신."

"과찬일세. 뭐 더 바라는 거 없나?"

그는 마누라 속옷 색이라도 알려줄 것 같은 표정으로 말했다. 이거야 원, 슬쩍이라고는 하지만 내 주먹에 얻어맞은 탓에 이빨도 몇 개 나가고 다리까지 풀려 있는 상태에서 필사적으로 아부하는 자세가 감동스러울 정도군. 삶에 대한 애착이 장난 아닌 아저씨야.

솔직히 신기하기는 하지만 중요한 건 그게 아니지. 나는 물었다.

"아까 위에서부터 명령을 들었다고 했는데 뭐 더 들은 건 없습니까?"

"내일 아침에 높으신 분이 들르실 예정이니 밤새도록 고문하라고 했네. 밤에 잠도 못 자고 고문을 당하면 다음날에 무슨 말을 들어도 모조리 토해 내놓게끔 돼 있거든."

"흐음……."

"무, 물론 자네를 고문할 생각 같은 건 추호도 없었네. 자네같이 범상치 않아 보이는 인재를 내가 어떻게 건드리겠는가? 그냥 고문했다는 자국이나 만들려 했을 뿐이야. 우하하!"

마음에도 없는 소리 하기는. 그나저나 내일 아침에 들른다는 녀석이 누굴까? 날 고문하라고 명령해 놓은 걸 봐서 뭔가 궁금하거나 협박할 생각인 것 같은데 말이야. 왕비가 이런 곳까지 올 것 같지는 않으니 데딘트 공작인가?

나는 생각했다. 지금 왕비와 공작이 꾸미고 있는 짓은 아무리 봐도 반역이다. 분위기를 보아하니 왕이 깨어나기 전에 모든 상황을 끝마치려 하는 것 같군. 그렇다는 건…….

"아!"

"왜, 왜 그런가?"

"그 높으신 분이라는 녀석은 분명 아침에 온다고 했죠? 그럼 밤새도록 여기에 올 사람은 없다는 뜻?"

"물론일세. 내가 할 말은 아니지만 누가 고문실에 오는 걸 좋아하겠나?"

"그렇다면 다행이군요. 실프!"

한줄기 바람과 함께 반투명한 모습의 소녀가 모습을 드러낸다. 바람의 하급 정령 실프. 나는 녀석에게 명령했다.

“이 아저씨의 입 안으로 들어가.”

“뭐? 난데없이 무슨 지… 우웁?!”

간수는 당황해 입을 가렸으나 실프는 간단히 그의 입 안으로 침투했다. 순식간에 그의 입천장에 달라붙는 실프. ‘더러운 곳에 들어가게 해서 미안해’ 하고 속삭이며 나는 말했다.

“혹시나 몰라서 입 안에 정령을 넣어두었습니다. 전 잠시 나갔다 올 건데 당신이 허튼 짓을 하면 곤란하니까요.”

“허, 허튼 짓을 하면 어떻게 되는데?”

“실프가 입천장에서부터 머리통까지 바람 구멍을 만들어주겠지요. 평소에 머리 위쪽 공기가 마시고 싶었다면 허튼 짓 하셔도 되고.”

“그, 그럴 리가 있겠나. 절대로 움직이지 않을 테니 걱정하지 말게.”

창백하게 변한 간수를 놔두고 감옥을 빠져나왔다. 다행히 감옥 입구를 지키는 경비병은 없군. 나는 은신술을 사용한 뒤 은영보를 펼쳤다. 이 콤보는 대낮에 써도 내 모습을 감출 정도로 대단한 기술인데다 지금은 사방이 깜깜한 밤. 나를 발견할 존재는 어디에도 없을 것이다.

하지만 그렇게 생각하는 순간 갑자기 뭔가가 눈 밑에서 확— 하고 올라왔다.

환한 금발에 까무잡잡한 피부가 인상적인 소녀. 그녀는 막 일어난 것처럼 기지개를 켜더니 캄캄한 사방을 둘러본 후 어둠 속에 모습을 감추고 있는 나를 보았다. ‘흠, 은신해도 보이는 건가?’ 하고 생각하는데 그녀가 말한다.

[뭐야, 이 상황은?]

‘넌 또 왜 나왔어? 어서 들어가! 훠이!’

[…….]

난 에일렌이 황당해하거나 말거나 무도회장까지 나와 주변을 살폈다. 역시 시간이 시간이니만큼 조용하군. 명색에 왕성이라 중간중간 보초를 서는 병사들이 있기는 하지만 단지 그뿐이다.

[장난치지 말고, 이 밤중에 뭐 하는 거야?]

‘할 일 있어서 겸사겸사. 너야말로 무슨 일이야?

[근처에 퀘스트가 하나 생성돼서 알려주려고 나왔어.]

‘어느 쪽인데?

[따라와.]

에일렌은 살짝 몸을 틀어 날아가기 시작했고, 나는 그런 그녀를 따랐다. 그녀는 하늘을 자유자재로 날아다니며 상당한 속도를 자랑하고 있었지만, 나 역시 느린 편은 아니기에 따라잡는 데는 별 어려움이 없었다.

‘정확히 어느 쪽이야?

[별궁 쪽.]

‘그거 다행이군. 나도 그쪽으로 가고 있었는데.’

점프해 담벼락을 넘어섰다. 경비는 제법 삼엄한 편으로 수십 명의 병사가 개를 이끌고 순찰을 돌고 있었지만, 은신술을 쓴데다가 이렇게 어두우니 내 모습을 찾는 녀석이 있을 리 없다. 개들의 후각이 좀 문제 되기는 했지만 실프로 주변의 바람을 제어하면 냄새가 퍼져 나가지 않게 막을 수 있으니 또 문제없고.

침투는 쉽고 빠르게 진행되었다. 길이 조금 헷갈리기는 했지만 맵을 확인할 수 있기 때문에 헤맬 염려는 없었다. 거기다 에일렌도 있었고 말이다.

별궁에 도착하니 퀘스트가 떠오른다.

국왕 암살을 막아라!

아아! 아리따운 공주도 아니고 남자를. 그것도 중년 남자를 두 번이나 구해야 하다니……. 맘 같아서는 죽든 말든 신경 끄고 싶지만 불쌍하니 한 번 더 구하도록 하자.

아, 오늘은 제한 시간도 있다. 남은 시간 4분 28초.

“제한 시간?”

이제 아주 골고루 하는군. 나는 가볍게 점프해 담을 넘은 뒤 뒷문을 통해 별궁 안으로 들어갔다. 확실히 맵 시스템 상의 지도―왼손으로 눈을 가리면 볼 수 있다―를 볼 수 있으니 잠입에는 편하군. 어디에 문이 있고, 어디에 방이 있는지 간단히 알 수 있는데다 심지어는 비밀 통로 같은 것도 파악할 수 있어서 정신만 똑바로 차린다면, 만약에라도 길을 잃을 리는 없다.

[도착.]

‘국왕은 그대로 있어?’

[아직 침대에 누워 있어.]

‘다행이군.’

이제 남은 시간은 대충 3분 정도. 빡빡하기는 하지만 어쩔 수 없지. 나는 근처에 있던 장롱으로 다가가 커다란 베개 하나를 꺼내 들었다.

[국왕 데리고 도망가려는 거 아니었어?]

‘물론 그렇기는 하지만 뒤처리는 해야지. 국왕이 없어졌다는 걸 알

면 공작 녀석이 작전을 변경할 테니까.'

나는 주머니 속에서 다섯 자루의 붓을 꺼내 들었다. 벌써 2분 30초. 촉박하군. 나는 정령력을 일으켜 실프 네 마리를 더 소환했다.

"동조[Alignment]."

가볍게 정신을 집중하자 모니터에 창을 수십 개 띄운 것처럼 시야가 복잡하게 얽히기 시작한다. 한 번 쓰면 골이 아파서 싫어하는 스킬이지만 상황이 상황이니만큼 할 수 없지.

나는 네 마리의 실프에게 붓을 한 자루씩 쥐어준 뒤 베개에 그림을 그리기 시작했다. 무슨 고난이도의 그림이 아니라 흔하디흔한 인물화. 내가 국왕 란스의 얼굴을 그리는 동안 실프들은 각각 사지를 나누어 그리기 시작했다.

"1분……. 서둘러."

말해봤자 정령을 제어하는 것도 나니 나만 서두르면 되겠지. 나는 붓을 물감 모드로 변경시킨 후 색칠했다. 빨리, 더 빨리. 그림을 다 그린 후에,

"변환[Conversion]."

커다랗던 인형이 사람의 모습으로 변한다. 붉은빛이 도는 금발에 편안한 인상을 지니고 있는 사내. 나는 정령들을 모조리 귀환시킨 뒤 국왕의 모습을 하고 있는 베개를 침대에 눕혔다. 그리고 그 순간,

딸깍!

문이 열리며 두 명의 사내가 방 안으로 들어섰다. 복면으로 전신을 뒤덮고 눈만을 드러내고 있는 게 '저는 수상한 사람입니다' 라고 얼굴에 써놓은 것만 같다.

[아니, 입구는 기사들이 지키고 있지 않았어?]

'나도 창문 정도로 들어올 줄 알았는데 너무 본격적이군. 이미 매수는 끝난 상태인 건가?'

란스를 등에 업은 채 천장에 달라붙어 암살자들이 하는 꼴을 지켜보았다. 움직임 자체가 어정쩡한 걸 보니 전문적인 암살자가 아니군. 게다가 반항도 못하는 중년 사내 하나 죽이는 데 뭐 하러 두 명이나 오냐?

내가 구시렁거리거나 말거나 그들은 주변을 두리번거리더니 침대로 다가갔다.

오른편에 있던 사내가 손수건을 꺼내 들고 왼쪽에 있던 사내가 침대 반대편에 선다.

"한다."

한 명이 란스처럼 생긴 인형의 입에 수건을 들이대고 또 다른 한 명은 란스의 몸이 움직이지 못하도록 팔다리를 붙잡았다. 하지만 인형이 움직일 수 있을 리 없지. 그들은 잠시 인형의 입을 막고 있다가 천천히 손수건을 뗐다.

"죽은 거야?"

"그런 것 같아. 숨도 안 쉬고, 심장도 안 뛰고."

"하지만 이상하군. 왜 호흡을 막았는데도 반응하지 않은 거지?"

"혼수 상태였잖아. 반항한 것보다 낫겠지. 가자."

그들은 조심스럽게 방 안을 빠져나갔고, 난 그들이 멀어지는 걸 확인한 후 천장에서 내려섰다. 칼로 찌르거나 목을 조르거나 하지 않는 걸 보아 암살이 아니라 병사로 발표할 예정인가 보군. 이미 오랜 기간 동안 투병한다고 알려져 있는데다 내 연주를 듣고 혼수상태에 빠졌다고 발표했으니 거칠 것도 없겠지.

이런 저런 생각을 하고 있다가 누군가 다가오는 기척에 다시 천장으로 뛰어올랐다.

딸깍!

문이 열리고 30대 후반 정도로 보이는 여인이 방 안으로 들어온다. 엥? 왕비 에보니 크레아른이잖아? 암살 직후 들르면 아무리 영향력이 세도 안 좋은 소문을 막기 어려울 텐데 들르다니 이상하군.

에보니는 어둠에 익숙하지 않은 듯 품속에서 주먹만한 구슬을 꺼내 들었다. 아티펙트였던 듯 구슬에서는 은은한 빛이 뿜어져 나오기 시작했고, 그녀는 그것으로 란스를 닮은 인형을 비췄다.

"하하, 하하하, 하하하하……!"

웃기는 하는데 웃음소리에 별로 힘이 없다. 그녀는 잠시 멍한 표정으로 인형을 바라보다가 말했다.

"죽은 건가요?"

그녀는 떨리는 손으로 인형의 뺨을 쓰다듬었다.

나름대로 심혈을 기울여 만든 인형이기 때문에 촉감이나 무게도 실제와 똑같지. 만약 내가 만들어야 하는 것이 살아 있는 사람이었다면 생기라든가 체온 등 여러 가지 점에서 문제점이 넘치겠지만, 그녀는 이미 그를 시체로 알고 있기 때문에 이상하게 여기지 않았다.

그녀는 인형의 가슴에 손을 올렸다. 코에 손가락을 댔다. 그리고… 어? 울어?

내가 당황하거나 말거나 그녀는 계속해서 울었다. 흑흑거리는 소리조차 없이 조용히 눈물만을 흘리던 그녀는 떨리는 목소리로 말했다.

"이렇게도 쉽게… 정말로 죽은 건가요?"

그녀는 침대에 앉아 인형의 얼굴을 바라보았다. 분노, 슬픔, 허탈함이 뒤섞여 기묘하게 일그러진 얼굴.

[분위기가 이상해. 저 여자가 암살자를 보낸 거 아니었어?]

'그렇다고 알고 있는데 말이지.'

에보니는 그렇게 앉아 있다 작은 한숨 소리와 함께 몸을 일으켰다. 눈물을 닦을 생각조차 않은 채 몸을 돌려 천천히 걸어나간 그녀는 말했다.

"바보 같은 사람……."

'딸깍' 하는 소리와 함께 문이 닫히고 방 안은 다시 침묵 속에 빠져든다.

나는 다시 천장에서 내려섰다. 뭔가 복잡하군 그래. 분명 란스의 죽음에는 왕비가 얽혀 있는데도 그녀는 그의 죽음을 슬퍼하고 있다.

[죽이려고 했지만 죽지 않길 바란 것 같은데.]

'뭐야, 그게. 여자 마음이란 건 알 수가 없군.'

나는 투덜거리며 왼손으로 눈을 가려 맵을 불러왔다. 몇 번 말했던 것 같지만 눈을 가려 맵을 불러오면 3차원 영상이 떠오르게 되고, 유저는 그것으로 주변 건물의 구조나 지형들을 파악할 수 있다. 그것은 뭔가 마법적 조치가 취해지지 않은 공간이라면 다 볼 수 있는 것이기에 잘 숨겨진 비밀 통로라 해도 피해갈 수 없다.

끼익!

방구석에 있던 촛대를 당기니 침대 아래쪽에 틈이 생긴다. 간단하군. 난 란스를 들쳐 메고 비밀 통로 안으로 들어갔다.

[와! 이건 왠지 신기해!]

'뭐, 아무도 모를 거라는 생각은 안 들지만 명색이 비밀이니 뭔가를 숨기기에는 좋겠지.'

란스의 침실에는 총 세 개의 탈출용 통로와 두 개의 비밀 방이 있었다. 거참, 방이 커서 그런지 많기도 하군. 난 어디로 갈까 잠시 고민했지만 비밀 방 중 지하로 연결된 곳으로 들어갔다.

만약 내가 란스만 데리고 빠져나간 거라면 이런 장소가 오히려 더 위험할 수도 있지만, 가짜를 만들어놨으니 한동안 이곳에 들어오는 이는 없을 것이다.

[그런데 어쩔 생각이야? 명색에 왕이란 녀석을 이런 데 숨겨놔도 근본적인 해결은 안 될 것 같은데.]

"내일까지만 버티면 괜찮아. 뭐, 3일 정도는 자게 두려 했지만 사정 정도는 들어봐야겠군."

나는 눈을 감고 다리안의 영광된 은혜를 떠올렸다.

아, 물론 난 무신론자지만 다리안의 존재는 믿는다. 그게 말이 되느냐고 물을 수 있겠지만 당연한 일이다. 일루전은 게임이고, 다리안은 게임 속 존재니까. 이건 굳이 나뿐만 아니라 다른 유저들도 마찬가지여서 신의 존재는 모두가 믿고 의심하지 않는다. 일루전에서 '신은 존재하지 않아' 라고 말하는 것은 '트롤은 존재하지 않아' 라는 말과 똑같은 거니까.

그래서 나는 안다. 신은 '당연히' 존재한다.

샤아앙!

부드러운 빛이 손에서부터 뿜어져 나와 란스의 몸으로 스며든다.

잠시 움찔하는가 싶더니 신음 소리와 함께 몸을 일으키는 란스. 그는 잠시 두리번거리더니 나를 발견하고 말했다.

"자네는 그때 그 약사로군. 여기는 어딘가?"

"지하입니다."

"지하? 아, 그렇군. 오랜만이라 좀 생소하기는 하지만 여기는 분명 침대 아래쪽으로 이어진 방이야. 내가 왜 여기에 있는 거지?"

"암살자가 왔더군요. 분위기를 보니 근위기사란 것들도 묵인한 것 같아서 몰래 빼돌렸습니다."

"고맙군. 하지만 결국 벌이고 만 건가?"

허탈하게 웃는 걸 보니 전혀 짐작지 못한 건 아니었던 것 같군. 그는 잠시 무언가를 생각하는 듯하다가 고개를 들었다.

"잠시 내 옛날이야기를 해도 되겠나?"

"아뇨."

"……."

"……."

잠시 당황하던 란스는 식은땀을 흘리며 말했다.

"거, 거절이 너무 빠르군."

"중년 남자의 과거 따위는 별로 안 궁금해서요."

"흠흠, 난 이래 봬도 왕인데 말이야."

"저는 그 왕의 은인이고요."

내 말에 란스는 어벙한 표정을 지었지만 이내 웃음을 터뜨렸다. 그리 넓지 않은 지하실을 쩌렁쩌렁 울리는 웃음소리. 그는 그렇게 한참을 웃다가 지친 듯 숨을 몰아쉬며 말했다.

"예전부터 난 뛰어난 소환 능력을 가지고 있었지."

"아니, 별로 안 궁금하다니……."

"닥치고 들어!"

"……."

란스는 이야기를 시작했다.

그는 왕가의 자식으로 태어나 다섯 살 때 처음으로 소환에 성공했다고 한다. 난 잘 모르겠지만 그건 거의 기적 같은 일이라 나라 전체가 들썩일 정도였다나? 게다가 그는 제1왕자. 장차 나라를 이끌 왕이 될 인재였기에 말 그대로 선택된 인간이었던 것이다.

그에게는 한 명의 남동생과 두 명의 여동생이 있었는데, 그는 그들 중 제2왕자였던 라함과 절친한 사이였다고 한다.

"라함 녀석은 여러모로 특출한 녀석이었지. 소환술에는 전혀 재능이 없었지만 왕의 자질로 따지자면 나보다 훨씬 위였다."

하지만 그렇다고는 해도 이레인은 소환사의 나라였다. 정치에 재능이 있던 꼬마와 다섯 살의 나이로 계약에 성공한 천재 소환사. 둘 중에 누가 더 유리한지는 안 봐도 뻔한 일이다.

란스는 왕으로서 익혀야 하는 제왕학 외에도 다른 왕족, 혹은 귀족들과 수업을 들었고, 거기에서 공작의 자제로 오게 된 에보니를 만나게 된다.

당시 열두 살이었던 란스는 에보니에게 첫눈에 반하지만 사방에서 쏟아지는 기대와 숨 막히는 수업 때문에 그는 내성적인 성격을 가지고 있었다. 누구에게나 활발했던 에보니는 그런 그와도 친하게 지냈지만 단지 그것뿐, 특별한 관계이거나 한 것은 아니었다.

그리고 그렇게 5년 정도가 지나자 란스는 상급 소환수를 두 마리나 다룰 수 있게 되었고, 수업도 거의 끝마쳐 갈 즈음이었다. 그는 여전히 에보니를 마음에 두고 있었지만 에보니는 그의 동생인 라함과 연인 사이로까지 발전한 상태였다.

란스는 그 사실에 슬퍼했지만 그들의 사이를 질투하거나 하지는 않았다. 다만 그들의 행복이 영원하길 조용히 기도할 뿐.

"뻥 같은데?"

"이, 이봐."

"조용히 기도했다니, 거참, 음흉해 보이는 중년 아저씨. 설마 자신의 과거를 미화하려는 건 아니겠죠?"

"그때는 순수했어!"

"뻥 같은데?"

"……."

란스는 '나 왕인데' 라고 구시렁거리며 이야기를 계속했다.

위태롭지만 나름대로 편안했던 날들. 하지만 란스가 열아홉 살에 이르며 문제가 터졌다. 그는 슬슬 아내를 들여야 할 나이였고, 에보니의 부친이었던 케리르 크레아른은 국왕과 논의해 에보니를 왕비로 결정한 것이다.

"좋아했나요?"

"그렇지 않았다면 거짓말이겠지. 난 그녀가 라함을 사랑한다는 걸 알면서도 일이 이렇게 된 이상 그녀가 내 아내가 돼주지는 않을까 하고 기대했다네. 하지만 그녀는 왕비로 결정된 날 저녁 내 방으로 찾아와 말했지. 성을 탈출하려 하니 도와달라고, '우린 친구잖아?' 하면서."

"……."

"정신을 차렸을 때의 난 이미 그녀를 범하고 있었다. 물론 그녀는 반항했지만 서먼 마스터인 동시에 기사인 나에게 그런 반항이야 무의미한 짓이었지. 하지만 문제가 생겼어. 난 그녀가 혼자 왔다고 생각했지만 그녀는 혼자 온 것이 아니었던 것이네. 그녀는 라함과 같이 온 상태였고, 방 밖에서 기다리던 라함은 이상하다고 생각한 건지 문을 부수고 침입했지."

"그리고 봤겠군요."

"평상시에는 침착하던 녀석이었지만 그 상황에서만큼은 이성을 잃더군. 녀석은 챙겨온 검으로 날 죽이려 했고, 난 죽지 않기 위해 상급 환수 게르온을 소환했네. 난 그때 왼팔을 잘리기 직전까지 공격당했고, 게르온은 나를 그렇게 만든 녀석을 적으로 규명, 죽여 버리고 말았다."

쉽게 말해 왕비 입장에서 란스는 남편인 동시에 철천지원수라는 말이군. 란스 역시 그것을 알고 있었기 때문에 자신을 죽이려 하는 그녀의 행동을 묵인하고 있던 것이다. 그녀라면 자신을 죽일 자격이 있다는 생각과 혹시라도 그녀가 스스로 포기해 주지 않을까 하는 기대를 가지고.

아아, 한동안 잊고 살았는데 전혀 엉뚱한 데서 기억하게 되는군. 그래, 알고 있지. 자신을 증오하는 상대를 사랑하는 기분. 정말 너무도 사랑하는 단 한 명의 존재가 나를 증오하고 부정하는 그 기분을.

"저주스러운 놈. 그래, 넌 그 자식의 아들이었지."

"……."

"응? 뭔가?"

"아, 하하하! 아닙니다. 별거 아니에요."

나는 태연하게 웃었다. 뭐, 그렇다고는 해도 이 아저씨도 꽤 험난한 인생이군. 결론적으로 상황을 이 지경으로 만든 건 그를 증오하는 왕비인 거니까. 하지만 왕비는 그의 시체―라고 생각되는 인형―를 보고 눈물을 흘렸다. 그렇다면 그녀 역시 그를 증오하기만 하는 것 같지는 않은데 사람 감정이라는 게 워낙 복잡해서.

내가 이런 저런 생각을 하고 있는데, 문득 란스가 깜짝 놀란 표정으로 말했다.

"아! 어쩌다 보니 그냥 넘기기는 했는데, 날 대체 무슨 수를 써서 빼돌린 건가? 게다가 이 방의 존재는 나밖에 모르는데 여기로 들어오다니 말이야."

"그냥 생긴 만큼 재주 좋은 녀석이 있구나라고 생각하세요. 아, 밖에는 가짜 시체를 둬서 당신이 죽은 것처럼 꾸며놓았습니다."

"가짜 시체?"

"네. 저들은 왕을 처치했다고 생각할 테니 아마 내일쯤 일을 벌이겠죠. 분위기를 보아하니 넬을 축출할 생각인 것 같지만, 그럴 수 없는 상황을 만들면 그만⋯ 응?"

어? 그러고 보니 좀 이상한데? 넬이 왕위 계승권을 가지는 이유는 오직 그녀만이 적자이기 때문이다. 하지만 왕비로 추대되었던 건 에보니라니? 그럼 오히려 포랜스 왕자 등이 적자여야 하지 않는가?

"왜 그러나?"

"아뇨. 뭔가 혼란이 와서. 에보니가 왕비로 추대되었다면 왜 그녀가 후궁인 거죠?"

"원래는 후궁 정도가 아니라 사형당할 상황이었어. 라함이 내 방문을 부수고 심지어 무기마저 들고 침입했기에 내가 살인범으로 처벌받는 상황은 오지 않았지만, 왕족의 목숨을 노리는 건 곧 반역으로 여겨질 정도로 중죄니까."

"에보니가 당신을 죽이려고 했습니까?"

"아아, 여덟 번 정도. 독살 시도가 두 번이었고, 암살 시도가 여섯 번이었네. 잠자리에서 날 죽이려고 한 적도 있어서 자식 여럿 낳은 것도 스릴 넘치는 행위의 보상이라고 할까?"

"……."

이 양반도 대단하군. 아무리 그래도 그렇지, 자기를 죽이려는 여자와 같이 잘 수 있다니. 하지만 이제야 상황을 짐작할 수 있겠군. 왕비가 권력에 욕심을 내게 된 시초는 란스를 죽이기 위해서. 독은 의사나 마법사들에게 걸리고, 무력으로는 란스를 이길 수 없으니 그를 죽이기 위해 권력을 조금씩 장악하게 된 것이지.

그리고 권력을 장악하던 와중 방해가 되는 정실을 살해하게 된 것이고.

"흠흠, 좋아요. 뭐, 대충 들을 만한 이야기는 다 들은 것 같으니 이제 몇 가지 설명해 드릴게요."

"설명?"

"네, 전 지금 당신을 다시 재울 겁니다. 완전 회복하려면 넉넉히 이틀은 더 재워야겠지만 상황이 상황이니 어쩔 수 없죠. 내일 정오 조금 넘으면 깨게 될 테니 그때 나와서 넬을 찾으세요."

"넬?"

"네레이드. 댁 따님 말입니다."

"댁이라니? 난 명색이 왕……."

"주무세요."

목 뒤를 가볍게 쳐주자 비틀거리며 쓰러진다. 자자, 중년 남자의 서브 스토리 따윈 이것으로 되었고, 이제 넬을 찾을 차례인가? 나는 오른팔에 끼고 있는 금색 팔찌와 왼팔에 끼고 있는 은색 팔찌를 가볍게 접촉시켰다.

찌잉!

"찾았다."

이건 감지 안 해도 알 수 있어서 편하다니까. 나는 란스를 제대로 눕힌 뒤 지하실을 빠져나왔다. 아직까지도 누워 있는 인형. 나는 그것을 만져 뭔가 이상한 점이 없는지 검토한 후 창문을 열고 방을 빠져나왔다.

파팟! 팟!

내리면서 땅을 박차자 배경이 뒤로 죽죽 밀려나는 것이 느껴진다. 항상 느끼는 거지만 정말로 빠른 몸이군. 단지 달리는 것만으로 청룡열차 이상의 스릴을 만끽할 수 있다는 건 아무리 생각해도 웃기는 일이다.

"전력을 다해 뛰면 동체 시력 밖으로 벗어날 수 있으려나?"

불가능할 거라는 생각은 안 들지만 그렇게 되면 오히려 컨트롤 쪽이 어려워지겠지. 능력치라는 건 생각보다 민감한 개념이라 높으면 높을수록 제어가 어려워지니까.

생각해 보면 레벨 업이란 자신의 육체에 적응해 가는 과정일지도 모르겠다.

만약 내가 맨 처음부터 이 강력한 육체를 받았으면 어땠을까? 물론 일상 생활을 못할 정도로 어리버리할 거라는 생각은 안 들지만 전투력은 지금의 사분의 일도 안 되었을 것이 분명하다. 레벨 업이란 과정이 없었다면 난 이 몸의 세심한 컨트롤도, 최대 위력 발휘도 할 수 없었을 테니까.

이건 굳이 나뿐만이 아니라 모든 유저들 또한 마찬가지다. 현실에서 봐도 특별할 것 없는 몸으로 시작해 수천, 수만, 혹은 수십, 수백만의 전투를 거쳐 그 몸의 컨트롤을 완성해 간다. 때문에 일루전에는 레벨 업 속도가 느리다고 투덜대는 인간은 있어도 육체를 컨트롤하지 못해 버벅대는 인간은 없다.

가끔 소설이나 만화를 보다 보면 악당이 '뭐냐? 대체 뭐가 널 이렇게 강하게 만들었지?' 라고 묻는 경우가 있다. 그러면 대답이 궁해진 주인공은 항상 이렇게 말하지. '모두의 힘이 있어서 강해질 수 있다'고.

솔직히 그런 논리 부족한 근거로 상대방을 이해시킬 수 있을 리 없다. 함께 있어 강하다니? 그렇다면 혼자 있을 때는 마음가짐이 안 돼진다는 말인가? 아니면 함께해서 다구리를 칠 수 있다는 말인가?

그런 면에서 생각해 보면 유저들은 참 합리적이고 명확한 답을 가지고 있다고 할 수 있다.

"뭐냐? 대체 뭐가 널 이렇게 강하게 만들었지?"
"2,000시간 노가다."

오, 명확해. 이 얼마나 명확한 답인가.

싸우면 싸울수록 강해지는 파이터! 하아, 이런 시답잖은 퀘스트, 빨리 끝내고 어디라도 가서 사냥이나 해야 하는데.

[네레이드라는 꼬마를 찾아가는 거 아니었어?]

'그렇지.'

[지나갔는데?]

'뭐? 아차차!'

정신 차리고 고개를 들어보니 이미 목표했던 지점을 한참 지난 시점

이었다. 마음 같아서는 당장 몸을 세우고 싶지만 지금까지 뛰어온 속
도가 너무 빨라 그럴 수 없었다.

지붕들을 밟아가며 감속하는 방법으로 몸을 세웠지만, 그것만으로
도 20~30미터의 거리가 소요된다. 자동차가 브레이크를 밟아도 미끄
러지는 거리가 필요한 것과 마찬가지인 현상이랄까? 만약 내가 땅에
있고 여기가 라비린토스라면 그냥 땅에 무게를 실어 강제로 설 수 있
겠지만, 그렇게 하면 '쿵쾅' 하고 땅이 울려 버리니까.

[흐음, 빨리 달리니 서는 것도 문제네? 그냥 달려가다 딱 서는 방법
이 있으면 편할 텐데.]

'하하, 그런 신묘한 수가 있을 리가 없……'

웃으며 대답하던 난 불현듯 머리를 스쳐 지나가는 생각에 입을 다물
었다. 잠깐, 방법이 있을 것 같은데?

나는 넬이 머물고 있을 거라 예상되는 건물과 내가 서 있는 건물과
의 거리를 가늠해 보았다. 대충 100미터 정도에 밟을 만한 자리는 9개
정도가 보이는군.

나라면 발판 4개, 거리 50미터 정도면 최고 속도에 다다를 수 있다.

"해볼까?"

나는 허리를 앞으로 내밀고 상체를 뒤로 젖혔다. 궁신탄영(弓身彈
影), 무협지를 뒤지다 고안해 낸 이 신법은 기사의 중(重)에 암살자의
경(輕)을 조합해 만들어낸 강력한 돌진법이다.

물론 몸의 탄력이라든가 마나 컨트롤도 필요하기 때문에 아무나 쓸
수 있을 거라는 생각은 안 들지만 속도 면에서는 그 어떤 보법보다도
뛰어나다고 자부한다.

흠, 개인적으로는 건곤팔보(乾坤八步)라든가 천마군림보(天魔君臨步)

같이 강대한 것들을 하고 싶었지만 너무 허황된 보법들이기에 스킬들을 이리저리 섞어봐도 만들 수 없어 포기했다.

허리를 앞으로 내밀고 상체를 젖힌 후 하체에 무게를 증가시킨 후 상체를 상대적으로 가볍게 만든다. 시위를 당기듯 몸을 젖힌 다음 단숨에 몸을 펴며 땅을 박찬다.

파앙!

주변 경관이 삽시간에 일그러졌지만 정신을 집중해 지붕들을 밟았다. 서기 위해서가 아니라 가속을 위해서였다.

팡! 팡! 팡! 팡!

온몸은 짓누르는 관성의 힘을 무시하며 마지막 발판마저 밟아 최고 속도에 접어들었다.

기술은 손바닥의 양면에 양기와 음기를 집중시키는 것으로 시작한다. 양기와 음기를 머금은 오른손을 앞으로 나란히 하듯 내밀면 손바닥에 모여 있던 양기는 음기를 끌어들이고, 손등에 모여 있던 음기는 양기를 끌어들인다.

그런 후 손바닥을 반전하며 주먹을 움켜쥔다. 그러면 양기와 음기는 소용돌이치듯 원을 그리며 일정 공간에 고르게 분배된다.

아무런 구심점 없이 모여들게 된 마나들은 에너지 총량 불변의 법칙에 따라 일시적으로 강하게 반발하여 사방으로 흩어지게 되고, 내 손에서부터 대충 1~2미터 정도의 원형 공간이 잠시 동안, 그러니까 3초에서 7초 정도 마나의 빈 공간이 되어버리는 것이다. 그리고 마나가 없는 공간은 마법을 비롯한 모든 에너지 행위—물리력 포함—를 무효화시키기 때문에 꿈에서나 그리던 절대 방어 기술이 가능해지는 것이다.

툭!

“성공이다.”

무시무시한 기세로 돌격해 나가던 몸이 딱 하고 서버린다. 그러니까 이건 마나 동결의 응용이다. 마나 동결은 모든 에너지를 무위로 돌려 버리기 때문에 날아오던 물체들을 세울 수 있다. 그리고 난 그걸 반대로 사용해서 내 몸을 세워 버린 것이다.

예전부터 느낀 거지만 마나 동결은 여러모로 응용 범위가 넓은 것 같군. 이제는 비교적 잘 활용할 수 있게 되었으니 슬슬 실전에서 써보는 것도 나쁘지 않겠어.

“에… 저기?”

“응?”

이런 저런 생각에 빠져 있던 난 어벙한 표정으로 날 바라보고 있는 넬의 모습을 바라보았다. 넬이 있는 것을 보아 제대로 도착한 것 같군. 나로서는 순조로운 진행이었지만 그녀는 조금 놀란 듯 멍한 표정이다.

“여긴 어떻게 오신 거예요?”

“오면 안 되는 곳이야?”

“무, 물론 그런 건 아니지만 경비가 꽤 삼엄할 텐데.”

“그까짓 것.”

나는 가볍게 감지력을 풀어 건물 안을 살폈다. 와우! 별로 크지도 않은 건물을 감시병들이 겹겹이 둘러싸고 있군. 어차피 은신술을 사용하고 있는 난 시야에 걸리지 않으니 소용없지만.

“그래, 왕비한테 불려간 다음 어떻게 된 거야?”

“뭔가 논의할 게 있다면서 오빠와 언니들을 데리고 가셨어요. 저희는 다시 무도회장으로 돌아가려고 했지만 한동안 푹 쉬라면서 여기에 가둬 버리셨죠.”

"거부할 수는 없는 거야?"

"아버지께서 쓰러진 지금 대부분의 권력을 어머니와 숙부님께서 쥐고 계시니까요. 제가 소환술이라도 사용할 수 있다면 그나마 괜찮았겠지만, 소환술을 사용하지 못하는 왕족은 권한이 거의 없어요."

분위기를 보아하니 내 유일한 아군인 그녀를 가둬두고 날 처리하려는 계획인 모양이군. 물론 귀족들 중에 내 팬 층이 상당 부분 자리잡았지만 누누이 말했듯 내 연주는 최면이 아니다. 어지간한 일이라면 나서줄지도 모르나 권력의 대부분을 장악하고 있는 왕비와 공작에게 덤벼들 녀석은 없겠지.

"엘, 온 거 아니까 그냥 나오렴."

"아, 저, 저는 숨어 있으려고 한 게 아니라……."

"탓하는 거 아니니까 긴장하지 마. 그나저나 팔찌하고 돌은 가지고 있어?"

"예."

"그럼 둘 다 꺼내봐."

내 말에 그녀들은 품속에서 푸른색으로 빛나는 돌멩이들을 꺼내 들었다.

정석은 참 여러모로 효용성이 많은 아이템이다. 무기를 강화시킬 수도 있고, 마법진이나 마법 물품을 만들 수도 있다. 하지만 내가 그것들 중 가장 눈여겨보는 것은 바로 마력 증가. 뭐, 많은 효용성이고 뭐고 지금 가장 필요한 능력은 그거였으니까.

물론 유저들은 정석을 흡수할 수 없다. 만약 그런 게 가능하면 죽기 살기로 처먹는 녀석들 때문에 정석의 가격이 열 배는 뛰어버릴 뿐만 아니라 보편적인 마력량이 매우 높아져 버릴걸? 나 역시 정석을 흡수할 수 있다면 드래곤 하트를 집어먹었을 테니까.

하지만 유저와는 다르게 환수나 수하 언데드, 혹은 몬스터들은 정석을 흡수하는 것이 가능하다. 물론 그 숫자에 제한이 있지만 데스 워리어(Death Warrior)를 데스 나이트(Death Knight)로 업그레이드시키는 데는 상당수의 정석이 들어간다고 들었으니까.

그리고 정석을 흡수할 수 있는 존재가 하나 더 있는데, 그것이 바로 NPC이다. 유저들과는 다르게 NPC들은 정석을 흡수할 수 있고, 그것을 마력으로 전환할 수도 있다. 물론 그러기 위해서는 여러 가지 준비와 능력이 필요하지만 분명히 그렇다고 알고 있다.

"그런데 뭘 하시려고 이 상황에 여길 침투하신 거예요? 서, 설마 제 몸을 노리고?!"

"……."

"…죄송해요. 농담이었어요."

확 때려주고 싶지만 시간이 없어 참는다. 그나저나 서둘러야겠군. 벌써 3시가 넘어가고 있다. 운 좋게 넬이 깨어 있어서 깨우는 수고는 덜었지만, 내가 감옥에서 빠져나갔다는 사실을 누군가 눈치라도 채면 곤란하겠지?

나는 주머니 속에서 붓을 꺼내 들고 넬의 침실 바닥에 마법진을 그리기 시작했다.

흐음, 이 마법진의 크기는 지름만 해도 50미터에 달할 정도로 큰데 그걸 방 안에 그릴 수가 있다니. 이놈의 왕족들은 축구를 하려고 침실을 만드는 건가? 정말이지, 오지게도 넓은 방이군.

"마법진… 무엇을 하시려는 겁니까?"

"좋은 거. 다리 좀 들어줄래?"

"아, 예."

나는 거의 40분 동안 마법진을 그렸다. 마법진의 난이도도 난이도지만, 일단 크기가 더럽게 커서 정령들을 소환해 빨리 그리고 싶지만 동조[Alignment]를 쓰면 신경이 분산돼서 집중하기가 어렵다. 그림 같은 거라면 모르지만 고도의 정신력을 필요로 하는 마법진을 그릴 수는 없는 것이지.

"와! 이렇게 큰 마법진은 처음 봐요. 혹시 대마법사?"

"그 정도는 아니지만 대충 흉내 정도는 내지."

나는 마법진 안에 넬과 엘을 앉히고 마력을 일으켰다. 은은한 공명음과 함께 푸르스름한 기운을 뿜어내는 마법진. 나는 십여 개 정도의 중급 정석을 꺼내 마법진에 배치한 후 침대에 있던 이불 더미를 마법진 중앙에 있는 소녀들에게 씌워주었다.

"뭐 하는 거예요? 마법진 지워지면 어쩌려고."

"바닥 자체를 부수지 않는 한 안 지워지니까 걱정 말고. 거기서 자라."

"뭔가 하려는 거 아니었어요?"

"벌써 했어. 다만 시간이 좀 걸리니까 내일 점심때까지는 거기서 나오지 마. 절대, 저얼~대. 알았어?"

나는 그렇게 말하고 스파이더 맨처럼 천장에 거꾸로 매달렸다. 그 광경에 눈을 동그랗게 뜨는 넬과 엘. 나는 그녀들을 향해 가볍게 웃어준 후 건물을 나섰다.

[뭘 한 거야?]

"잠재력을 깨워줬다고 할까?"

파니티리스에서 마력을 다루는 재능을 가진 이는 매우 드물다. 하지만 그럼에도 이레인 왕국의 왕족들은 매우 높은 확률로 소환 능력을 가지고 있는데, 이것을 어떻게 해석해야 할까?

나는 그것의 이유로 혈통을 생각했다. 설마 이 많은 왕족들이 우연히 재능을 가지고 있을 리는 없으니 핏줄 자체에 어떤 특수한 마법이나 신력이 가해졌다고 볼 수밖에 없는 일이니까. 혈통에 뭔가를 가한 대상은 신일 수도 있고, 드래곤 같은 고등 종족일 수도 있다. 물론 정확히 말하면 운영자겠지만 일단 설정이 그러한 것이니까.

요컨대 '정통 왕위 계승자인 넬에게는 소환사적 재능이 있을 수도 있다' 라는 것이 내 결론이었고, 때문에 난 넬 녀석을 만난 첫날 팔찌를 채워주었다.

[그럼 이제 녀석들도 잠재력을 깨워 뭔가를 하는 거야?]

"그건 나도 모르지."

내가 넬과 엘에게 넘길 팔찌는 원래 1인용으로 마력의 흐름을 몸 전체에 균일하게 흐르게 하는 용도를 가지고 있다. 내가 녀석들과 함께 여행을 하는 동안 팔찌는 내 마력의 파동과 녀석들의 파동을 비슷하게 만드는 역할을 했다.

물론 그렇게만 해서는 아무런 일도 안 생기겠지만, 난 녀석들과 여행하는 동안 내 마력의 파동을 평상시보다 수십 배 이상 복잡하고 묵직하게 꼬아놓았기에 팔찌는 사용자의 몸이 불안정하다고 판단, 계속해서 넬과 엘의 기감을 조절했다.

그리고 그 결과가 얼마 전의 공명이다. 만약 넬이 정말 아무 재능도 없는 일반인이었으면 팔찌가 반응하는 일도 없었겠지만, 녀석의 팔찌는 의외로 강하게 반응했다. 어쩌면 중급, 잘하면 상급 소환수가 나올지도 모르는 일이지만 아직 확인한 것도 아니니 장담할 수는 없다.

"그래도 넬이 소환술을 사용하게 되면 상황은 훨씬 좋아지겠지."

　나는 실프를 소환해 바람의 계단을 생성, 박차고 근처에서 가장 높은 탑의 꼭대기로 올라섰다. 어느덧 시간은 새벽 4시. 사방은 완전한 어둠으로 접어들어 있었지만 마나의 흐름을 읽어내는 난 주변을 대낮처럼 분명하게 구별할 수 있어 벽과 충돌한다거나 하는 일인 벌어지지 않았다.

　[그러고 보니 안 자도 돼?]

　"당연히 자야지. 하지만 그전에……."

　나는 피부 위를 뒤덮고 있는 메크로네스 아머에 손을 올렸다. 투명하게 내 몸을 보호하고 있는 이 전신 슈트는 모든 물리력에 강한 내성을 가지고 있어 마나가 담겨져 있지 않은 공격은 나에게 별다른 타격을 입힐 수가 없다.

　나는 메크로네스 아머의 벨트 부분을 조작해 메크로네스 아머를 해제했다.

　[흐음, 뭔가 이상하다고는 생각했지만 투명한 갑옷이 있었구나.]

　"별로 맞을 일이 없어 드러나지 않지만 어쨌든 유니크 아이템이니까."

　이걸로 할 건 다 해놓은 것 같군. 나는 탑에서 뛰어내렸다. 대충 4~5층 정도 되는 높이지만 이 정도야 뭐. 나는 실프로 떨어지는 속도를 감속해 조용히 내려섰다.

　여러모로 쓸모가 많은 정령술. 그래도 하급 정령인 실프로 비행을 시도하는 건 어려워서 쓸 수 있는 건 이런 감속 정도다. 소환할 수 있는 최대 숫자인 여섯 마리를 모두 불러내면 비행이 불가능한 것도 아니지만, 그랬다가는 오히려 제어 쪽이 어려우니까. 중급 정령인 실라페라면 괜찮을 것도 같지만 그건 소환할 때마다 집중하고 주문을 외워야 하는 통에 여러모로 불편하다. 조금만 감시가 약해져도 돌아가 버리는 것도 문제고 말이야.

"다녀왔습니다."

"……."

감옥 문을 열고 들어가자 간수 녀석이 어정쩡한 표정을 짓는다. 죄수가 도망가면 문책당하게 되니 도망가기를 바랄 수도 없고, 그렇다고 통제 불능 죄수가 돌아오기를 바랄 수도 없는 미묘한 상황에 당황하고 있는 것 같군.

나는 벽에 박혀 있는 족쇄 쪽으로 다가가 몸을 돌려 간수를 바라보았다.

"뭐 합니까?"

"예?"

"족쇄 채우고 쇠사슬 매세요. 공작이 왔을 때 제가 의자에 앉아 커피라도 마시길 바랍니까?"

"그, 그럴 리가……."

그는 끊어져 있던 쇠사슬을 치우더니 땀을 뻘뻘 흘리며 창고에 있던 새 쇠사슬을 끌고 왔다. 양팔에 족쇄를 채우고 오른팔에 쇠사슬을 감는다.

흠, 그런데 이번에는 상당히 복잡하게 얽는다? 내가 쇠사슬을 끊었던 건 단순히 감기만 했기 때문이라 생각하는 건가?

나는 피식 웃었다. 그리고 오른팔에 힘을 집중했다.

팅! 팅팅! 팅!

"히, 히이익?!"

경악하는 그의 모습에 실프를 움직여 그의 입천장을 살짝 찔러주었다. 내가 족쇄에 채워 있든 말든 그의 목숨은 내 판단 여하에 달려 있다는 경고였고, 그것을 알아들은 그는 창백하게 질렸다.

"한숨 자겠습니다. 슬슬 잘 시간이기도 하고. 아, 잊을 뻔했군요."

실프 하나를 더 소환해 내 머리카락을 헝클어뜨렸다. 그리고 웃옷에 걸려 있던 붓으로 온몸에 멍과 핏자국을 그렸다. 한 10분쯤 작업을 계속하니 독립기념관에나 나올 것 같은 외양의 꽤나 훌륭(?)한 죄수의 모습이 되었다.

"이건?"

"고문받은 척하는 겁니다. 공작이 오면 '이렇게 지독한 놈은 처음 봤습니다'라는 식으로 이야기하세요. 당신도 그 편이 나을 테니까. 아, 슬슬 피곤하니 그럼……."

당혹스러워하는 간수를 두고 로그아웃한다. 일단은 유령 모드. 난 내 몸이 수면 모드에 들어간 것을 확인한 후 다시 한 번 로그아웃했다.

두 시간만 자자. 수면은 필요한 것이니까.

공개 재판

Chapter 28

2021년 10월 5일, 오전 8시 30분.

과거에 대한 꿈은 언제나 구타와 비명으로 시작한다.

악몽(惡夢). 그래, 이것은 분명 악몽이다. 잊기를 원하고 계속해서 잊어가는 악몽.

하지만 그런 악몽이라도 간절히 원하던 시절이 있었지.

"후우, 벌써 14년이나 지났나?"

나는 창녀의 자식이었다.

무슨 중세시대도 아니고, 웃기게 들릴지도 모르지만 사실이 그렇다. 창녀였던 어머니는 정말로 아름다운 여인으로 일반적인 창녀와는 조금 다른 존재였다. 쉽게 말하자면 고급이랄까? 여인답지 않은 영민함과 아름다움을 가지고 있던 그녀는 높은 지위나 재산가들만을 손님으로

받으며 여왕과도 같이 군림했다.

그리고 내 아버지는 그런 그녀가 받은 손님 중 하나다. 세계에서도 세 손가락 안에 들어갈 정도로 어마어마한 갑부이자 미남. 천재적인 재량으로 중소기업에 불과한 회사를 5년 만에 폭발적으로 키워놓은 세계 최고의 남자.

어머니와 아버지가 정말 사랑해서 나를 낳은 거라면, 아니, 하다못해 사고로 나은 거라면 내 인생은 조금 달라졌을지도 모르지만 어머니는 그 대단하신 아버님께 약점을 잡기 위해 나를 낳았다.

어머니는 내가 태어날 때까지 임신한 사실 자체를 숨기고 있다가 낳은 다음에야 아버지에게 그 사실을 밝혔다. 깜짝 놀란 아버지는 어머니에게 상당한 돈을 넘겨 그 사실을 숨기려 했지만, 애초부터 계획적으로 나를 낳은 어머님의 욕심이 그 정도에서 그칠 리 없었다.

그녀는 수십, 수백 억이 넘는 돈을 받았음에도 계속해서 아버지를 협박했고, 급기야는 그의 정부가 되고자 했다. 이미 아내가 있던 아버지는 그것을 거절했으나 어머니는 계속해서 협박했다.

분명하지는 않으나 기억한다. 내가 대충 네 살쯤이었을까? 그녀는 개인 별장에서 바람을 쐬다가 아버지의 수하들에 의해 납치당했다가 일주일 후에 돌아왔다.

그녀의 몸에 어떤 상처도 없어 잘 모르겠지만 후로 그녀가 아버지를 극도로 두려워하게 되었다는 것을 생각할 때 모종의 고문을 받았을 것이라 생각된다. 하여튼 그녀는 아버지를 두려워하게 됨과 동시에 정신병을 앓게 되었고, 그것으로 여왕과도 같던 그녀의 인생은 내리막길에 들어섰다.

추락은 순식간이다.

나를 낳았다는 사실을 꼬리표처럼 달아버린 그녀는 이미 과거의 영민함까지 잃어버린 상태였다. 재산도 여기저기에 뺏기고, 소속되었던 집단에서도 버림받았다. 그녀에게 남은 길은 헐값에 몸을 파는 것뿐이었다.

그녀는 본래부터 잔인한 성격이었다. 그리고 납치당해 돌아온 날부터는 제정신이 아니기까지 했던 걸로 기억한다. 물론 아주 돌아버리거나 한 것은 아니었지만 그녀는 극도의 피해망상과 두려움으로 평생을 보냈다. 이유없이 날 구타하기도 하고, 한 달 가깝게 굶긴 적도 있었다. 계단에서 밀어버리기도 하고, 유리 조각으로 내 몸을 헤집어놓은 적도 있다.

"하지만……."

하지만 그럼에도 나는 그녀를 사랑했다.

아무리 어리석고 잔인하다 해도 그녀는 이 세상에 단 하나뿐인 어머니였다. 나에게는 그녀뿐이었다. 그녀의 말이라면 무엇이든 따를 수 있었고, 그녀가 웃어준다면 언제든지 죽을 수도 있었다. 하지만 난 자랄수록 점점 아버지를 닮아갔고, 그녀는 그런 날 단지 증오하기만 할 뿐이었다.

수없이 죽을 뻔하고, 수없이 위협을 당했지만 나는 계속해서 견뎠다. 언젠가 그녀가 제정신을 차리고 나를 사랑해 줄 것이라는, 스스로조차 믿지 않는 미련을 가지고.

그리고 대충 열 살 때쯤이었나? 항상 불안정한 모습을 보이던 어머니는 결국 식칼로 날 찌르고 불을 지르기에 이르렀다.

큰일이었지만 별로 놀라지는 않았던 걸로 기억한다. '오늘은 피가 좀 많이 나는구나' 하고, 집에 불이 나면 '더 이상 지낼 곳이 없을 텐데’ 하는… 단지 그 정도뿐이었다. 정신적으로도, 육체적으로도 지쳐 있던 난 그녀에게 저항할 힘이나 의사도 없었으니까.

피를 너무 많이 흘린 난 정신이 혼미한 외중에도 생각했다. 어머니는 화상을 입으면 안 되는데, 어머니는 오직 자신의 아름다움만으로 세상을 살아갈 수 있는데…….

“바보 같았지.”

깨어났을 때는 방화 사건이 있은 날로부터 대충 일주일 정도가 지난 후였다.

그렇게 모든 것이 사라졌다. 집도, 어머니도, 끝끝내 손에 넣지 못한 행복마저도.

나는 어머니의 유골을 훔쳐 병원을 탈출했다. 그리고 근처에서 가장 높아 보이는 아파트에 올라가 세차게 불어오는 바람에 어머니의 뼛가루를 날려 보냈다.

별로 더 살 생각은 없었다. 겨우 열 살일 뿐이었는데도 나는 진심으로 죽기를 바라고 있었다.

죽음을 향해 한 걸음, 안식을 향해 두 걸음.

하지만 그곳에서 나는 만났다. 나와 동갑이라고는 믿을 수 없을 정도로 시건방진 눈을 가지고 있는 소년을.

’재미있는 꼬마네?

석구는 보디가드에게 명령해 아파트에서 뛰어내리려던 나를 붙잡아 자기 집으로 끌고 갔다. 그 당황스러운 사태에 난 저항했지만 이내 붙잡혀 공부를 시작해야 했다.

난 태어나 단 한 번도 교육이라는 것을 받아본 적이 없었고, 덕택에 글자조차도 모르는 상태였다. 내 나이가 열 살이라는 걸 생각하면 일반인보다도 뒤처지는 진도였지만 석구가 배정한 선생들은 학대에 가까운 수업을 강행해 2년 만에 날 중학생 수준까지 끌어올렸다.

그리고 그들은 또 나에게 무술을 가르쳤다. 특공 무술이나 검도 같은 체술들을. 자의가 아닌 타의였다. 아마 그때 내가 얻어맞은 횟수를 수치화시키면 몇십만 대를 넘어갈 거라 생각한다. 확신할 수는 없지만 어머니에게 많이 맞아본 경험이 없었다면 미쳐 버렸을지도 모를 정도였다.

나는 죽기를 바랐지만 목숨이 위협받을 만한 구타는 오히려 생에 대한 미련을 붙잡게 했다. 자살하려는 녀석을 잡아다가 죽도록 패면 저항하는 것과 같은 이치다. 죽으려고 했던 나였지만 어느새 그들에게 맞지 않기 위해 그들의 말에 따르고 있었으니까.

"훗, 그런 면에서 보면 석구는 내 생명의 은인인 셈인가?"

녀석은 날 자신의 보디가드로 취직시켰다. 녀석은 남들 초등학교 다닐 때 중학교에 다니고, 남들 중학교에 다닐 때 고등학교에 다니던 녀석이라 나 역시 그를 호위하기 위해서는 같은 수준을 유지해야 했다.

말했다시피 학습은 학대에 가까웠고, 그것을 모두 받아들이니 학교에서도 성적 하나만큼은 언제나 최상위권이더라? 물론 학대에 가까운 학습이 있다 해도 그건 어려운 일이지만 난 천재는 안 되도 수재 정도는 되는 것 같았으니까.

어쨌든 보디가드 생활을 해온 덕택에 난 석구와 꽤 긴 시간을 함께 보냈다. 그렇다고 친한 것은 아니었다. 그가 내 생명을 구했다고는 하지만 날 두들겨 팬 선생들이 모두 그의 부하라는 걸 생각하면 도저히 그와 친해질 수 없었다. 증오하지 않은 것만 해도 얼마나 어른스러운 일이던가.

한동안 날 호위 삼아 데리고 다니던 녀석은 멋대로 내 호적을 조작하여 날 그의 보디가드 중 한 명의 자식으로 입양시켜 버렸다. 전혀 상상도 못한 상황에서 얻게 된 부모님과 여동생. 그들은 날 따뜻하게 반겨주었지만 나는 그들에게 적응하지 못하고 어지간한 일 없이는 나올 수 없는 연구소로 들어가고 말았다.

"아무래도 요새 많이 풀어지긴 한 모양이군. 옛날 생각은 별로 안 하고 지냈었는데."

헛웃음을 지으며 장갑을 끼고 헬멧을 착용했다. 이제는 이 일련의 동작이 꽤나 자연스럽군. 그만큼 많은 시간을 플레이에 투자했다는 것이겠지.

헬멧에 달려 있는 버튼을 누르자 띠— 하는 기계음과 함께 노곤한 느낌이 득달같이 밀려든다. '언제나 그렇지만 잠이 오는 느낌이군' 하고 중얼거리며 눈을 감는다.

파앗!

눈을 뜬다. 주변을 뒤덮고 있는 것은 언제나 그랬듯 무한히 펼쳐진 어둠. 나는 말했다.

"카모밀레."

—접속하시겠습니까?

"물론이지."

—준비… 완료되었습니다. 아이디와 패스워드를 말씀해 주십시오.

"아이디, 이건영. 패스워드, 황혼이 잠드는 곳."

—…확인되었습니다.

스르르 흩어지는 글자와 함께 어둠 속에서 갈색의 문이 열린다. 어엉? 저건 직업 선택할 때 나타났던 문이잖아?

"이건 뭐지?"

—선약의 방이라는 곳으로 이번에 도입된 시스템입니다. 유저들은 그곳에서 공지 사항이나 자기 캐릭터의 모습, 능력치, 게시판과 아이템 목록 등을 확인할 수 있습니다.

"그래?"

문을 열고 들어가 보니 투명한 유리 관 속에 잠들어 있는 내 모습이 보인다. 흠, 유리 관 속에는 무언가 알 수 없는 액체가 들어차 있는데도 옷을 다 입고 있군. 하긴 그런 거야 상관없겠지.

난 공지 사항을 확인했다.

일루전 시작과 더불어 패치 사항을 알려드립니다.

1. 추가 직업이 생성됩니다.

추가 직업은 총 두 가지로, 의사와 기술자입니다. 의사는 치유 마법이 통하지 않을 정도의 큰 부상을 수술로서 치료할 수 있는 직업이고, 기술자는 현대적 물품들을 간단히 만들어낼 수 있는 직업입니다. 승급 시험은 패치 후 새로이 생성될 의료의 도시 메디레인과 기계의 도시 핸디레인에서 정기적으로 이루어질 예정입니다.

2. 라비린토스가 확대됩니다.

많은 유저 분들의 성원에 라비린토스가 확대됩니다. 그 크기는 한반도 정도입니다만, 성의 모양이 정사각형인 관계로 느낌은 다를 수도 있습니다.

3. 스페셜 이벤트. 탄식의 성이 준비 중입니다.

스페셜 이벤트입니다. 마스터가 될 절호의 기회. 일루전이 서비스 종료할 때까지 다시없을 대(大) 이벤트!

40레벨 이상의 유저는 2021년 10월 25일까지 탄식의 성 이벤트를 신청할 수 있습니다. 탄식의 성 이벤트는 한 달간 진행되며 테스트에 신청하면 새로운 맵, 탄식의 산맥으로 이동하게 됩니다.

탄식의 산맥에는 수많은 최상급 몬스터들이 서식하고 있으며, 기본적으로 경험치 세 배에 몬스터 등급 상승이라는 보너스가 붙게 되어 성장에 유리합니다. 하지만 탈락하게 되면 탄식의 산맥에서 얻은 경험치의 8/10이 사라지게 되니 이 점 참고하시길 바랍니다.

탄식의 성 이벤트는 한 달간 진행되며, 중간에 단 한 번이라도 로그아웃하거나 사망하게 되면 자동 탈락합니다. 수면 시간으로 하루 여덟 시간씩 로그아웃할 수 있고, 그 시간을 넘겨도 탈락입니다.

'너무하잖아!' 라고 생각하시면 그냥 도전하지 마십시오. 저희 이벤트는 대체로 빡세니까.

4. 합체 마법이 생겨납니다.

마스터급 이상의 유저가 파티를 생성하면 파티 원들의 모든 힘을 합친 합체 마법을 발동 가능합니다. 위력은 파티장과 파티 원들의 능력에 따라 차이를 가지며 특정 수련 없이도 사용 가능합니다.

5. 파니티리스가 점검에 들어갑니다.

2021년 10월 18일부터 세 달 동안 파니티리스 서버가 점검에 들어갑니다. 유저들은 점검 시간 동안 파니티리스로 이동할 수 없으며, 파니티리스는 유저들이 없는 채로 '석 달이 지났다' 라는 설정으로 이어질 예정이니, 현재 알고 있는 NPC가 있으면 여행이라도 간다고 이야기해 놓으십시오.

환상의 세계 일루전과 함께 오늘도 즐거운 하루 되시길 바랍니다.

"어마어마한데?"

나는 휘파람을 불었다. 추가 직업만 해도 엄청날 텐데 라비린토스가 한반도만큼 커진다고? 스페셜 이벤트? 합체 마법? 파니티리스 점검?

하나하나가 무시할 수 없을 정도로 커다란 패치들이다. 그리고 그중에서도 파니티리스 점검.

다른 이들은 몰라도 마스터들에게는 이게 가장 문제로군. 오늘이 10월 5일이니까 18일까지는 무슨 짓을 해서든 퀘스트 20개를 완료해 놓아야 한다. 그렇지 않으면 타이탄을 얻지도 못한 채 라비린토스로 끌려가게 될 테니까.

"게다가 스페셜 이벤트라……."

아무리 그래도 경험치 세 배에 등급 상승은 장난 아니군. 이런 보너스가 붙으면 최상급 몬스터 50마리만 잡아도 40레벨에서 마스터에 이를 텐데 말이야.

일루전의 몬스터에는 각각 등급이라는 것이 존재한다. 아주 약한 몬스터, 약한 몬스터, 동급 몬스터, 강한 몬스터, 아주 강한 몬스터, 보스급 몬스터, 그리고 등급이 변하지 않는 스페셜 보스급 몬스터.

당연한 일이지만 등급이 높으면 높을수록 경험치가 높고, 약한 아래 등급으로는 아무리 쓰러뜨려도 경험치가 없다시피 하다.

몬스터 등급은 유저가 강하면 강할수록 점점 낮아진다. 직업을 동시 선택하는 유저가 적은 것도 이것 때문인데, 지금의 난 필드 보스를 만나도 동급으로 표시된다.

"하지만 최상급 몬스터는 결코 만만한 적이 아닌데……."

내가 지금까지 만난 최상급 몬스터는 그레이터 블랙 메탈(Greater

Black Metal)이라 불리는 와이번 하나뿐이지만, 그것만으로 최상급 몬스터의 위력은 대충 알고 있다.

최상위 몬스터는 레벨이 대충 60~70대에 이르는 녀석들로 한 마리 한 마리가 마스터급 유저에 필적하는 전투력을 가지고 있다. 물론 마스터 대여섯 명이 덤벼도 막아낼 수 있을 거라 짐작되는—싸워본 건 아니니까—몬스터를 나는 혼자서 잡았지만 40레벨의 유저라면 20명 이상 덤벼야 대등, 30명 이상 덤벼야 안전권인 것이다.

"쉽게 말해 집단전인 건가?"

일루전에 존재하는 40레벨 대 유저는 대충 5만 명 정도다. 이런 절호의 기회를 놓치고 싶은 사람이 있을 리 없으니 적어도 3만 이상의 유저가 이벤트에 도전하겠지.

"아차차!"

지금 급한 건 이게 아니지. 저 이벤트에 참가하기 위해서라도 이레인에서의 일을 끝마쳐야 한다.

"그런데 로그인은 어떻게 하지?"

—자신의 캐릭터에 손을 대시면 됩니다.

"간단해서 다행이군."

나는 유리 관 속에 들어 있는 나에게로 다가갔다. 나랑 똑같은 모습을 한 놈을 마주 보자니 기분이 묘하군. 나는 유리 관에 손을 댔다.

"잠깐."

그러고 보니 머리색이 이상하잖아? 물론 난 흑발이고, 분신 역시 그랬다. 하지만 유리 관 속의 내 머리칼에는 묘한 빛깔이 마치 염색처럼 스며들어 있었다.

이것은 녹색, 아니, 정확히 연두색이군. 어디서도 본 적 없는 신비로운 색. 물론 검은색이 압도적으로 많았지만 연두색 머리칼이 분명히 섞여 있다.

"이게 대체 뭐……."

팟!

세상이 번쩍이는가 싶더니 배경이 변한다. 돌로 만든 벽에 쿠리쿠리한 냄새. 감옥 안인 걸 보니 로그인된 모양이군. 나는 내 머리를 찍어 오는 망치를 보았다. 공격? 의아해하면서도 고개를 틀어 그것을 피했다.

쾅!

"헉… 헉… 드, 드디어 깼다."

살았다 하는 표정으로 소리치는 간수의 모습에 다시 쇠사슬을 끊으려다 멈칫한다.

"무슨 일입니까?"

"공작님께서 오고 있소! 도대체가 당신은 괴물이오?! 슬쩍 깨우면 깰 줄 알았는데 칼로 찔러도, 망치로 후려쳐도 멀쩡하다니!"

"……."

생각해 보니 그렇겠군. 로그아웃 시에는 보호막이 온몸을 감싸게 되니까. 어지간한 타격은, 심지어 검기같이 강대한 공격도 쉽사리 먹히지 않는 것이다.

'댁도 마음고생 심했겠구려' 하고 생각하고 있는데 문이 열리며 데딘트 공작이 모습을 드러낸다.

"심문은 제대로 했나?"

"무, 물론입니다!"

데딘트는 굽실거리는 간수를 경멸스러운 표정으로 바라보며 감옥 안으로 들어섰다.

혼자라니 의외로군. 소환사로서의 능력을 자신한다는 건가?

그는 아직까지 멀쩡히 서 있는 간수를 보고 눈썹을 찡그렸다.

"그 망치는 뭔가?"

"예? 아, 아아! 이 녀석이 하도 지독하게 버티는지라……."

"말귀를 못 알아듣는 녀석이군. 몸을 망가뜨리기보다 고통을 주는 심문을 하라고 했을 텐데?"

"죄, 죄송합니다!"

데딘트는 다시 굽실거리는 간수를 못마땅하다는 듯 바라보다 내 앞에 의자를 놓고 앉았다.

"그래, 지금 심정은 어떠냐?"

"어땠으면 좋겠습니까?"

"허, 어땠으면 좋겠냐고?"

그는 어처구니없다는 표정으로 간수를 바라보았다. 불안한 표정으로 어찌할 바를 모르는 간수. 데딘트는 다시 한 번 한숨 쉬었다. 그리고 말했다.

"죽여라."

쾨득!

감옥 문을 부수며 미노타우르스를 닮은 환수가 난입해 거대한 배틀 액스로 간수를 내리찍었다.

비명조차 지르지 못하고 쓰러지는 간수. 그의 몸에서 튄 피가 내 전신을 물들이며 내장에서 뿜어진 더운 김이 얼굴에 확 하고 밀려든다.

"……."

너무나도 쉽게 사람이 죽었다.

예전이었다면 이 장면에 심한 욕지기와 불쾌감을 느꼈을 것이다. 어쩌면 분노를 느꼈을지도 모르고, 그 죄수가 내 탓이라는 죄책감에 휩싸였을지도 모르지.

하지만 지금의 나는 달랐다. 표정조차 변하지 않고 그 모습을 바라본다.

약간은 웃기는군. 익숙해진 건가?

이 세상에는 많은 호러 게임들이 있다. 피와 시체, 그리고 비명이 예사로 나오는 게임들. 사람들은 그런 게임을 보면 처음에는 징그럽다고 느끼지만 곧 적응한다.

다 마찬가지다. 끔찍한 모습의 좀비들을 총으로 뭉개다시피 하는 게임도 계속하다 보면 별로 징그럽지 않게 여기게 되고, 공포 영화도 계속해서 보게 되면 그다지 무서워하지 않게 된다.

이해할 수 없군. 대체 시리우스는 무슨 생각으로 피에 대한 금제를 파니티리스에 와서 해제한 거지? 성 행위를 허락한 것은 그나마 이해가 간다. 그건 바라는 녀석이 분명히 있을 테니까. 하지만 금빛으로 보이던 피를 다시 붉은색으로 봐야 하는 이유가 뭐야? 그것도 살인이 예사로 벌어지는 파니티리스에서.

지금의 나만 해도 그렇다. 간수가 죽었지만 조금 역겹다는 기분뿐 별다른 충격을 받지 않는 것이다. 일루전은 너무나도 실감나는 세상이기에 난, 아니, 모든 마스터들은 현실 세계에서 시체를 봐도 담담하게 받아들일 것이다.

"호오, 딴생각할 정도로 여유있는 건가?"

데딘트는 내 무덤덤한 반응에 화가 난 건지 성큼성큼 다가와 시뻘겋게 달궈져 있는 인두를 잡아 들었다.

그는 망설임없이 인두로 내 가슴을 지졌고, 나는 피부가 흉하게 끓어오르는 모습을 볼 수 있었다. 당연하지만 그다지 아프지 않다. 시스템상 정도 이상의 고통은 모조리 차단되니까.

"손수 고문이라니… 부지런한 분이로군요, 당신도."

내 말에도 그는 아무 말 없이 고문을 계속했다. 인두로 계속 지지고 피부를 얇게 벗긴 후 거기에 소금을 뿌린다.

나는 아무런 고통도 느끼지 않았지만 여러모로 힘들었다. 메크로네스 아머로 보호하지 않아도 내 몸은 튼튼한데다 회복력까지 빠른 편이라서 난 공작이 눈치채지 못하도록 내 몸에 저주를 걸어 방어력과 회복력을 약화시켜야만 했다.

'아아, 능력치 봉인하고 올걸' 하고 투덜대고 있는데, 한참을 고문하고 있던 데딘트가 약간은 굳은 표정으로 말한다.

"지독한 놈이로군. 고통스럽지 않나?"

"고통스러워 기절할 지경입니다만, 기절하고 괴로워한다고 봐줄 것 같지 않으니 참는 중입니다."

사실 전혀 안 아픈 것은 아니다. 그러니까 아픈 정도를 설명하자면 1미터 정도 위에서 유리 구슬을 떨어뜨려 어깨에 맞았을 때 정도의 느낌이랄까? 쉽게 말해 고문당하고 있다는 사실만 겨우 알 정도다.

데딘트는 너무나도 태연한 내 모습에 지친 듯 인두를 내려놓고 의자에 주저앉았다. 그리고 말했다.

"어이가 없군. 군인도 기사도 아닌 악사에게 고문이 먹히지 않는다니."

"제가 좀 참을성이 강한 편이어서."

"뚫린 입이라고 너무 나불대는구나!"

“그래서 불만이라도?”

내 말에 데딘트는 욱하며 인상을 찡그렸지만 이내 한숨 쉬며 말했다.

“그래, 인정하지. 넌 범상치 않은 녀석이야. 네 녀석의 연주도 솔직히 대단했다.”

“감사하군요.”

“하지만…….”

그는 인상을 굳혔다.

“그게 무슨 힘이나 권력을 주는 것은 아니야. 악사는 아무리 잘해봐야 악사. 대중에게 재롱 떠는 광대에 불과하다. 그런데 그런 네가 대체 뭘 믿고 네레이드를 지지하는 거지?”

“그건…….”

“그런 계집은 그만 포기하고 나를 따라라. 난 힘이 있어. 나라면 네가 평생 상상도 한 적 없는 부귀와 권세를 넘겨줄 수 있다.”

그다지 크지 않은 덩치의 노인에게서 강렬한 기백이 뿜어져 나온다. 포랜스를 왕위로 내세우고 그 공이나 인정받으려는 줄 알았는데, 내 착각이었군. 이건 왕이 되기를 바라는 눈이다. 권력의 정점에 오르기를 바라고 있는 녀석이야. 이런 녀석은 결코 누구의 아래도 참을 수 없을 거다. 굳이 중세시대가 아니더라도 이런 녀석은 어디에나 있기 마련이지.

평범한 녀석이었다면 이 노인이 뿜어내는 탐욕과 야망에 질려 버리겠지만 난 태연하게 웃을 수 있었다. 난 강하니까. 난 겨우 이런 야망에 압도될 정도로 약한 존재가 아니니까.

“후훗, 음침한 노인네보다는 역시 귀여운 소녀 쪽을 더 돕고 싶지 않겠습니까?"

"네놈!!"

데딘트는 이글거리는 눈으로 나를 노려보았으나 이내 이를 갈며 몸을 일으켰다.

천천히 걸어 부서진 입구 쪽으로 향하는 데딘트, 그는 차가운 눈으로 말했다.

"그렇다면 결과는 하나뿐이군. 처형은 오후에 집행한다."

그는 그렇게 감옥을 나섰고, 나는 그런 그의 모습에 한숨 쉬었다. 시체 정도는 치우고 가라고. 아무리 익숙해졌다 해도 피 냄새 진동하는 환경은 반길 만한 것이 아니니까.

나는 눈을 감고 정신을 집중해 내 몸에 걸어두었던 저주를 해제했다. 본디 저주란 걸 때보다 풀 때 훨씬 어려운 것이지만 어차피 내가 건 저주라서 푸는 데 아무런 문제도 없었다.

내가 내 몸에 건 저주를 해제하고 있을 때 목걸이에서부터 금발의 소녀가 빠져나온다. '꼭 램프의 지니가 나오는 것 같은 모양새군' 하고 생각하는데 에일렌이 고개를 돌려 물었다.

[결국 처형 집행일까지 결정되었네. 죽을 거야?]

'깎이는 경험치가 얼마인데. 미쳤냐?'

코웃음치다가 멈칫한다. 생각해 보니 헬 하운드에게 죽었던 게 8월 20일이었지? 드래곤 슬레이어 타이틀의 부활 능력은 한 달에 한 번씩 쓸 수 있다고 했으니, 지금은 죽어도 상관없는 기간이군. 물론 그렇다고 해서 죽어줄 생각은 눈곱만큼도 없었지만.

나는 미리 띄워놓았던 시계를 확인했다. 현재 시각 8시 30분. 어느새 아침이군. 식사를 거르면 체력치가 떨어지니 뭐라도 좀 먹어놔야지.

"실프."

가볍게 읊조리자 바람으로 이루어진 소녀가 모습을 드러낸다. 장난스럽게 웃으며 이리저리 날아다니는 실프. 나는 그녀에게 음식을 찾아 달라 부탁했고, 그녀는 근처의 테이블에서 딱딱한 빵과 베이컨을 찾아 왔다.

"이런 걸 먹고 사나? 댁도 생각보다 불쌍한 인생이었군."

나는 간수의 시체를 보며 빵과 베이컨을 먹었다. 게임 속 몸이라서 그럴까, 아니면 내 비위가 좋아진 것일까? 시체 옆에서 식사를 하는데 도 별다른 거부감이 들지 않는다. 아아, 뭔가 싫다. 물론 난 성인군자 가 아니지만 시체 옆에서 태연히 식사할 정도로 무감각한 놈도 아니었 는데.

나는 식사를 마치고 운디네를 소환해 물도 마셨다.

세수도 할까? 아냐. 명색에 고문당한 놈이 깔끔한 차림으로 나간다 는 것도 우스운 일이지. 하지만 밖의 놈들은 내가 고문당했다는 사실 도 모르잖아? 기분도 찜찜한데 그냥 씻지, 뭐.

나는 운디네로 몸을 씻은 후 머리까지 정리했다. 우주 정거장 나미 코에 머물게 된 뒤로 머리를 깎지 않았기 때문에 꽤 길어졌군. 어차피 여기서는 백날 깎아봐야 로그인만 해도 현실 세계 머리와 길이가 같아 지니 정리만 해두는 편이 좋겠지.

운디네로 눈앞에 거울을 만들고 실프를 이용해 수염까지 깎았다.

거울 안에서는 20대 초반의 사내가 잔잔하게 날 마주 바라보고 있 다. 뚜렷한 이목구비에 흔들림없는 눈동자. 나는 만족스럽게 웃었다.

"아아, 이 잘생긴 녀석. 왜 이렇게 잘생겼니? 응?"

에일렌이 같잖다는 표정으로 바라보았지만 깔끔히 무시하고 거울을 살폈다. 그러고 보니 머리카락에 대한 것을 잊고 있었군. 나는 살짝 고 개를 숙여 머리칼을 확인했다.

[새치?]

"세상에 연두색 새치가 어디에 있냐?"

검은 머리칼 군데군데에 연두색 머리칼이 섞여 있었다. 뭘까, 이건? 내가 염색을 한 적이 있던가? 현실에서의 내 머리칼에는 분명히 연두 색이 없었다. 그런데 게임 속에는 있다? 게임 속 모습은 분명 현실을 따른다고 알고 있는데.

이런 저런 생각을 하다 곧 고개를 흔들었다. 머리 색깔 조금 바뀐 게 무슨 큰 문제도 아니고… 곧 힘쓸 일이 생길 것 같으니 컨디션이나 조 절해 두는 게 좋겠군.

나는 조용히 두 눈을 감고 머리 속 잡념을 비웠다. 아무것도 생각하 지 않는 것, 의외로 힘든 일이지만 몇 번 하다 보면 익숙해지기 마련이 다.

명상[Meditation]. 마나에 대한 지배력을 올리기 위해 남녀노소, 직업 불문하고 흔히들 사용하는 기술.

정신을 집중하자 곧 사방이 고요 속으로 빠져든다. 아무것도 없이 침묵에 잠겨 있는 세계.

나는 여러 가지를 떠올렸지만 또한 아무것도 떠올리지 않았다. 흠, 뭔가 부정확하지만 뭐라 표현할 단어가 떠오르지 않는군. 내가 세상과 하나되고, 세상이 나와 하나되는 느낌. 어떻게 생각하자면 이것은 짜 릿한 쾌감과도 같다. 때문에 유저들 중에서는 굳이 실용성을 목적으로 하지 않고 명상에 잠기는 이들이 있다.

[…어나.]

잔잔한 고요 속에 파문이 일어나고 세상을 관조하던 정신이 의식 위로 떠오른다.

[일어나!]

'뭐야?'

재촉하는 에일렌의 목소리에 투덜거리며 명상을 종료했다. 항상 느끼는 거지만 명상을 한 번 하고 나면 사고가 정확하게 잡히고 머리가 맑아진다. 명상을 하면 눈에서 정광이 어린다고들 하는데, 이게 바로 그런 느낌일까?

난 기절한 척하면서 주변을 살폈다. 나 혼자만 있던 감옥에는 대충 두세 명의 병사가 들어온 상태였다. 간수의 시체를 보고 혀를 차는 병사들. 그들은 내키지 않는 표정으로 시체를 정리하더니 내 쪽으로 다가왔다.

"쇠사슬 좀 봐. 장난 아니군."

"하지만 너무 깔끔해. 고문을 하긴 한 건가?"

실눈을 뜬 채로 시간을 확인했다. 오후 두시. 명상을 꽤 오래한 것 같군. 병사들은 쇠사슬을 풀더니 내 머리를 툭툭 쳤다. 내 몰골이 워낙 멀쩡하니 기절한 척하는 건 힘들겠지? 나는 눈을 떴다.

"점심 시간인가요?"

"점심 시간이 아니라 재판 시간이다."

공작은 처형 시간이라고 했는데 재판이라니? 그렇다면 거의 즉결에 가까운 심판에 집행까지 강행할 모양이군. 그래도 재판에 처형까지 한다니 한 시간 정도는 끌어볼 수 있겠지?

병사들은 쇠사슬을 풀고 나를 연행했다. 나에 대해 소문 정도는 들은 듯 궁금한 게 많은 눈치였지만, 처벌이 두려워서인지 무언가를 묻거나 하지는 않았다.

병사들과 함께 걸어가는 길에는 상당수의 사람들이 나와 있는 상태였다. 자기들끼리 수군거리며 힐끗거리는 사람들을 향해 나는 살짝 웃었다. 나에 대해 호감을 가지고 있었던 듯 전체적으로 찜찜한 분위기로군. 물론 그들도 바보가 아닌 만큼 내 편을 들어주지는 못할 것이다. 무엇보다 상대는 권력을 장악하다시피 한 공작과 왕비. 반항했다가는 모든 것을 잃어버릴 수 있으니까.

잠시 걷다 보니 재판정의 모습이 보였다. 그런데 여기, 재판정 맞아? 이건 마치 반쪽짜리 축구장 같은 모양새로군. 그러니까 축구장을 반으로 쪼개고 운동장에 재판정이 존재하는 모양새랄까? 재판을 진행하는 것으로 보이는 장소는 탁 트인 상태였을 뿐만 아니라 족히 천 개는 넘어 보이는 좌석들을 앞에 두고 있었다.

말 그대로 공개 재판이군. 게다가 재판정 옆에 교수대 같은 건 왜 있는 거야? 악취미도 정도지 원.

확인 겸 물었다.

"재판정에 왜 교수대 같은 게 있는 걸까요?"

"설마 재판에서 이길 거라는 생각을 한 건 아니겠지? 이곳은 무늬만 재판정일 뿐, 이곳에 오는 녀석은 100% 유죄임이 확정된 녀석들이다."

그래서 데딘트 공작이 처형 집행이라고 말했던 거군. 나는 고개를 끄덕이며 주변을 둘러보았다. 소형 축구장이나 극장 등을 떠올리게 하는 관람석에는 이미 수백 명의 사람이 앉아 있었고, 그것도 계속해서 늘어나고 있는 중이었다.

사람들이 어느 정도 모여들자 한 무리의 기사를 이끌고 데딘트 공작

이 단상 위로 올라선다. 엑? 저놈이 재판장이야? 별로 기대하지는 않았
지만 공정한 재판을 기대하기는 어렵겠군.

데딘트는 가볍게 고갯짓했고, 내 옆을 지키고 있던 병사들은 예를
표시하고 내 옆에서 물러났다.

데딘트는 단상 위에 있는 마법진 위에 올라섰다. 뭔가 했더니 음성
증폭 마법이군. 기사들은 그를 빈틈없이 감싸 호위했고, 그는 입을 열
었다.

"그럼 제 813회 메를린 재판을 시작하겠습니다!"

현대였다면 땅, 땅, 땅 하는 소리가 울려 퍼지겠지만 파니티리스에
는 그런 문화가 없는 듯 바로 시작한다.

그러고 보니 이 세계에는 검사나 변호사도 없군. 있는 거라곤 판사
뿐이니 이게 무슨 재판이야? 판사가 죄인보고 '네놈의 죄를 인정하는
가?' 하고 물으면 죄인은 '아닙니다' 라고 답하고 판사는 '즐' 이라 말
하고 끝마치는 방식인 건가?

데딘트는 헛기침을 몇 번 정도 해 목소리가 제대로 퍼져 나가는지
확인한 후 입을 열었다.

"재판에 앞서 여러분께 슬픈 소식을 전해드려야 할 것 같습니다!"

그의 침중한 표정에 귀족들이 술렁이기 시작한다. 재판정이 점점 시
끄러워졌고, 데딘트는 그런 귀족들의 모습에 아무 말 없이 서 있기만
했다.

웅성거리다 다시 조용해지는 귀족들을 향해 데딘트는 말했다.

"오랜 투병 기간을 이어오셨던 란스 이레인 폐하께서 오늘 아침 9시
경에 결국 운명하셨습니다!"

술렁.

좀 전의 술렁임은 장난이었다는 듯 귀족들의 표정이 굳는다. 올 게 왔구나 하는 표정에서부터 순수하게 안타까워하는 표정까지.

국왕이 죽었다. 그리고 그 사실이 전하는 파동은 매우 큰 것이었다. 왕이란 한 나라를 관리하는 통치자인 동시에 누구보다도 위에 존재하는 지배자였으니까.

"그건 저 악사 때문에 일어난 일입니까?"

"저는 그렇다고 보고 있습니다. 폐하께서는 오래전부터 병상에 누워 계셨지만 이렇게 갑작스레 돌아가실 상황은 아니었으니까요."

대충 알 것 같군. 내가 만약 녀석의 회유를 받아들였다면, 녀석은 '저는 그렇게 보지 않습니다. 폐하께서 앓으시던 병은 예전부터 심각했으니까요' 라고 답했겠지. 그럼 난 무죄로 풀리게 될 테고, 그의 수하로 들어가게 될 것이다.

도시 전체에 퍼진 연주 덕분에 날 좋게 여기는 사람들이 많으니 그들도 아우를 겸, 또 두고두고 데딘트 공작을 광고해 줄 악사까지 얻게 되는 것이니 아마 데딘트가 바란 최고의 스토리는 그쪽이었겠지. 내가 거부하는 바람에 꽝됐지만 말이야.

나는 데딘트 공작과 귀족들이 떠들어 대는 동안 내 상태를 살폈다. 사람들의 이목 때문인지 쇠사슬은 풀었지만 쇠고랑은 여전히 채워 있었다.

장비야 어차피 인벤토리에 들어 있으니 상관없고, 명상을 한 덕택인지 컨디션도 괜찮았다. 지금 막 2시 30분을 넘어섰으니 조금만 더 버티면 되겠지.

문득 마법진에 집어넣고 온 넬과 엘이 떠오른다. 할 만큼 하기는 했다만 잘되려나?

내가 맨 처음 엘과 넬에게 능력을 주겠다고 마음먹은 것은 그들과 동행하고 난 다음날이었다.

난 오랜만에 정보 게시판을 뒤지다가 'NPC강화법'이란 게시물을 열어 보게 되었다. 작성자는 누구더라? 그래, 패러디라는 녀석이다.

게시물의 내용을 떠올려 본다.

안녕하세요! 어린이들의 영원한 친구 패러디입니다. 오래 기다리셨죠? 네? 안 기다렸다고요? 상관없고. 어쨌든 다섯 번째 시간. 귀염둥이 데스 나이트에 이어 이번에는 NPC 강화법에 대해 알아보도록 하겠습니다.

NPC 강화란 자신을 따르는 NPC에게 능력을 부여하는 일련의 행위를 말합니다. 가끔 NPC에게 무술이나 마법을 가르치려는 유저들이 있는데, 틀린 방법은 아니지만 너무 오래 걸리니 비추입니다. 그럼 어떤 방법을 사용해야 NPC를 강화시킬 수 있는가? 지금부터 설명해 드리겠습니다.

준비물은 두 개의 중, 혹은 상급—하급은 별 효과가 없습니다. 건강을 유지시켜 주는 정도는 됩니다만—정석과 3클래스 이상의 사령술사—3클래스 정도야 NPC 중에서도 있지만 가급적 유저 쪽이 좋습니다—그리고 30레벨 이상의 음유시인, 혹은 마법사입니다. 거기에 추가하면 NPC에게 주려는 직업을 가진 유저가 필요합니다. 레벨은 상관없습니다.

먼저 정석을 NPC에게 넘깁니다. 여기서 중요한 점 하나, 작업을 이행할 시 정석들의 속성은 같아야 합니다. 같은 편이 좋은 게 아니라 같아야 합니다. 안 그러면 홀랑 새로 해야 하니 주의하세요.

일단 NPC에게 정석을 넘긴 후 반나절에서 하루 정도 가지고 있게 하십시오. 정석은 주변 마나의 파동을 따라가므로 그렇게 하시면 NPC와 정석의 파동이 일치됩니다. 그리고 그 상태에서……

길어진다. 너무 길어져 간단히 줄이겠다.

정석과 NPC의 파동을 맞춘 후 거대 마법진을 그리고, 거기에 정석을 두른다. 아, 가이드에는 정석을 두르라는 말이 없었다. 이건 내가 한 거지.

"하여튼."

마법진에 NPC를 자리한 후 일정 시간이 지나면 가지고 있던 정석이 NPC에게 흡수된다. 하지만 흡수된다고 바로 마력이 되는 건 아니다. NPC라고 정석을 먹는 대로 강해지는 건 불가능하니까.

그대로 두게 된다면, 체내로 흡수된 정석은 그대로 마나로 전환되어 사방으로 흩어지고 만다. 설사 마나를 다룰 수 있는 유저라고 해도 소용없다. 그것은 그들의 마나가 아니기 때문에 몸에 잔재하는 극소량의 마나를 제외하고는 모두 다 사라져 버리는 것이다.

그리고 여기서 필요한 것이 바로 사령술사의 존재. 흑마법에는 종속의 인[Subordination' s seal]이라 하여 자신의 언데드에게 기운을 공유시키는 인장이 있는데, 그것을 유저의 몸에 새기는 것이다.

몸의 어디든 상관없지만 심장에 가까울수록 효율이 좋다고 한다.

"슬슬 해놓아야겠군."

나는 흑마력을 움직이기 시작했다. 내 근처에는 이미 상당수의 마법사들과 소환사들이 존재했지만, 나와 그들의 능력 차가 워낙 월등한지라 아무도 내가 마력을 움직이는 걸 알아채지 못한다.

귀족들이 떠드는 사이 고개를 숙인 채 정신을 집중해서 쉐도우 스펠(Shadow spell. 無音呪文)을 행하였다.

'나는 그대의 주인이자 영원한 지배자. 나는 그대에게 약속한다. 강력한 권능을. 그대는 나에게 맹세해라. 영원한 종속을.'

흑마력을 일으키며 눈을 감는다.

'무릎 꿇고 충성을 맹세하라.'

쉬아아아!

그림자에서부터 어둠의 기운이 일어나 옷 속을 뱀처럼 기어올라 심장에 이른다. 이리저리 얽히는가 싶더니 하나의 문장으로 굳어지는 암흑. 나는 슬쩍 고개를 숙여 가슴 위에 새겨진 흑색의 마법진을 바라보았다. 이것이 바로 종속의 인. 물론 난 엘과 넬을 지배할 마음이 없지만 나는 이것들로 그녀들을 부릴 수 있게 되었다.

"……."

다시 말하지만 절대로 사심없이 행한 일, 오로지 그녀들을 돕기 위해서일 뿐이라고. 상대가 늘씬한 미녀라면 또 모르겠지만 꼬마들한테 뭘 하겠어? 게다가 이 마법은 은밀하게 유지되기 때문에 내가 아무 짓만 하지 않으면 그녀들 역시 자신의 몸에 흑마법이 걸렸다는 것을 모르고 평생을 살 것이다.

세차게 일어났던 흑마력을 서서히 가라앉힌다. 이것도 여러모로 힘든 일이군. 물론 나라고 처음부터 엘과 넬을 강화시키겠다는 마음을 가지고 있던 건 아니다. 하지만 패러디가 쓴 게시물의 마지막 문구가 내 마음을 끌었었지.

…….

여기까지가 NPC 강화법의 전부입니다. 아, 흔히들 '재능' 있는 NPC를 찾기 너무 어렵다고 불평하고는 하는데, 재능있는 NPC는 퀘스트를 참고하면 간단히 찾을 수 있습니다. '어떻게?' 라고 물으신다면 퀘스트에 참가하는 NPC의 80% 이상은 이미 능력자거나 재능이 있는 NPC거든요. 그러니 퀘스트를 한 후 그냥 넘기지 말고 그 참가자들을 한 번씩 살펴보시길 바랍니다.

지금까지 경험으로 확실히 틀린 말은 아닌 것 같다. 내가 지금까지 해결한 퀘스트는 총 네 개. 하나가 넬의 호위였고, 또 하나가 세이란의 구출. 마지막은 국왕 란스의 치료와 보호였다. 세이란과 란스는 이미 능력자이고, 넬은 재능이 있다. 내 경우에는 80%가 아니라 전부라는 말이지.

한참 딴 짓과 딴생각을 거듭한 후에 고개를 들어올렸다. 과거를 회상하고 마법진을 새기고 딴생각까지 하고. 할 거 다 한 것 같은데도 아직까지 떠드는 데딘트와 귀족들은 차라리 신기한 존재로군.

그렇게 잠시 더 떠들었을까? 대충 의견을 정리한 것인지 화살은 다시 나에게로 돌아왔다.

"죄인은 불온한 연주로 백성을 현혹하고 왕을 시해하는 불충을 저질렀음을 인정하는가?"

"아뇨."

당당히 거부하자 귀족들이 분통을 터뜨린다.

"저런 뻔뻔한 놈이!"

"명백한 죄를 부정하는 것이냐!"

"신성한 재판정을 모독하지 마라!"

대체적으로 조용한데 앞으로 나서서 소리치는 몇몇 놈들. 너무 티낸다. 바람잡이지, 너희들?

난 웃었지만 그래도 바람잡이들이 전혀 소용없는 건 아니라서 전체적인 분위기가 날 몰아가는 쪽으로 기운다. 군중 심리라는 게 단순한 것이어서 수많은 사람들이 똑같은 소리를 지껄이면 그렇지 않던 사람도 거기에 휩쓸리기 마련이니까.

데딘트는 나를 바라보고 말했다.

"비록 국외인이라고는 하나 국왕을 시해하고 백성과 귀족들을 희롱한 죄는 크다. 나 데딘트 크레아른은 그대에게 교수형을 명한다!"

"이런, 그냥 강제입니까?"

투덜대거나 말거나 기사들이 다가오더니 나를 잡아끌었다. 반항할 수 있었지만 곱게 끌려가 주며 시간을 확인했다. 2시 51분. 9분 남았군.

기사들이 날 교수대까지 끌고 가자 거기에 있던 처형인이 내 머리에 검은 자루를 씌웠다.

순식간에 시야가 차단되고 까칠까칠한 밧줄의 느낌이 목을 감싼다. 교수형(絞首刑), 이들은 지금 날 처형하려고 하는 것이다.

밧줄이 당기는 대로 걸어 교수대 위로 올라갔다. 뭔가 철컥 하고 걸리는 소리가 났고, 데딘트 공작이 말했다.

"처형하라."

꽤 많이 경험한 일인 듯 냉정한 목소리와 함께 텅 하고 발밑이 꺼진다. 발밑이 허전하고 밧줄이 거센 힘으로 목을 죄이며 몸이 대롱대롱 매달린다.

사방에서 숨을 들이키는 소리가 들려온다. '이건 아닌데…' 하는 소리도 들려오기도 했지만 울음을 터뜨리거나 하는 인물은 없었다. 데딘트가 워낙 빠르게 일을 진행시켰기 때문에 나에게 호감을 가진 이들조차 지금의 사태를 제대로 실감하지 못하고 있는 것이다.

내가 죽는다면 그들은 한참 후에야 그것을 실감하게 되겠지. 그래, 아마도 내가 항상 연주하던 8시 정도에.

나는 아무런 움직임 없이 눈을 감았다. 당연한 말이지만 이따위 형벌로 내가 죽을 리는 없다. 이 육체는 이미 인간의 한계를 옛—날에 넘어섰으니까.

하지만 그럼에도 나에게는 내 생명을 걱정해 주는 건방진 녀석들이 있었다.

"멈추세요!"

높은 톤의 목소리와 함께 누군가가 달려오는 것이 느껴졌다. 기사들이 그들을 막으려는 듯 늘어섰지만 달려드는 존재를 보고서는 '어어' 하고 물러섰다.

팟!

목을 옥죄고 있던 밧줄이 끊어져 매달려 있던 몸이 추락한다. 갑작스러웠지만 나는 태연하게 착지했다. 거참, 나도 이 나라에 와서 참 많은 경험을 하게 되는군. 고문에 교수형까지 당해보고. 물론 고문에는 고통이 없었고, 교수형에는 죽음의 공포가 없었다지만 어쨌든.

"괜찮아요? 대체 왜 처형 날짜가 잡혔다는 걸 말하지 않았죠? 조금만 늦었으면 어쩌려고 했어요?!"

"이렇게 너희가 구하러 왔잖아?"

"이, 이익! 어떻게 이렇게 태평한 거죠? 오빠는 방금 죽을 뻔했다고요!"

넬이 분노하는 사이 밧줄을 끊었다고 예상되는 엘이 교수대 아래로 내려온다. 할 말이 많은 듯 얼굴이 붉어져 있었지만 나름대로 차분한 표정의 엘. 그녀는 검을 뽑아 들고 차분하게 말했다.

"공작이 무슨 짓을 저지를지 모르니 조심하십시오. 일단 빠져나가는 것이……."

엘의 말이 끝나기도 전에 데딘트가 입을 열었다.

"무슨 일입니까, 공주님? 신성한 재판정에 무단으로 침입하시다니."

"시끄러워요! 대체 무슨 생각이신 거죠? 제대로 된 조사나 증거도 없이 제 악사를 사형에 처하려 하다니!"

나름대로 매섭게 말했으나 데딘트는 유들유들하게 웃었다.

"잘못 알고 계신 겁니다, 공주님. 그자는 그 알량한 재주로 우리 백성을 현혹시켰으며, 병석에 누워 계신 폐하를 죽음에 이르게 만들었습니다."

"거짓말! 에리카 언니가 말하길, 밀레이온님은 분명 아버지를 치료했다고 했어요!"

그녀의 말에 데딘트의 눈썹이 꿈틀거렸지만 '그녀를 어떻게 만난 겁니까?' 등의 초보적인 실수는 하지 않았다.

"무슨 말씀을 하시는지 모르겠습니다. 그가 치료를 했다면 대체 왜 폐하께서 돌아가셨습니까?"

"그, 그건 당신이 독살이라도 했겠죠!"

"허허, 지금 저를 모함하시려는 겁니까? 세 개의 기사단과 수만 명의 정예병을 가지고 있는 저를?"

그의 표정이 차갑게 변함과 동시에 귀족들이 술렁이기 시작했다. 그의 발언은 누가 들어도 위험한 발언이었다. 왕족을 향해서 위협적인 발언을. 그것도 군사력에 대한 발언을 하다니? 이건 대놓고 반란을 일으키겠다고 주장하는 거나 다름없는 일이었다.

당황스러운 일이었지만 귀족들 중 그 누구도 그런 그를 향해 분노를 터뜨리지 않았다. 그것은 그가 그런 말을 입에 담을 수 있을 정도로 강력한 위세를 가졌다는 것과 동시에 이미 상당수의 귀족들이 그에게 돌아셨다는 뜻이기도 했다.

"맙소사! 당신 설마……!"

데딘트는 창백하게 질린 넬을 바라보며 위협적인 표정을 지었다.

"자신이 정통 왕위 계승자라는 생각은 버리는 것이 좋아, 네레이드. 왕위는 전통적으로 강력한 소환사들의 소유였다. 아무 힘도 없이 떠들기만 하는 계집애가 가질 만한 것이 아냐."

그가 손을 들어올리자 그의 발밑에서 갑주를 입은 미노타우르스 한 마리가 모습을 드러낸다. 속도를 보아하니 반쯤 소환을 마친 상태인 것 같군. 이 상황을 전혀 짐작지 못했던 건 아닌 것 같아.

데딘트는 망설이고 있는 기사들을 향해 말했다.

"무엇 하느냐! 당장 그 계집을 체포하고 처형을 재개하라!"

"예!"

명색이 왕족인 넬을 함부로 할 수는 없으니 만만한 나부터 해결하자는 듯 기사들이 다가왔다. 하지만 그럴 수는 없지. 나는 아직까지 내 손목에 걸려 있는 쇠고랑, 즉 수갑을 각각 반대쪽 손으로 잡았다.

그리고 찢는다.

쫙!

"무슨?!"

무슨 신문지처럼 찢어지는 수갑의 모습에 다가오던 기사들이 깜짝 놀라 물러선다. 철이 찢어지는 모습이 신기하지? 나는 웃으며 아직도 창백하게 서 있는 넬과 엘에게 천천히 걸어갔다. 그러자 멋모르는 기사 하나가 달려들어 나는 그의 어깨 보호대를 잡아 집어 던지자 그는 돌멩이처럼 날아갔다.

"뭐, 뭐야?!"

바짝 긴장한 기사들이 검을 뽑아 들며 거리를 벌인다. 자식들이 쫄기는. 나는 믿을 수 없는 상황에 황당해하고 있는 두 소녀에게 다가섰다. 검을 뽑아 들고 주변을 경계하던 엘이 말한다.

"어, 어떻게 하신 겁니까? 중갑을 입은 기사를 한 손으로 던지다니……."

"그게 중요한 건 아니잖아? 마법진은 어떻게 됐어?"

"마법진 말입니까? 사라졌습니다."

"그 위에 둘러놓은 돌은?"

"같이 사라졌습니다만……."

"전부? 진짜?"

"예. 아, 안 되는 겁니까?"

안 되긴. 허허, 진짜 중급 정석 열 개에 상급 정석 두 개 전부를 깔끔하게 흡수했단 말이야? 놀랍군. 많이 놓은 게 아닐까 했는데 좀 더 놓을 걸 그랬나?

"아차! 이런 생각을 할 때가 아니지. 너희들의 힘이 필요해!"

내 말에 그녀들은 어벙한 표정을 지었다. 대체 뭔 뜬금없는 소리냐는 듯 황당한 얼굴. 하지만 내가 진지하게 바라보자 그녀들 역시 차분하게 답했다.

"물론입니다."

"당연하잖아요."

말 하나는 잘 알아들어서 좋군. 나는 언제나 그렇듯 공중에 떠 있는 전자시계를 바라보았다. 현재 시각 2시 59분 54초. 나는 미소 지으며 카운트 다운을 했다.

"5, 4, 3, 2, 1, 땡."

화악!

난데없이 뿜어지는 기세에 조심스럽게 다가서던 기사들이 놀라 물러선다. 기세의 출처는 바로 넬과 엘. 그녀들은 난데없이 기파를 내뿜고 있는 자신의 몸을 보며 당황했다.

"뭐, 뭐가 어떻게 된 겁니까?"

"저는 마나를 느끼지도 못했는데 어떻게 이런……. 이, 이게 마나라는 건가요?"

지금 이건 그녀들의 몸속에 흡수시켰던 정석이 동시에 발현하며 벌어진 현상이다. 이대로 뒀다가는 정석이 변환된 모든 마나가 대기 중으로 흩어지고 그녀들은 다시 평범한 소녀가 되어버릴 것이다.

그렇게 되기 전에 서둘러야 한다. 나는 물었다.

"나는 너희들에게 힘을 주겠어. 그러니 나에게 속할 수 있겠어? 이건 계약이야. 너희가 해제하고자 하면 언제든지 해제할 수 있어. 단지 해제하면 얻었던 힘을 다시 잃겠지만."

"소, 속하다니……."

"이상한 목적 아니니까 서둘러! 계약하겠어?"

내 말에 그녀들은 서로를 바라보았다가 다시 나를 바라보았다.

그리고 웃었다.

"예."

"따르겠습니다."

"좋아, 계약은 성립됐다."

난 그녀들의 어깨에 양손을 올렸다. 우웅 하는 느낌과 함께 그녀들의 몸에서 뿜어지고 있던 기파가 사라진다. 물론 그 기운이 없어진 것은 아니다. 단지 사방으로 흩어지지 않고 그녀들의 몸에 축적되기 시작한 것뿐이다.

"무슨 짓을 하는 거냐!"

데딘트의 흥분한 목소리와 함께 미노타우르스가 배틀액스를 집어 들고 달려온다. 서둘러야겠군.

"특수 기술 발동. 환계 연결."

내 말이 끝나는 순간, 웅 하는 느낌과 함께 넬과 엘의 모습이 흐릿해지기 시작한다. 패러디라고 하던 녀석의 게시물에 적혀 있던 현상이었기에 당황하지 않고 다음 말을 이었다.

"환수를 만나게 될 테니 마음에 드는 녀석과 계약하도록 해. 거기하고 여기하고는 시간대가 다르니 서두를 필요는 없어. 알았지?"

그녀들은 대답하려는 듯 입을 뻥긋거렸으나 금세 사라졌다. 사라지는 그녀들의 모습에 경악하는 귀족들과 데딘트. 그는 미노타우르스를 멈추게 하고 말했다.

"뭐지? 그녀들을 어디로 보낸 거지?"

"다른 공간으로. 하지만 걱정할 건 없습니다. 금방 올 테니까."

"이… 뭐 하느냐! 당장 저 녀석을 잡아!"

그의 명에 다시금 성기사들이 다가온다. 그들은 정체불명의 괴력을 보인 나에게 긴장한 듯했으나 내가 양손을 들어올리며 무저항 의사를 보이자 미심쩍어하면서도 다가와 날 붙잡았다.

수갑을 준비하지 못한 듯 내 양팔을 단단히 붙잡는 기사들. 짧은 시간에 이뤄진 일이었지만 난 그 정도 시간이면 충분했다.

웅.

다시금 공간이 일렁이며 두 명의 소녀가 모습을 드러냈다. 그녀들은 어리둥절한 표정으로 주변을 둘러보다 놀란 듯 눈을 동그랗게 떴다.

"뭐야?"

"돌아온 것 같습니다."

"그런 것 같기는 한데 아직도 이러고 있는 거야?"

그녀들은 상황 파악을 못한 듯 어리둥절해하고 있었고, 나는 엘을 향해 물었다.

"어느 정도 있었어?"

"3일 정도라고 생각합니다."

내가 글레이드론하고 계약하는 데 다섯 시간 정도 걸렸다는 걸 생각할 때 오래 걸린 편이군. 어쨌든 시험의 방에서 삼 일 정도 있었다는 말은 정말인 듯 그들의 꼴은 엉망이었다. 먼지가 잔뜩 묻고 너덜너덜한 옷. 나는 운디네를 소환해 그녀들을 씻겨주었다. 나를 붙잡고 있는 녀석이 움찔하기는 했지만 신경 쓰지 않았다. 명색이 공주라는 존재가 너덜너덜한 꼴로 있어야 되겠나? 나는 그녀들을 씻어준 후 물었다.

"결과는 어때?"

내 말에 그녀들은 환하게 웃었다. 나쁘지 않은 것 같군. 나는 물었다.

"그럼 지금부터 날 따라해. 나, 잊혀지지 않는 영원의 이름."

내 말을 따라 그녀들은 말했다.

"나, 잊혀지지 않는 영원의 이름."

뭔가 이상하다고 생각한 건지 미노타우르스가 다시 움직이기 시작했지만 신경 쓰지 않고 계속 말했다.

"나, 지워지지 않는 불멸의 성흔."

"나, 지워지지 않는 불멸의 성흔."

"그대는 그 존재로 나를 부르고 나는 나의 존재로 그대를 규명 짓

나니."

"그대는 그 존재로 나를 부르고 나는 나의 존재로 그대를 규명 짓나니."

미노타우르스가 다가온 상태지만 이미 늦었지. 나는 말했다.

"나와라."

"나와라."

웅 하는 느낌과 함께 강한 기세가 뿜어 나온다. 깜짝 놀라 멈칫하는 미노타우르스.

엘은 말했다.

"데케이안."

청명한 목소리와 함께 그녀의 몸 위로 은빛의 갑주가 씌워진다. 아니, 아니다. 갑주가 아니다. 그것은 소환수였다.

"갑주형 소환수?"

맙소사! 몇 번 이야기를 듣기는 했지만 진짜로 본 건 처음이다. 온몸을 은빛 소환수에게 뒤덮여진 엘은 그대로 땅을 박차 미노타우르스에게 달려들었다. 미노타우르스는 깜짝 놀라 도끼를 들어 올렸지만, 엘은 피하지 않고 정면으로 충돌했다.

쩡!

덩치 차이가 엄청난데도 미노타우르스가 오히려 물러선다.

갑주형 소환수의 힘이군. 그녀의 힘과 무게를 조절해서 강력한 위력을 내게 만든 것이다. 엘은 땅을 박차더니 재차 덤벼들었다. 다시금 도끼를 휘두르는 미노타우르스. 하지만 엘은 가볍게 그걸 피해 버린 후 녀석의 왼쪽으로 돌아서며 말했다.

"무찔러라, 로테스튼."

가벼운 중얼거림과 함께 무형의 기운이 일어나 미노타우르스의 목을 뎅겅 잘라 버렸다. 기억나는군. 블레이즈 커팅(Blades Cutting), 저 검에 담겨 있던 마법이었지.

그녀가 너무나 간단히 공작의 소환수를 쓰러뜨리자 귀족들이 술렁이기 시작한다.

"어떻게 이럴 수가! 데딘트 공작의 소환수는 상급인데?!"

"갑주형 소환수라니? 들어본 적도 없어!"

들어본 적도 없냐? 하긴 라비린토스와 파니티리스는 소환사의 숫자 자체가 다르니까. 라비린토스에서도 귀한 환수라면 없을 수도 있지.

귀족들이 술렁이고 있는 가운데 넬이 내 몸을 잡고 있는 기사들에게 다가와 말했다.

"한 박자 늦는 바람에 시선 다 뺏겼네요. 소환해도 될까요?"

"물론이지."

내 말에 넬은 가볍게 웃으며 양손을 들어올렸다.

"케이루스! 페이드! 가이스!"

그녀의 외침과 함께 세 마리의 소환수가 나타났다. 푸른 빛이 도는 깃털을 가진 독수리와 빨간색 고양이, 그리고 검은색의 곰.

독수리의 날개는 한쪽만 해도 3미터에 달할 정도로 컸으며, 곰의 신장 역시 4미터에 달했다. 그리고 고양이는 평범한 크기였지만 온몸에서 화염이 피어오르고 있다.

심상치 않은 기운에 긴장하는 귀족들. 특히 그들 중 소환술을 사용할 줄 아는 이들은 그 기운을 가늠하고 경악했다.

"맙소사! 사, 상급 소환수가 셋?!"

"말도 안 돼!"

나도 좀 놀랐다. 팔찌의 반응으로 보아 상급 정도가 나올 거라고는 예상했지만 셋이라… 소환사 나라의 공주님은 뭐가 달라도 다르다는 건가.

푸른 빛의 독수리는 가볍게 날갯짓했고, 그에 따라 한줄기 돌풍이 일어나 기사들을 덮친다. 작은 바람인 것 같았는데 삽시간에 불어나 기사들을 날려 버린 것이다.

넬이 가볍게 고갯짓하자 검은색의 곰이 팔을 내밀었고, 그녀는 녀석의 팔을 밟고 어깨 위로 올라갔다.

성큼성큼 걸어 데딘트에게로 다가가는 곰. 그 위에서 넬은 말했다.

"수작 좀 그만 부려, 음흉한 영감. 난 그다지 왕 하고 싶다고 한 적도 없는데 왜 이렇게 못 뺏어서 안달이야?"

"뭐, 뭐?"

황당한 표정의 데딘트를 보며 그녀는 웃었다.

"자, 여기 아무 힘도 없이 떠들던 계집애가 왔습니다. 이제 어쩌시겠어요, 데딘트 공작님?"

"이… 익! 근위기사단은 무얼 하느냐!"

"하, 하지만……."

"뭐가 하지만이야! 상급 소환수를 소환했다고는 하지만, 막 계약한 주제에 상급 소환수 셋을 다룰 리 없잖아!"

맞는 말이기는 하지만 지금 중요한 건 그게 아니지. 매수가 끝난 분위기이기는 해도 근위기사란 왕족을 지키기 위해 존재하는 이들이었다. 예전에야 넬이 왕족의 자격이 없다는 명분이라도 있지, 상급 소환수를 부른 시점에서는 그것마저 없지 않은가?

근위기사단들이 망설이기만 할 뿐 움직이지를 않자 데딘트는 조급

한 표정으로 에보니 왕비를 바라보았다.

"도와주십시오, 왕비 마마. 우, 우리는 한 배를 탄 몸이 아닙니까? 어차피……."

"남의 아내를 맘대로 끌어들이지 마시게, 공작. 사람들이 진짠 줄 알면 어쩌려고 그러나?"

공작의 얼굴에 다시 한 번 경악이 떠오른다. 포랜스와 클로니아, 에리카를 데리고 이레인의 왕 란스가 모습을 드러낸 것이다.

"말도 안 돼! 분명 죽은 것을 확인했는데?!"

"착각한 모양이지."

"그런……?!"

그는 망연자실한 표정을 지었고, 근위기사들은 그런 그를 포위했다.

"나라 전체를 속이려 하다니! 가증스러운!"

"너의 음모가 성공할 줄 알았는가!"

그를 옹호하던 귀족들이 단숨에 그에게서 돌아선다. 귀족들은 바보가 아니다. 데딘트가 그 어떤 약속을 했다 해도 이런 상황에서 도와줄 이는 아무도 없는 것이다.

그리고 그것으로 그의 모든 것이 무너졌다. 나라 전체를 좌지우지하던 권세도, 그 강대하다는 군사력도, 그리고 무슨 짓을 해서든 이루려 했던 야망까지.

멍한 눈으로 자신을 포위한 기사들을 바라보는 데딘트. 그는 두리번거리더니 한쪽에 있는 내 모습을 발견하고 이를 갈았다.

"네놈, 네놈 때문이야! 모든 게 완벽했는데! 모든 게 잘되고 있었는데!"

대답하지 않았다. 여기서 그를 상대해 봐야 피차 지저분해질 뿐이니까. 하지만 그런 내 태도가 그를 더 분노하게 한 것일까? 그의 눈에 광기가 깃든다.

"큭큭, 내가, 이 내가 이대로 끝날 것 같아?! 이렇게 된 이상 모조리 쓸어버리겠다!!"

막 몸을 돌리려던 난 난데없이 느껴지는 흑마력에 놀라 눈을 크게 떴다. 흑마력의 발원지는 그가 들어 올린 금색의 펜던트. 맙소사! 내가 감지하지 못한 아티펙트라고?! 그렇다면……?

"안 돼! 막아!"

다급히 소리쳤으나 근위기사들은 뭔 소리냐는 듯 머리만 갸웃거린다. 나는 급한 대로 주머니 속에서 포크 하나를 집어 던졌다. 식사를 위해 준비했던 포크였지만 내 막대한 힘이 담긴 그것은 강철이라도 뚫어버릴 만한 속도로 데딘트 공작에게 날아갔다.

쩡!

강철로 만들어진 포크가 허공에서 납작하게 찌그러진다. 그것은 마치 철벽에 박힌 총탄과도 같은 모양새. 이미 데딘트의 몸은 투명한 막으로 보호받는 중이었다.

"큭큭큭, 평범한 포크 같은데 대단하군. 상급 환수라도 위험할 만큼의 공격이야."

이미 데딘트 공작의 모습은 변하고 있었다. 새까만 피부와 붉게 빛나는 안광. 근위기사들은 변한 그의 모습에 놀라 그에게 검을 들이대었다.

"우, 움직이지 마라!"

[움직이지 말라고?]

같잖다는 느낌의 영언(靈言)과 함께 흑색의 기운이 일어나더니, 그의

주변을 포위하던 근위기사들을 단번에 찢어버린다. '이런, 젠장' 하며
이를 갈고 있는데 퀘스트가 떠오른다.

　상급 마족 등장.
　심각한걸. 이번 녀석은 예전의 상급 마족과는 능력의 근본이 다르다. 그때
의 상급 마족에게 몸을 뺏겼던 건 마나나 간신히 느끼던 인간인데 반해 이번엔
어리버리해도 상급 소환사. 거기에 증오에 휩싸여 결과를 알면서도 자신의 몸
과 모든 능력을 넘겼다.
　기본적으로 마족은 물질계에서 제대로 힘을 발휘할 수 없지만, 이번 녀석은
거의 완전에 가까운 힘을 끌어낼 테니 조심. 소환이라는 능력 또한 유의하길
바란다.
　[여태까지 퇴치한 마족 숫자.]
　최하급 30/400. 하급 4/100.
　중급 4/20. 상급 1/4.

　역시 데딘트 공작은······.
　나는 망설일 것도 없이 근처에 있던 기사의 검을 빼앗아 땅을 박찼
다. 서둘러야 해! 어쩐 일인지 도시 전체를 죽음에 몰아넣었던 마계의
파동인가 뭔가는 안 일어나고 있지만, 상급 마족은 그 자체만으로도 강
력하기 그지없다. 같은 상급이라고 해도 상급 마족과 상급 소환수는
능력의 격이 다르니 NPC들이 상대할 만한 적이 아니다.
　웅!
　정신을 집중하자 검에서 푸른 빛의 검기가 생성되는 순간 땅을 박차
고 돌진. 나는 흑마력을 뿜어내고 있는 데딘트 공작, 아니, 상급 마족

을 향해 폭강격(爆强擊)을 시전했다.

쩡! 쩌정!

[큭! 뭐, 뭐야, 이 힘은?]

마족 녀석이 경악하기는 했지만 나 역시 당황하기는 마찬가지였다. 맙소사! 검기에 깨지지 않아? 무슨 방어막이 이래?

깨지지 않기는 했지만 타격이 없는 건 아닌 것 같아 다시 검을 들어 올렸다가 내려친다. 이번 공격으로 방어막을 깨버리겠다 생각하며 힘을 집중했고, 마족 또한 양손을 펼쳐 방어막을 강화했다.

끼이이이이익!!

검과 방어막이 충돌하자 날카로운 소리가 울려 퍼지며 근처에 있던 모든 이들이 귀를 막으며 주저앉았다.

나는 앞으로 한 발자국 더 나아가며 검을 내리눌렀고, 마족은 양팔의 범위를 더욱 좁히며 방어막을 강화했다.

[강한 인간이군.]

내 공격을 방어하고 있던 마족이 차가운 눈으로 내 몸을 훑어 본다. 그리고 그와 동시에 내 발밑으로 마법진이 새겨진다.

[일에 방해가 되겠어.]

마법진에서 일어난 기운이 내 몸을 끌어당긴다. 전송 마법? 이런, 젠장! 날 다른 곳으로 보내 버리려는 건가?

"그럴 수는 없지!"

검을 놔버리자 팽팽하던 힘의 균형이 깨지며 근위기사에게 뺏었던 검이 산산조각난다. 난데없는 내 행동에 의아한 표정을 짓는 마족을 향해 오른손을 뻗었다. 마치 지르기를 하듯이 오른손을 내민 후 반전한다.

그리고 마나 동결.

[헛?!]

검기마저 버티던 방어막이 불에 닿은 비닐 봉지처럼 쭈그러들며 사라졌다.

나는 뻗었던 오른손을 그대로 내밀어 마족 녀석의 멱살을 잡았다.

팟!

세상의 모습이 일그러지는가 싶더니 삽시간에 배경이 바뀌었다. 다행히 멀리 온 것 같지는 않군. 대충 주위 풍경을 보아하니 도시 밖으로 나온 정도인 것 같았다.

[그 상황에서 나까지 끌고 온 건가?]

"나만 떨쳐 내려 한 모양인데, 그럴 수는 없지. 나는 너랑 1:1로 싸우는 게 속 편하거든."

[그래?]

녀석이 양손을 들어올리자 허공에 수십 개의 소환진이 떠오른다. 잠깐, 소환진? 멈칫하는 사이에 마법진에서 마족들이 쏟아지기 시작했다.

[큭큭, 간단하군. 좋은 숙주를 얻은 것 같아.]

꽤나 널찍하던 평원에 어마어마한 수의 마족들이 들어찼다. 소환이라니? 소환사였던 데딘트의 몸을 뺏었기 때문에 가능한 것인가? 퀘스트에서 조심하라는 게 이런 거였군. 나는 주먹을 들어올리며 투덜거렸다.

"1:1이라니까 겁나나?"

[걱정 마시지. 이들의 상대는 네놈이 아니니까.]

"뭐?"

의문을 표하기가 무섭게 수십, 수백 마리의 마수가 몸을 돌려 데카른으로 달려가기 시작했다. 도시를 습격하려는 건가? 나는 녀석들을 잡으려 했지만 마족 녀석이 그 앞을 막는다.

[어딜 가시나, 네놈의 상대는 난데?]

"그렇다면 되도록 빨리 끝내주지."

주먹을 들고 녀석에게 달려들었다. 녀석은 방어막을 일으켰지만 내가 칼이 아닌 주먹으로 덤빈 이유가 거기에 있었지. 나는 오른손을 뻗은 후 반전시켰다.

마나 동결. 방어막을 이루던 마나가 산산이 흩어진다.

[큭, 또……!]

정신 차릴 틈을 주지 않고 라이트훅을 휘둘러 녀석의 턱을 후려쳤다. 아직은 인간의 육체를 가지고 있기 때문일까? 녀석은 순간적으로 무릎이 풀려 비틀거렸고, 난 곡예를 하듯 온몸을 띄운 뒤 뒤꿈치로 녀석을 내리찍었다.

콰득!

마나가 담긴 공격을 버티지 못하고 오른팔이 부러진다. 과연 전과 다르게 근접 타입이 아니군. 소환사의 몸을 뺏었기 때문에 육체 강화보다 원거리 공격과 소환에 능한 것 같았다. 물론 검기마저 방어하는 강력한 방어막이 녀석의 몸을 지키는 만큼 근접 자체가 쉽지 않겠지만, 마나 동결이 가능한 나에게 방어막 따위는 아무런 저항이 되지 못한다.

"합!"

[하찮은 재주를 부리는구나!]

녀석이 손을 내젓자 대여섯 개의 마탄이 돌진하던 내 몸을 그대로 후려친다. 속도도 속도지만 거기에 담긴 무게가 장난이 아니었기에 하마터면 의식을 잃을 뻔했다.

난 순간적으로 비틀거렸고, 마족이 뿜어낸 마탄이 흑색의 수갑으로 변해 내 몸을 붙잡았다.

"이따위 것으로!"

'강철조차 우그러뜨릴 수 있는 내 몸을 붙잡으려 하다니' 하고 코웃음치며 온몸에 힘을 집중했지만 흑색의 수갑은 꿈쩍도 하지 않는다. 내가 당황한 표정을 짓자 녀석은 웃었다.

[네놈의 힘 정도는 얻어맞은 내가 안다. 인간 같지 않은 놈이로군. 대체 어떻게 단련해야 그런 몸이 될 수 있는 건지.]

나는 힘을 집중했지만 수갑은 끊어지지 않았다. 튼튼하군. 명색에 상급 마족의 마력이라는 건가?

마족 녀석은 내게로 다가왔다. 절대로 수갑을 끊을 수 없다는 듯 여유로운 움직임. 녀석은 말했다.

[대단해. 엄청난 육체야. 네놈을 숙주로 삼을 수만 있다면, 최상급 마족이 되는 것도 꿈이 아닐 것 같아.]

"오호, 그래? 하지만 네놈 육탄전은 약한 것 같은데 이렇게 다가와서 되겠나. 내가 후려칠지도 모르는데."

[나를 치겠다고? 크하하! 네놈을 옥죄고 있는 건 암령의 사슬이다. 감히 인간 따위가 풀 수 있으리라고 보는가?]

"물론."

당당하게 답하며 온몸의 기운을 활성화시켰다.

"마스터 스킬 발동! 위대한 맹세의 이름으로 명하노니, 행하라! 불사의 격노[Deathless Frenzy]!"

화악 하는 느낌과 함께 어마어마한 기운이 전신을 뒤덮는다.

"여기서 기폭(氣暴)에 버서크(Berserk)!"

예전에는 생명력이 최소치로 깎이는 불사의 격노를 시전하면 생명력이 지속적으로 하강하는 버서크는 쓸 수 없다고 생각했지만, 불사의 격노에는 '100포인트 이상의 공격에 적중당했을 시 무조건적으로 사망. 그 이하의 공격은 무시한다' 라는 특징이 있었다.

'무슨 소리냐?' 하고 묻는다면 답은 간단하다. ─3씩 지속적으로 빠지는 버서크의 페널티는 100포인트 이하의 공격이라 판정되어 무시되는 것이지.

자, 이제 불사의 격노. 기폭에 버서크까지 사용했다.

거기에!

"눈부신 빠름을 선사하는 의지의 힘이여[Haste]! 지금 그 강함으로 나를 도와라[Strength]!"

가속 주문과 근력 강화 주문. 게다가!

"다리안의 영광된 빛이여! 지금 그 권능으로 그대의 종에게 불의를 넘어설 힘을!"

축복까지.

삽시간에 증폭되는 강대한 기운에 상급 마족조차 어처구니없다는 듯 인상을 우그러뜨린다.

[맙… 소사! 네놈은 대체 뭐냐?]

"글쎄?"

양팔에 힘을 주자 단단하게 버티던 흑색의 사슬이 산산이 부서진다. 마족 녀석이 대경하며 방어막을 생성했지만 난 간단히 무효화시킨 후 주먹을 내질렀다.

쩌엉!

묵직한 타격과 함께 마족 녀석의 몸이 튕겨 나가 성벽과 충돌한다. 공성 무기라도 얻어맞은 양 무너져 버리는 성벽을 바라보며 나는 그대로 돌진했다.

"그래, 분명 녀석은 전력을 다하지 않았겠지."

예전에 싸웠던 상급 마족도 그랬다. 쉽사리 밀어붙였지만 이마에 인장이 떠오르고 나서 훨씬 더 강해졌었지.

나는 지금이 풀 파워 상태지만 저 녀석은 힘의 전부를 사용하지 못했다. 그리고 그것이 승패를 가리는 요인이 될 테고 말이야.

[크윽! 감히 인간 따위가!!]

돌 무더기를 단숨에 밀쳐 내며 몸을 일으킨 마족이 막대한 기운을 뿜어내기 시작했다. 이마에 떠오르는 붉은색의 문장과 몸 전체를 뒤덮기 시작하는 흑색의 기운. 하지만 그렇게는 안 되지!

쩌엉!

왼발을 축으로 한 돌려차기가 머리에 작렬하자 녀석의 몸에서 뿜어져 나오던 마력이 일시적으로 끊어진다.

시간을 끌 틈 따위는 없지. 나는 그대로 오른팔을 당긴 후 말했다.

"장비 5번."

드래고닉 피어싱(Dragonic Piercing). 나는 녀석이 미처 반응할 틈도 없이 그것으로 녀석의 가슴을 정통으로 뚫어버렸다.

쾌득!

거대한 창이 외피를 뚫고 박히자 마족의 인상이 험악하게 일그러진다.

[인간이라고 무시했더니 너무 기어오르는구나! 내가 제대로 힘을 사용한다면 너 따위……!]

"좀 더 멋있는 유언은 없나?"

냉소하며 방아쇠를 당긴다.

쾅!

묵직한 반동과 함께 마족의 몸이 산산이 부서진다. 그래, 이게 전투의 정석이지. 최대의 힘으로 상대가 제 능력을 발휘할 틈도 없이 몰아치는 것. 상대 각성할 거 다하고 발휘할 만큼 힘을 발휘하게 한 후 싸우는 건 열혈 바보들이나 하는 짓이야. 전투란 모름지기 합리적이어야 하는 것이니까.

나는 가볍게 손을 털었다. 마족과의 전투도 몇 번 해보니 요령이 생기는군. 예전의 나였다면 녀석을 이렇게나 쉽게 해치우진 못했을 것이다.

나는 장비를 변경해 드래고닉 피어싱을 사라지게 한 후 마탄을 얻어맞아 다친 곳에 축복과 치료 마법을 번갈아 사용했다.

마무리로 블러디 포션을 마시고 있는데 퀘스트가 떠오른다.

여명의 목걸이를 지켜라!

상급 마족이 소환한 마족들이 그대로 데카른을 관통해 왕성으로 돌진하고 있다. 그들의 목적은 이레인의 성물 여명의 목걸이. 여명의 목걸이는 이레인의 왕비 에보니의 목에 걸려 있으니 알아서 지키길 바란다.

소환된 마족은 중급 13마리에 하급 48마리, 그리고 최하급 150마리다.

[여태까지 퇴치한 마족 숫자.]

최하급 30/400. 하급 4/100.

중급 4/20. 상급 2/4.

“서둘러야겠군.”

물론 그래도 챙길 건 챙겨야지. 나는 마족이 죽고 나서 모습을 드러낸 최상급 정석을 주워 품속에 집어넣었다. 그런데 마족은 정석 말고 다른 건 안 주는 건가? 분위기를 보니 그런 같지만.

나는 왕성을 향해 땅을 박찼다.

그가 싸우는 이유

Chapter 29

2021년 10월 5일, 오후 3시 50분.

내가 도착했을 때는 이미 왕성 전체가 발칵 뒤집힌 후였다. 마족들의 등장을 알아챈 수많은 기사와 병사들이 그들의 앞을 막아선 것 같지만, 그 결과가 바로 내 눈앞에 있는 시체들이다. 처참하군. 시체에는 어느덧 익숙해졌지만 익숙해졌다고 해서 좋아할 수는 없는 일이다.

확실히 이레인의 수도 데카른에는 수많은 병사와 기사들이 있지만 마족 무리를 막는 건 불가능에 가깝다. 하급도 아닌 최하급 마족도 트롤 이상의 전투력을 과시하는 데다 하급 마족은 오우거 두세 마리와 싸워도 이길 정도로 강했으니까. 게다가 가장 큰 문제는 역시 중급 마족. 중급 마족의 힘은 상급 환수와 맞먹어 소드 마스터—물론 NPC를 말하는 것이다—에 필적하기 때문에 어지간한 병사 백여 명 이상의 위력을 가지고 있었으니까. 그들을 막아서는 병사들은 잠시도 버티지 못하고 쓰러졌다.

상당수의 건물이 무너지고 수많은 사람들이 죽어나갔다. 병사들은 마족들의 이동을 방해하고 혼란시키려 했지만, 그들은 에보니의 방향을 정확히 감지하고 그녀가 위치한 재판정으로 몰려갔다.

중급 13, 하급 48, 최하급 150마리. 그건 어떤 의미에서 상급 마족보다도 대단한 전력이었다. 물론 집중되지 않은 힘이기에 나 같은 강자라면 각개격파가 가능하겠지만, 보통 인간의 입장에서 보자면 하급은커녕 최하급 마족만 해도 무시무시하게 강한 존재니 다른 사람들에게도 같은 걸 기대하는 건 무리겠지.

마족들은 그대로 재판정을 습격했고, 재판정에 있던 이들은 필사적으로 마족들에게 저항했다. 하지만 그렇다고 해도 승산이 없었다. 상급 환수 이상의 힘을 가지고 있는 중급 마족이 무려 13마리나 되는 데다 어지간한 대형 몬스터보다 강한 하급 마족이 48마리나 되었으니까. 그마나 왕족들이 상급 환수를 소환하기는 하지만 그들은 그 힘을 제대로 발휘시키지 못한다. 넬도 상급 환수 셋과 계약했지만 그중 하나도 완벽히 소화하지 못하고 있는 상태였다.

"젠장! 대체 이 괴물들은 뭐야?!"

"살려줘! 크아악!"

"물러서라! 침착하게 대응해!"

수십 마리의 환수가 덤벼드는 마족을 상대로 싸우고 있었고, 그중에서도 란스가 소환한 용인(龍人)의 활약은 눈부실 정도였다.

용인이 들고 있는 무기도 상급 환수라 그 상승 효과로 그들은 중급 마족 셋에 달하는 전투 능력을 가지고 있었다. 그는 쉴 새 없이 검을 휘둘렀고, 검에서는 연신 충격파가 뿜어져 나온다.

넬이 상급 환수 셋과 계약했고, 란스가 둘과 계약했다고 해서 넬이 더 강력한 소환사인 것은 아니다. 한 손 검을 쓰는 기사가 쌍검을 쓰는 기사에 비해 약하다는 보장은 없지 않은가? 정확한 비유인지는 잘 모르겠지만 소환한 환수의 수가 많아질수록 제어는 점점 더 어려워지고, 필요한 마력과 정신력 또한 점점 더 커지기 때문에 함부로 둘 이상의 환수를 소환하는 건 한 마리만 집중적으로 제어하는 것만 못하다. 물론 완벽하게 제어가 가능해진다면 환수가 많을수록 좋겠지만, 하여튼 능력의 차이인 것이다.

귀족들은 대부분 소환 능력을 가지고 있었지만 하급이나 최하급 환수 따위로는 전투에 아무런 도움이 안 되기 때문에 전투는 전체적으로 불리하게 돌아갔다.

하급 마족만 해도 오우거보다 강한 전투력을 가지고 있다. 중갑을 입은 기사들이 필사적으로 검을 휘둘렀지만 인간의 숫자는 점점 줄어가고 있었다.

하지만 그런 느릿느릿한 승리는 마음에 들지 않았던 것일까. 중급 마족 중 몇 마리가 뒤로 빠지더니 흉성을 지른다.

끼에엑!

하급 마족 녀석이 옆에 있던 최하급 마족을 덥석 잡아먹는다. 뭘 하는 건가 싶어 지켜보니 하급 마족들이 각각 네다섯 마리의 최하급 마족을 집어먹은 후 서로의 몸을 접촉시켜 거대화하는 것이 아닌가!

"합체? 별걸 다 하는군."

눈 깜짝할 사이에 신장이 8미터에 달하는 거대 괴수가 나타나자 귀족들은 경악했다. 8미터. 수치상으로 이야기하면 실감이 안 날지도 모르나 그건 실로 어마어마한 크기였다. 건물로만 쳐도 3층을 넘어서는 크기가 생물체의 그것이라고 한다면, 그건 압도적이라고밖에 표현할 말이 없으니까. 실제로 그 정도 덩치를 가진 괴물이 팔을 휘두르면 인간 사이즈의 상대는 대항할 방법이 없었다.

쿠어어어어어어!!

거대화한 마족은 흥성을 내지르며 몸속에 손을 박더니 거기에서 거대한 칼을 뽑아 들었다. 맙소사! 저건 골도(骨刀)잖아? 뼈로 칼을 만든단 말이야?

거대화한 마족. 괴수가 골도를 휘두르자 필사적으로 마족들을 막고 있던 기사 네다섯 명이 그대로 뭉개진다. 어마어마한 신장과 힘으로 휘둘러지는 거대한 검은 그 어떤 방법으로도 막을 수 없을 것 같았다.

"맙소사!"

"도망쳐야 해! 저런 걸 어떻게 이겨?!"

"겁먹지 마라! 여기서 물러나 대체 어디로 도망치겠단 말이냐!"

란스의 용인이 괴수를 향해 충격파를 뿜어냈지만 거대 괴수는 골도를 움직여 막아낸다.

애초의 목적을 잊지 않았다는 듯 괴수는 골도를 움직여 용인을 떨쳐내고 에보니에게로 돌진했다. 놀란 기사들이 그녀의 앞을 가로막았지만 휘둘러지는 골도에 얻어맞고 재판정을 피로 물들인다.

"에보니!"

"어마 마마!"

"왕비 마마!"

사방에서 비명이 울려 퍼졌지만 그 누구도 에보니에게 손을 내미는 괴수를 막을 수 없었다.

아, 정확히 말하면 없는 건 아니지. 나는 오른팔을 뒤로 깊게 당긴 후 네다섯 발자국 정도 도움닫기를 했다. 그리고 허리를 활처럼 휜 후 급격히 허리를 굽히며 땅을 박찼다.

쐐엑!

공기가 찢어지는 것 같은 소리를 느끼며 타(打)자결에 파(破), 통(通) 자결을 동시 운용했다.

삽시간에 다가오는 괴수의 머리통. 8미터나 되는 높이라지만 몇십 미터나 되는 드워프 절벽도 예사로 뛰어오르던 나에게는 단 한 번의 도약으로 도달 가능한 높이였다.

육체의 활용은 탄력에서 시작된다. 흔히 말하지 않는가, 릴렉스(Relax) 라고. 힘을 살짝 빼서 근육을 이완시킨 후 급격히 힘을 집중해 깊게 당겼 던 오른손을 휘두른다. 마치 야구 선수가 전력으로 공을 던지듯이.

쩌엉!!

묵직한 타격과 함께 난동을 부리던 마족의 몸이 날아 건물을 부수며 쓰러진다. 머리가 산산이 부서지는 게 아니라 날아가는 걸 보니 생각 보다 튼튼하군. 게다가 마족들이 얼기설기 얽혀 있어서 그런 건지 덩 치에 비해 가벼운 편이야. 나는 몸을 젖혀 공중제비를 돈 후 가볍게 착 지했다.

"다행히 안 늦었군."

모든 유저들이 그렇듯 난 내 몸의 최대치를 정확히 알기 때문에 항 상 극한까지 힘을 끌어다 쓴다. 그래서일까? 난 몸을 격렬히 움직인 후 몸을 푸는 게 마치 습관처럼 굳어 있었다. 그도 그럴 것이, 극한까지 활용한 몸을 풀어주지 않으면 무리가 오게 되니까 나름대로 어쩔 수 없는 습관인 것이다.

몸을 풀고 있는데 멍한 표정으로 날 바라보는 사람들이 보인다. 놀랐나? 아니, 뭐, 8미터짜리 괴물을 주먹질로 날려 보내는 인간을 보고 놀라는 건 당연한 일일지도. 나는 멍한 표정의 귀족들에게 말했다.

"미리 말해둬야겠군요. 저는 이 나라가 싫습니다."

내 뜬금없는 소리에 사람들은 어떤 반응을 보여야 할지 모르겠다는 듯 조용히 있을 뿐이다. 뭐, 사실 반응을 기대하거나 한 것도 아니었기에 천천히 다음 말을 잇는다.

"그러니까……."

"이봐, 조심해!!"

비명과도 같은 란스의 고함 소리와 함께 내 왼쪽 어깨 위로 떨어지는 거대한 검이 느껴진다. 골도로군. 명색이 마족이니 주먹질 한 방에는 쓰러지지 못하겠다는 건가.

나는 돌아보지 않았다. 그래, 돌아볼 필요도 없지. 나는 왼손을 들어 그것을 잡았다.

콰직!

밟고 있던 땅에 금이 가며 내려앉았지만 어렵지 않게 버틸 수 있었다. 상급 마족과 싸우면서 걸어두었던 풀 파워 모드를 아직 해제하지 않았으니까. 물론 불사의 격노는 내가 100포인트 이상의 공격을 맞으면 즉사하게끔 만들지만 난 공격을 맞은 게 아니라 막은 거다. 흠, 좀 미묘한 개념이기는 한데, 어차피 타격의 대부분은 땅으로 흘려 버린데다 방어력이라는 개념이 있으니 100포인트라고는 해도 정말 어지간하지 않고서는 즉사당하지 않을 거라 생각한다.

어쨌든 무사하니 다 상관없는 일. 나는 하려던 말을 계속했다.

"그러니까 제가 싸우는 건 이 나라가 좋아서가 아닙니다. 기특한 우리 귀염둥이들을 위해서죠."

멀찍이 있던 넬과 엘의 얼굴이 붉어지는 것을 보며 나는 골도를 잡고 있던 왼손에 힘을 주었다.

콰창!

골도가 산산조각으로 부서지자 마족의 몸이 일순간 휘청거린다. 그리고 그것이 빈틈. 나는 속삭이듯 카이더스를 불렀고, 그에 따라 왼손 바닥으로 청색의 손잡이가 솟아오른다. 좋아, 이제 소환도 꽤 자연스럽군. 나는 만족스럽게 웃으며 잡아 솟구치는 검기와 함께 크게 베었다.

파앙!

세차게 일어나는 청색의 기운과 수직으로 잘라지는 마족의 몸. 하지만 그것으로 끝난 것은 아니었다. 마족은 아직도 상당수 남아 있었으니까.

마음을 가라앉힌다. 그리고 말한다.

"나, 잊혀지지 않는 영원의 이름. 나, 지워지지 않는 불멸의 성흔."

전신 마력을 활성화시킨 후 마력 패턴을 다중 채널에 접속시키자 은은하게 일어나는 청색의 기운.

"그대는 그 존재로 나를 부르고 나는 내 존재로 그대를 규명 짓나니……."

공간을 일렁이며 모습을 드러낸 소환진이 하늘로 밝고 청명한 기운을 뿜어내었고, 사람들은 거기에 뿜어지는 기운에 숨조차 제대로 쉬지 못한다.

그래, 가끔은 이런 것도 나쁘지 않겠지.

"나와라."

나는 웃었다.

"글레이드론."

우웅!

거대한 소환진이 빛남과 함께 안에서 청색의 비룡(飛龍)이 모습을 드러낸다.

숨이 막히는 듯한 표정으로 아무 말도 못하는 사람들. 란스는 그들 중 가장 먼저 정신을 차린 듯 신음성을 내뱉었다.

"맙… 소사! 최상급 환수?"

글레이드론은 긴 목을 움직여 주변을 살폈다. 소환사들이 경외의 눈으로 보고 있어서일까? 평상시라면 아무렇지 않게 볼 그 동작도 왠지 위엄과 박력이 넘쳐 보인다.

'음음, 확실히 멋진 녀석이야' 하고 생각하며 녀석의 앞에 선다.

"오랜만이야."

[그렇군. 오랜만이야. 너무 오랜만이라 얼굴을 잊을 뻔했다.]

"호, 그동안 안 불러줘서 삐친 거야?"

[닥쳐라!]

녀석은 투덜거리며 내 등 뒤에 위치한 마족들의 모습을 바라보았다. 평상시 기운을 갈무리하는 나와 다르게 지닌 바 기운을 아낌없이 뿜어내는 글레이드론 때문에 마족들은 긴장하여 움직이지도 못했다.

[오랜만에 나와 마주한 적치고는 시시하군. 싸울 것도 없이…….]

글레이드론은 그렇게 말하며 고개를 들어올렸다. 햇빛을 받아 푸르게 빛나는 비늘에 드래곤을 닮은 외양. 신장이 20미터에 달함에도 크다기보다 날렵하다고 느껴지는 외양을 가진 청색의 비룡.

녀석은 이마 위의 뿔에 뇌전을 생성시키며 말했다.

[쓸어버리겠다.]

눈 깜짝할 사이에 모이는 거대한 기운에 굳어 있던 마족들이 덤벼들 었지만 이미 늦었다.

팟 하는 느낌과 함께 뿔에 맺혀 있던 뇌전이 사라진다. 그리고…….

파직! 파직! 파지지지직!

글레이드론 녀석의 입 안으로 강대한 뇌전이 생성된다. 고개를 슬쩍 뒤로 젖혔다가 입 안에 물고 있던 것을 뿜어내는 글레이드론. 뇌전은 둥글게 뭉쳐져 발사되었고, 그것은 마족들의 한가운데로 떨어졌다.

번쩍!

눈부신 빛이 폭발하듯 퍼져 나갔지만 난 고개를 돌리지 않았다.

흐음, 확실히 알겠군. 녀석은 삐쳤다.

물론 재판정에 남아 있던 마족들의 숫자가 적다는 건 아니지만 저런 기술까지 사용할 정도로 엄청났던 건 아니다. 녀석이 쓸데없는 퍼포먼 스를 벌일 만한 성격인 것도 아니니 이유야 뻔하지. 녀석은 한동안 안 불렀다는 사실에 꽁해 있었던 것이다.

"요컨대 저건 일종의 무력 시위인 건가. 생긴 것답지 않게 귀엽게 노는군."

나는 장난스럽게 웃었지만 다른 사람들의 멍한 표정으로 신음했다.

"맙소사!"

"이것이 최상급 환수의 힘……."

"내가 죽기 전에 최상급 소환수를 보게 될 줄이야……."

전투가 끝났지만 글레이드론의 모습에 압도되어 어떤 귀족도 움직 이지 못하고 있었다.

마침 잘되었군. 나는 천천히 걸어 다른 귀족들과 마찬가지로 멍하니 있는 넬과 엘을 안아 들었다. 깜짝 놀란 그녀들은 버둥거렸지만 난 그대로 그녀들을 챙겨 글레이드론의 등에 올라탔다.

눈앞에서 공주가 납치되는데도 멍하니 바라만 보고 있는 국왕 란스. 나는 슬쩍 웃으며 말했다.

"날아."

[훙!]

글레이드론은 여전히 삐친 기색을 보이며 그대로 날개를 펼쳤다. 그리고 두어 번 움직여 본 후 땅을 박차고 날아오른다.

"꺄악?!"

"헛?!"

난데없이 날아오르는 글레이드론에 놀라 안겨드는 두 명의 소녀. 나는 양다리를 글레이드론의 목에 단단히 밀착한 후 글레이드론에게 물었다.

"얼마나 올라갈 수 있냐?"

[얼마든지!]

녀석은 무시무시한 속도로 상승했다. 언제나 느끼는 거지만 이놈의 비행 능력은 사기에 가깝군. 이게 날개로 나는 생물체의 비행 속도란 말이야? 그것도 수직 상승하는 건데?

"꺄악! 어, 어딜 가는 거예요?!"

"땅이, 땅이! 땅이?!"

넬과 엘은 패닉에 빠져 떠들어 댔다. 순식간에 멀어지는 땅과 세차게 불어오는 바람. 별다른 안전대도 없이 이 정도 높이까지 올라오는데 긴장하는 건 당연한 일이겠지. 나는 패닉에 빠진 녀석들을 진정시켰고, 그러는 사이 글레이드론은 구름 위에 도달했다.

"아……!"

"아……!"

주변 풍경에 소리를 질러 대던 두 소녀가 잠잠해진다. 바람 한 점 불지 않는 고요한 공간과 발밑으로 흐르는 구름의 바다[雲海].

글레이드론은 상승을 멈추고 바람을 잡아탔고, 나는 실프를 소환해 바람을 조절했다.

"멋지지?"

넬과 엘은 융단처럼 깔린 구름의 모습을 넋을 잃고 바라보았다. 유저들이야 로그인시마다―수면 로그오프 모드의 추가로 요새는 많이 줄었지만―봐서 익숙해진 장면이지만, 이곳 풍경은 분명 아름다우니 넋을 잃을 만하지.

나는 잠시 멍해 있는 그녀들을 향해 속삭였다.

"나는 이 나라를 떠날 거야."

당연한 일이었다. 애초의 내 목표는 이 대륙을 여행하는 것이었으니까. 하지만 당연한 일임에도 넬은 당황스러운 표정으로 소리쳤다.

"어, 어째서요? 이제 다 해결되었잖아요?"

"해결되었으니까 더 있을 필요가 없다는 거야. 사실 난 이레인에서 하루 정도만 머물고 떠날 생각이었으니까. 그런데 네 녀석이 위험할까 봐 잠시 돌봐준 것뿐이지."

"하지만……."

"게다가 내가 더 여기 있을 만한 핑계도 없잖아? 난 소속 불명의 평민일 뿐이니까."

"아니에요! 오빠는 수많은 귀족과 왕족을 구했잖아요? 마침 공작도 죽었으니 공작 시켜드릴게요! 그것도 싫으시면 왕족이라도……!"

"으응? 공작이라면 또 몰라도 왕족은 혈통에 의한 거 아냐? 어떻게 왕족을 시켜줘?"

"그, 그건……."

넬의 얼굴이 새빨갛게 변한다. 아하, 무슨 말을 하려는지 알 것 같군. 나는 웃었다.

"아서라. 애초에 수비 범위 밖이야."

"저, 저도 여자예요!"

"여자 '애' 지. 내려가자, 글레이드론."

내 말에 따라 글레이드론은 매끄럽게 방향을 틀어 직각으로 하강하기 시작했다. 어마어마한 속도였기에 넬과 엘의 머리를 바짝 끌어안았다.

"확실히 이 나라에서는 안 좋은 추억이 더 많았던 것 같군."

감옥에 갇혀 고문받고, 거기다 처형당할 뻔했다. 귀족들에게 비난받으며 쓸데없는 누명을 뒤집어썼다.

하지만……

하지만 그래도…….

"재미있었다."

순식간에 날아올랐던 만큼 하강에도 그리 많은 시간이 걸리지 않았다. 글레이드론은 날개를 활짝 펴 감속했다. 도착 점은 맨 처음 날아올랐던 재판정. 귀족들은 여전히 그곳에 있었고, 그건 왕족들 역시 마찬가지였다.

슬슬 떠날 때군. 나는 넬과 엘을 집어 들어 살짝 던졌다. 물론 그냥 던진 건 아니라서 실프의 바람에 휩싸여 천천히 떨어졌다. 내려서는 소녀들을 받아 드는 란스. 나는 웃었다.

"잘 있어. 언젠가 또 만날 날이 있겠지."

"자, 잠깐만요!"

"나중에 만날 때는 좀 더 커서 오라구. 안녕!"

가볍게 손을 흔듦과 동시에 글레이드론의 날개 역시 움직이기 시작한다. 삽시간에 날아오르는 몸. 그리고 그런 나에게 아래쪽에서부터 고함 소리가 들려왔다.

"후회할 거야, 너! 나, 진짜진짜 멋진 숙녀가 될 테니까! 그때 가서 아무리 사정사정해 봐야 절대 안 받아줄 거니까! 듣고 있어? 후회할 거라고, 이 바보야!"

난 웃음을 터뜨렸다.

그래, 잘 있어라, 꼬마 숙녀. 확실히 이레인에서는 시간 낭비를 하고 말았지만, 네 녀석이 있어 나름대로 재미있었으니까.

"그럼 날아볼까?"

[좋지!]

글레이드론은 세차게 날갯짓했고, 그에 따라 바람이 불어와 머리칼을 흩뜨린다. 서둘러야겠지. 아직 퀘스트는 잔뜩 남아 있으니까.

퀘스트

　　　　고요한 어둠 속을 은색의 검이 가로지른다. 그것은
실로 거대한 검. 물질로서 존재하는 권능의 발현.

　그것은 검이되 검이 아니다. 그것은 그 어떤 신보다도 위대했던 신
중의 신. 태초에 존재했던 첫 번째 검이자 세상에 존재하는 모든 무
구(武具)의 원형(元型).

　"하지만 그것도 옛날 일이군. 신성은 물론 이지조차 없는 게 어찌
신이라고 할 수 있을까."

　거대한 검의 손잡이라 할 수 있는 위치에 흑발의 여인이 내려선다.
육감적인 몸매와 탄식이 나올 정도로 매혹적인 외모.

　루네스는 천천히 걸어 손잡이 끝에 걸터앉았다. 손잡이 앞에는 검
신(劍身)이 마치 은빛 대지처럼 펼쳐져 있었는데, 검 자체의 크기가 워
낙 커 그녀의 위치에서는 은색으로 된 지평선밖에 볼 수가 없었다.

차분한 눈으로 주변을 바라보는 여인, 그리고 그런 그녀의 옆으로 한 명의 소년이 내려선다.

"이대로 방향을 트는 건 안 될까요? 여기서 약간만 오른쪽으로 트는 데는 그다지 많은 간섭력이 필요로 할 것 같지 않은데."

10세 전후로 보이는 외모에 전체적으로 귀여운 느낌이 강한 한얼의 말에 루네스는 웃었다.

"후훗, 인과의 흐름이란 건 과정보다 결과를 중요시하니 소용없어. 요컨대 여기서 중요한 건 이 녀석이 지구에 박혔나, 안 박혔나 하는 거지 방향이 틀어졌냐, 안 틀어졌냐가 아니니까. 결론적으로 이게 지구에 박히지 않는다면, 그건 인과를 어마어마하게 거스른 게 되는걸. 아수라가 나설 게 뻔해."

아수라, 세계를 만든 창조신의 이면. 징벌자라 불리며 차원을 아우르는 절대의 존재.

영원 불멸의 존재로서 영겁의 세월을 살아가는 초월자들 중에는 자신의 목숨을 가벼이 여기는 존재 또한 얼마든지 있었다. 설사 어떤 거대한 힘이 있어 규제를 어기는 이를 소멸시킨다 해도 그것이 후에 이루어지는 처벌이라면 아무런 소용이 없다. 초월자들이 일단 죽음만 각오하면 언제든지 물질계에 간섭할 수 있게 되니까.

하지만 초월자들은 그러지 못한다. 왜냐하면 아수라야말로 그 모든 것을 넘어선 유일무이의 존재니까. 설사 죽음을 감수한다고 해도 아수라의 권능을 벗어나기는 힘든 것이다.

보통 초월자의 경지에 오르게 되면 윤회의 고리에서 벗어남과 동시에 시간의 속박까지 떨쳐 낸다. 그리고 그렇기에 어떤 인간이 신이 되게 되면 시간을 거슬러 올라가 그 인간이 신이 되기 전에 처치한다 해도 그 신은 죽지 않는다. 왜냐하면 그는 윤회의 고리에서 벗어났으니까.

하지만 아수라가 인과의 흐름과 윤회의 고리를 마음대로 조절할 수 있었고, 마음만 먹으면 어떤 존재든 '없었던 것'으로 만들어 버릴 수 있었다.

없었던 것, 그것이야말로 진정한 소멸(消滅). 없었던 것이 되어버리면 그가 저지른 모든 일이 사라진다. 당연하다. 그 모든 것이 없었던 일이니까. 그를 기억하는 이는 아무도 없고, 그가 이룬 일도 아무도 없다. 그것은 없었던 일이기 때문이다.

"사실 물질계를 멸망에 빠뜨리려 한 초월자는 꽤 많았을 거야. 그리고 그런 물질계를 구하려 한 초월자도 있었겠지. 하지만 우리는 그중 누구도 기억하지 못해. 없었던 일이니까."

단 하나 다행인 것이 있다면, 아수라의 행위에 뒤탈이 없다는 것이다. 일단 아수라의 눈을 속이고 어떤 일을 행한다면, 그것이 끝난 후 아수라의 시야에 걸린다고 해도 아수라는 참견하지 않는다. 요컨대 속일 수만 있으면 되는 것. 그리고 아수라의 눈을 속이는 가장 대표적인 수단이 바로 신드로이아의 5번째 꽃잎 시공의 깃털인 것이다.

"후우, 시공의 깃털이 조금 더 많았으면 좋을 텐데요. 애초에 물질계에 개입하여 인간들을 돕겠다는 생각 자체가 잘못되었던 걸까요?"

"의기소침해하지 마. 이렇게라도 애쓴 덕택에 지금까지 많은 사람을 구해왔잖아? 물론 개인적으로는 구하나마나 자기들 팔자라고 생각하지만, 집단에 속한 이로서 전체 의사에 따를 필요는 있겠지. 뭐, 그럼 잔소리는 그만 하고 슬슬 일을 시작할까?"

"아, 그러고 보니 여기에는 왜 오게 된 거죠? 어차피 간섭할 수 없는데."

"아예 없는 건 아니야. 시공의 깃털이 조금 남았으니까."

부드럽게 웃으며 오른손을 들어올리는 그녀의 위로 다섯 개의 깃털이 떠오른다. 새하얀 바탕에 검은색의 무늬가 그려져 있는 그것은 단지 존재하는 것만으로 주변의 공간을 일그러뜨리고 있었다.

"다섯 개? 그걸로 뭘 하시려는 거죠?"

시공의 깃털을 얻는 데는 여러 가지 방법이 있었다. 그중 가장 대표적인 방법이라면, 역시 만능석(萬能石)이라 불리는 현자의 돌에 의한 제조.

존재하는 그 어떤 물질로라도 변형시킬 수 있는 현자의 돌이라면 충분히 시공의 깃털을 만들어낼 수 있었다. 현자의 돌이란 소량으로도 생명을 창조할 수 있고, 양만 충분하다면 신조차 만들어낼 수 있을 정도로 엄청난 물건이니까. 단지 문제가 있다면 생명의 돌이 어마어마하게 귀하다는 것 정도랄까?

흔치 않은 경우이지만 두 번째로 어긋난 차원의 틈새에서 시공의 깃털을 찾아내는 경우도 있다. 하지만 어긋난 차원이 한두 군데도 아니고, 시공의 깃털은 아주 근접한 거리가 아니면 감지하지 못하기 때문에 누가 얻을지는 완전히 운이라고 할 수 있다.

그리고 마지막 방법이 바로 지고화(至高花) 신드로이아에서의 채집. 그 방법은 가장 흔치 않고 또 어려운 일이지만, 가능하기만 하다면 어마어마한 양의 깃털을 손에 넣을 수 있는 수단이기도 했다. 애초에 시공의 깃털이라고 부르기는 하지만 그게 정말 깃털인 것은 아니니까. 단지 신드로이아의 꽃잎이 깃털과도 같은 모양새라 그렇게 부르는 것뿐이다.

시공의 깃털은 물론 대단하지만 한 행성의 운명마저 좌우하게 될 거검을 막기엔 다섯 개로는 턱없이 부족하다. 라일레우드는 신성을 버리고 물질계에 끼어듦으로써 ‘한 행성의 멸망’ 이라는, 실로 어마어마한 운명을 소유하게 되었으니까.

지구에 사는 인류는 60억에 달한다. 인류를 제외한 곤충, 동물, 식물까지 모두 포함하면 그 숫자란 감히 헤아릴 수조차 없을 정도.

시공의 깃털은 그 하나만으로도 천 명이 넘는 사람을 구할 수 있지만 그래 봐야 라일레우드를 막을 수는 없다. 언젠가 카인이 말했듯 600개 정도가 필요한 것이다.

“세우는 것도 막는 것도 안 되지만, 결론만 바꾸지 않으면 수가 없는 것도 아니지.”

그녀는 오른손을 들어올렸다.

“지금 명하노니, 행하라.”

무형의 기운이 거대한 검 전부를 뒤덮는다. 그것은 시간을 조절하는 권능 타임 컨트롤(Time Control). 자아를 잃었다고는 하나 명색이 최상위급 신이었던 존재에게 그걸 건다는 것은 실로 어마어마한 일이었다.

“이건?”

“시간 끌기. 파니티리스에서의 작업을 전부 끝마치려면 상당한 시간이 필요할 테니까.”

“하지만 결론적으로 지구에 박히는 건 마찬가지일 텐데.”

“그걸 막을 수는 없어도 그 후에 벌어지는 참상 정도는 어떻게든 할 수 있겠지. 아아, 피곤해. 난 그만 가보지.”

그녀는 어깨를 한 번 으쓱하더니 이내 몸을 돌려 차원의 문으로 들어가 버렸다. 아무렇지도 않은 그녀의 모습에 살짝 한숨 쉬는 한얼. 하지만 그도 이내 움직여 차원의 문으로 들어섰다.

＊　　　＊　　　＊

2021년 10월 6일. 오전 9시 50분.

"이백아흔일곱."

팔에 힘을 주자 이완되었던 근육이 팽팽하게 당겨진다. 비 오듯이 쏟아지는 땀과 숨결.

"이백아흔여덟."

운동을 할 때 가장 필요한 것은 누가 뭐라고 해도 끈기다. 자기 자신과 타협하기 시작하면 운동이고 뭐고 불가능한 일이니까.

"이백아흔아홉."

전신의 근육이 비명을 질러 대는 것 같은 통증이 온몸을 덮치고 있었지만 무시한 채 몸을 움직인다.

"삼… 백. 후우, 힘들군."

양손에 잡혀 있던 손잡이를 놓고 숨을 몰아쉬었다. 운동을 한 직후라 그런지 긴장한 근육들은 실낱같이 쪼개져 몸의 윤곽을 뚜렷하게 만들고 있었다.

"운동량이 너무 줄었군. 아니, 뭐, 게임 시간이 워낙 길어 어쩔 수 없지만."

몸을 일으켜 거울 앞에 서자 훤칠한 키에 제법 반반하게 생긴 외모를 가진 사내의 모습이 비친다.

가볍게 기지개를 켜며 몸을 살핀다. 현실에서 몸 관리를 하지 않으면 게임 속의 몸도 비만에 이른다. 굳이 외양에 신경 쓰는 것은 아니지만 뚱보라니. 그런 건 스스로 납득할 수 없기에 평소 움직여 놔야지.

우주 정거장 나미코는 그리 넓은 공간을 가지고 있지 않았지만 운동 기구 정도는 들여놓은 상태였다. 가뜩이나 무중력이라 몸에 힘이 빠지는 우주에서 적절한 운동을 하지 않게 되면 몸 관리는커녕 건강까지 해치게 되니까.

"응?"

별 생각 없이 거울을 바라보다 움찔한다. 눈을 가늘게 뜨고 날 바라보는 흑발의 청년. 나는 거울에 비치는 내 모습이 평소와 약간 다르다는 것을 깨달았다.

"뭐야, 이건?"

연두색 머리카락.

착각이 아니었다. 게임 속에서처럼 내 머리칼에는 연두색이 깃들어 있었다. 약간은 밝은 느낌에 현실의 것이 아닌 것 같은 그 색은 너무나도 뚜렷하게 자신의 모습을 과시하고 있었다.

"어떻게 된 거야, 이건? 내가 염색을 했던가?"

없었다. 아니, 난 태어나서 염색 따위는 단 한 번도 한 기억이 없다. 하지만 이 기묘한 색의 머리카락은 뭐란 말인가? 설마 우주 질병 같은 건가? 하지만 우주 질병에 머리카락이 연두색으로 변하는 병이 있다는 소리는 들어본 적도 없다. 차라리 탈색이라면 모를까, 왜 하필 연두색으로 변한단 말인가?

1/5정도가 연두색으로 변한 머리카락을 보며 의아해하고 있는데 전자음이 울린다.

띠리리리리.

거울을 보고 있던 난 노트북을 향해 이동했다. 노트북에는 화상 통신 요청이 들어와 있었고, 나는 그것을 허락했다.

모니터가 잠시 깜빡이는가 싶더니 순진한 인상의 미소년이 모습을 드러낸다.

석구로군. 뭔가 연구 중이었는지 다른 컴퓨터를 조작하고 있던 녀석은 내 모습을 본 건지 환하게 웃었다.

"안녕!"

"그래, 안녕! 오랜만이군."

"오랜만? 응, 그러네. 오랜만이야, 건영."

해맑게 웃는 녀석의 모습에 나 역시 웃는다. 그나저나 건영이라니? 진짜 오랜만에 듣는 이름이군. 이곳에는 나 혼자밖에 없기 때문에 내 이름을 불러줄 이가 아무도 없다. 어느새 건영이라는 본명보다 밀레이온이라는 가명에 더 익숙해진 것도 이상한 일은 아니겠지.

"그런데 무슨 일이야?"

"그냥 심심해서. 나, 보고 싶지 않았어?"

"…헛소리할 거면 끊어버린다."

생각해 보면 이 녀석도 참 대단하다. 처음에는 메일, 그 다음에는 채팅, 이제는 화상 통신이라니……. 좀 통일된 방식으로 연락할 수는 없는 건가?

모니터 저편의 석구는 잠시 몸을 일으키더니 커피 한 잔을 뽑아와 다시 자리에 앉았다.

짐짓 여유로운 태도에 나는 통신 종료 버튼으로 마우스를 움직였다. '종료하시겠습니까?' 하고 확인창이 떠올랐고, '예' 자에 마우스를 올

리는 순간,

"끊지 마!"

"……."

'늦었군' 하고 한숨 쉬며 나 역시 근처에 있던 물통을 챙겨왔다. 애초의 내 목표는 수분 섭취인 만큼 커피나 물이나 별 상관은 없다. 미식적인 문제라면 일루전 내에서 해결할 수 있으니까. 여기서는 필요량만큼의 최소 영양분만 먹고 마시면 된다.

"생각해 보니 운동을 안 해도 살찔 이유는 없군."

"응? 살찔 걸 걱정하고 있는 거야?"

"요새 별로 운동을 못하니까."

"하지만 아무리 그래도……. 아, 시간 없군. 용건부터 말할 테니 잘 들어. 파니티리스가 점검에 들어가는 건 알고 있지?"

"그래. 10월 18일부터 세 달 동안 진행된다고 했었지. 그게 뭐?"

"그 세 달 동안 파니티리스가 미족들에게 유린당한다는 스토리인 모양이야. NPC들은 미족에게 필사적으로 저항하지만 큰 능력 차 때문에 밀리게 되고, 자기들끼리 군대를 조직하여 미족에게 대항하게 되는 거지. 즉, 시리우스 사(社)가 마스터들에게 제공하려는 건……."

"전쟁인가?"

미족은 강하다. 유저라면 몰라도 NPC들의 시점에서 보면 정말이지, 터무니없이 강하다. 게다가 나와 거의 동등한 힘을 가지고 있는 상급 미족만 해도 유저 한 명당 4명씩 처리해야 하는 퀘스트였다는 걸 생각할 때 전체적인 미족들의 수는 훨씬 더 많을 것이 분명하다.

그리고 그런 미족들이라면 순식간에 대륙을 위험으로 몰고 갈 것이 뻔하다. 그렇다면 녀석의 말대로 인간들 역시 멸망하지 않기 위해 힘

을 합쳐 저항하게 되겠지. 하지만 그래도 상황은 어렵게 되고, 거기에
유저들이 영웅처럼 끼어들게 되는 건가?

분위기를 보아하니 마스터들이 잔뜩 모여 군대를 만들게 될 것 같은
데, 그렇게 되면 실로 어마어마한 전투력을 가진 집단이 만들어질 것이
다. 아직 마스터의 숫자는 200명도 채 못 되지만 요번에 벌어지는 탄
식의 성 이벤트라면 훨씬 더 많아질 게 분명하니까.

"죽이지? 그치?"

"그렇군."

약간이지만 가슴까지 떨리는 게 느껴진다. 전쟁, 전쟁이라니…….
말이야 많이 들었지만 전혀 생소한 단어였다. 전쟁에 참여한다고? 허
허, 일루전을 시작하고 많은 경험을 하기는 했지만 설마 전쟁에까지 참
여하게 될 줄이야.

*"하지만 마스터 중에는 미성년자도 꽤 있어. 전쟁이라면 틀림없이
참혹할 텐데 괜찮을까?"*

*"굳이 전쟁뿐 아니라 파니티리스 자체가 참혹하니 상관없겠지. 게다
가 분위기를 보아 참가자만 받는 모양이니 싫은 사람은 파니티리스에
안 가면 그만이야."*

물론 그렇다고 해서 전쟁에 참여하지 않는 마스터는 없을 거라고 생
각된다. 일반적인 유저라면 모르되 마스터쯤 되면 상황극도 끝마치고,
참혹함에 어느 정도 익숙해진 이들이니까. 전쟁 규모의 전투가 벌어진
다고 해도 별 두려움 없이 참가할 것이 뻔하다.

"아, 그런데 넌 이런 정보들을 어떻게 아는 거야?"

*"일루전의 시스템에 침입해서 정보를 캐내고 있어. 물론 방벽이 워
낙 두터워서 수박 겉핥기식이지만 간단한 정보 정도는 어렵지 않게 알*

수 있지. 요컨대 퀘스트를 종료한 유저가 스무 명을 넘어섰다던가."

"윽! 벌써?"

완료한 녀석이 있을 거라고는 생각했지만 스무 명이나 된단 말이야? 퀘스트 20개야 그렇다고 쳐도 상급 마족을 네 마리나 잡아야 하는데?

이거 쉬고 있을 때가 아니군. 생각해 보면 오늘은 10월 6일이고, 10월 18일부터 파니티리스에 갈 수 없게 된다. 그리고 그렇다면 그 안에 퀘스트를 종료시켜 놓아야겠지.

"건영아?"

"아, 아아, 정보, 고마워. 더 가르쳐 줄 거라도 있어?"

"일루전 내용으로는 별거 없고, 흠, 이건 기밀이지만 UFO 같은 게 지구로 날아오고 있는 모양이야."

"아, 그 검?"

그거라면 이미 들은 사항이다. 한반도보다도 커다란 크기를 가지고 있는 검(劍) 모양의 물체. 검 모양이라고는 해도 그만한 크기의 검이 존재할 리 없으니 검 디자인의 비행 물체라는 게 타당하겠지.

"알고 있는 거야?"

"어쩌다 보니까. 그런데 그게 왜?"

"아, 그게 날아오는 도중 잠시 멈췄었나 봐. 그러더니 속도를 줄였다더군. UFO라는 확실한 증거라고 흥분해 떠드는 영감도 있고, 무슨 일이 벌어질지 모르니 대비해야 한다는 영감도 있고, 뭐, 하여튼 속도가 줄어서 도착시기도 꽤 늦어질 것 같아."

"어느 정도?"

"글쎄, 내년 봄 정도랄……. 윽! 진짜 늦겠군. 이만 끊는다!"

뚝 하고 모니터가 어두워진다.

예전부터 그랬지만 제멋대로인 녀석이군. 나는 노트북을 덮고 몸을 돌렸다.

"내년 봄이라……. 상당히 늦게 도착하는군."

하지만 그런 게 날아온다는 건 여러모로 신경 쓰인다. 설마설마 했지만 일루전은 역시 외계인들의 작품인 건가?

"웃기지도 않는군. 이 내가 외계인이라는 존재를 진지하게 생각하는 날이 오게 될 줄이야."

투덜대며 우로보로스에 들어간다. 장갑을 끼고 헬멧을 장착한 후 오른손을 들어 헬멧 옆의 버튼을 누른다.

띠!

조용히 울려 퍼지는 묘한 기계음. 잠이 오는 것을 느끼며 눈을 감는다.

*　　　*　　　*

화악!

글레이드론의 등에 탄 채 맞부딪쳐 오는 바람을 느낀다. 항상 생각하는 거지만 파니티리스는 공기가 맑아서 좋군.

"에일렌."

[왜?]

"지금부터 감지되는 모든 퀘스트를 나한테 말해줘. 일단 20개 전부 채워야겠다."

현재까지 내가 해결한 퀘스트는 총 다섯 개다. 공주 호위, 성기사 구출, 왕 해독, 왕 구출, 목걸이 수호.

아, 그러고 보니 에보니 왕비의 목걸이가 대체 뭐기에 지키라고 했던 거지? 왕족도 아니고 목걸이를 지키라고 한 걸 봐서 귀중한 물건인 모양인데 말이야. 이름이 여명의 목걸이라고 했던가?

"뭐, 별거 아니겠지. 그보다 감지되는 퀘스트는 있어?"

[잠깐만 기다려 봐.]

에일렌은 목걸이에서 빠져나와 내 어깨에 걸터앉았다. 영체라 별 무게는 느껴지지 않지만 얼굴 옆에 있는 허벅지는 영 신경 쓰이는군.

"집중이 안 되니까. 내려와."

[어라? 어차피 영체인데 반응하는 거야?]

"어쩔 수 없잖아? 넌 예쁘니까."

별 생각 없이 말했는데 중얼대던 에일렌이 단숨에 조용해진다. 왜 그러나 하고 고개를 돌리자 멍한 표정으로 날 바라보고 있던 그녀가 퉁명스럽게 말한다.

[흐… 흥! 아부해 봐야 아무것도 안 떨어지네요!]

"아부 같은 건 안 해. 사실을 말했을 뿐이지."

[그러… 아… 너… 에잇! 남쪽으로 800미터 정도 이동하면 퀘스트 있으니까 빨리 가!]

왜 신경질이야? 나는 다시 고개를 돌려 말했다.

"들었지, 글레이드론?"

[오냐.]

녀석은 왼쪽 날개를 반으로 접더니 직각으로 방향을 틀었다. 내가 안 떨어진다는 확신 때문인지 요새는 아주 막 움직이는군. 덕택에 움직임이 자유로워진다면 나도 불만은 없지만, 어지간한 녀석이 녀석의 등에 탔다가는 잠시도 버티지 못하고 날아가 버릴 것이다.

800미터란 글레이드론의 비행 속도로 1초도 안 걸려 도달할 수 있는 거리. 그리고 그것을 증명하듯 아주 잠깐만에 퀘스트 창이 떠오른다.

퀘스트 콤보! 구출&동행!

하아! 이제는 소풍 나온 꼬맹이까지 챙겨줘야 하는 상황이 되고 말았다. 게다가 전부 사내자식이잖아! 이런 것들을 왜 구해야 하지?!

으으, 마음에 안 들지만 서둘러라. 애들 구해서 필로나 제국의 이렌토로 이동시키면 퀘스트는 끝난다.

마족은 최하급 250… 이었는데 200이 되었군. 하여튼 최하급 200에 하급이 20마리. 중급 이상은 안 보이니 처리는 쉽겠지.

[여태까지 퇴치한 마족 숫자.]

최하급 130/400. 하급 50/100.

중급 17/20. 상급 2/4.

"콤보……."

아니, 뭐, 나야 고맙지만 퀘스트도 콤보가 가능한 거였던가? 게다가 퀘스트 주는 녀석이 누군지는 모르겠지만 남자를 어지간히도 싫어하는군. 이제 조용할 만도 한데 계속 불만인 걸 보니 말이야.

"뭐, 어쨌든 내려가자."

[꽉 잡아라!]

녀석은 약간 상승하는가 싶더니 우아하게 U턴해 내리 꽂히듯 하강했다.

슈아악!

온몸을 스쳐 지나가는 바람 소리를 들으며 생각한다.

고속으로 움직이는 비행체에 타는 것은 여러모로 탑승자에게 부담을 주게 된다. 그중 가장 대표적인 것이 블랙 아웃과 레드 아웃으로 블랙 아웃은 비행체가 급선회를 할 때, 레드 아웃은 급강하를 할 때 벌어진다.

일반인이라면 중력이 3~4G가 되면 시야가 흐려지고 모든 것이 회색빛으로 보이게 된다. 이것은 체내의 피가 강한 중력으로 인해 머리 위로 올라오지 못해 안구에 제대로 혈액이 공급되지 못하기 때문인데, 5G 이상이 되면 눈앞이 점차 검게 되고 훈련받은 조종사라 하여도 7~8G가 되면 눈앞이 완전히 캄캄해진다.

개인의 차이는 있지만 보통 사람은 극히 짧은 시간 동안 9G까지 견디는 게 한계이며, 지속적인 선회 시는 5~6G를 버티는 게 보통이다. 지속적인 중력을 받게 되면 안구로 가는 혈액뿐만 아니라 뇌로 가는 혈액량도 부족해져 결국 실신하게 되는데, 이를 G-락이라 한다.

레드 아웃은 반대의 현상이다. 전투기가 순간적으로 급강하를 하게 되면 머리 위 방향으로 원심력이 작용, 피가 머리 위로 쏠리는 현상이 발생한다. 이로 인해 안구로 피가 몰려 눈앞이 빨갛게 보이게 되는데, 이를 레드 아웃이라 부른다.

레드 아웃은 블랙 아웃보다 훨씬 위험한데, 잘못하면 혈관이 파열되어 실명하거나 심지어 대뇌로 가는 혈액이 파열, 뇌출혈을 일으킬 수도 있기 때문이다. 그래서 숙련된 조종사라 하여도 −3G(블랙 아웃 때와 힘의 방향이 반대이므로 −가 붙는다) 이상은 견딜 수 없다.

"그런데 말이지."

음속에 가까운 속도로 날던 글레이드론이 직각으로 급강하하는데도 레드아웃은 일어날 생각을 하지 않는다. 아니, 그 정도가 아니라 두통이나 메슥거림조차 없다.

이 몸은 튼튼하다. 아니, 굳이 내 몸뿐 아니라 모든 유저의 몸이 지나치게 튼튼하다. 단순히 신체 건강 수준이 아니라 근육이, 혈관이, 뼈가, 내장 등 그 모두가 납득이 안 갈 정도로 튼튼한 것이다. 그 어떤 상황에서도 피는 활발하게 흐르고, 내장에 치명적인 타격을 입어도 치료 마법을 쓰고 조금만 쉬면 완벽하게 나아버린다.

이런 건 정상이 아니다. 모두들 잊었을지 모르지만 과학자였던 내 입장에서 볼 때 유저들의 몸은 인간이라기보다는 차라리 생체 병기에 가깝다.

게다가 모든 유저들이 익숙하게 느끼고 사용하는 마나. 이것도 엄청나다. 마나를 사용하면 보통 인간이라도 훨씬 더 강한 힘과 면역력을 가지게 되는데, 이런 몸을 가지고 있는 유저들이 마나까지 다루니 그 위력이란 말로 표현할 수 없을 정도인 것이다.

[뭐 하나, 주인!]

"아, 딴생각 해서 미안."

안 좋은 버릇이군. 게임이라는 것을 알면서도 일루전을 자꾸 현실에 대입하게 된다. 하지만 너무 현실 같으니 어쩔 수 없는 일이기도 하지.

나는 고개를 흔들어 잡념을 떨친 후 상황을 파악했다. 아래에 있는 것은 이백여 마리의 마족들. 마족들은 웬 마차 하나를 둥글게 포위한 채 몸통 박치기를 하고 있었다.

"호오, 보호막인가?"

일견 고급스러워 보이는 외양의 마차에는 은회색의 보호막이 펼쳐져 있었다. 하지만 그래도 이건 대단한데? 4클래스급 마법이 다섯 겹

이나 펼쳐 있다니. 라비린토스라면 몰라도 여기에서는 대단한 수준이
잖아?

살짝 눈을 감고 기척을 읽었다. 생존자는 둘. 퀘스트에서 말했던 꼬
맹이들인가? 주변에 널려 있는 시체들은 수행원들인 것 같군.

[어쩔 거냐?]

"글쎄, 오랜만에 거대 기술이나 사용해 볼까? 먼저 내려갈 테니까
부르기 전에는 내려오지 마."

[뭐? 이봐, 잠…….]

당황하는 글레이드론의 외침을 무시하고 녀석의 등에서 뛰어내린
다.

최하급 200마리에 하급 20마리라……. 딱 좋은 상대군. 나는 몸의
무게를 조절해 머리부터 떨어지게 만든 후 속삭이듯 말했다.

"카이더스."

왼 손바닥에 그려진 마법진에서 솟아 나오는 청색의 손잡이. 그것을
잡아 뽑자 숏 소드 형태로 뽑혀 나온 그것은 이내 클레이모어의 형태
로 변했다.

눈을 감고 내리치는 뇌전을 이미지한다. 그것은 태초부터 존재해 온
가장 순수한 힘, 세상 모든 것을 태우는 파괴의 기운.

"뇌광인(雷光刃)."

어마어마한 기운이 몰려드는 것이 느껴졌지만 무시하고 전신의 마
나를 순환시켰다.

"라이트닝 템페스트(Lightning Tempest)."

한 번 사용해 봤기 때문에 대충 요령이 잡힌다. 목표 확인. 범위 지
정. 나는 카이더스를 허리 뒤로 깊숙이 끌어당겼다.

“융합(融合).”

우우우우우웅!!

어마어마한 빛과 마나의 파동. 보호막을 후려치고 있던 마족들은 고개를 들어올려 하늘에서 떨어지고 있는 나를 바라보더니, 순간적으로 상황을 파악한 듯 괴성을 지르며 물러났다. 하지만 그래 봐야 늦었지. 나는 망설임 없이 카이더스를 휘둘렀다.

“가라!”

블레이드 오브 썬더 스톰(Blade of Thunder Storm)!

카이더스에서 뿜어진 수천 가닥의 뇌전은 이내 빛의 해일이 되어 마족들을 휩쓸었다. 마족들은 몸을 웅크리거나 흉성을 내뿜으며 저항하려 했지만 잠시도 버티지 못한 채 불타 버렸다.

“흠.”

짐작 못한 것은 아니지만 이거 한 방으로도 꽤 피곤하군. 뇌광인을 사용하는 건 여러모로 마나 소모량이 엄청나서 무지막지한 마력을 가진 나라 해도 세 번 이상 사용하기는 곤란하다. 하지만 그만큼의 위력은 나오니까. 이 넓은 범위에 이만큼의 타격을 주는 건 8클래스급의 마법이나 가능할 것이다.

탁.

암살자 경(輕)을 사용해 가볍게 내려섰다. 마차를 보호하고 있던 보호막은 소멸되었군. 피한다고 피해줬지만 거대한 힘의 흐름을 견디지 못하고 휩쓸린 모양이었다. 뭐, 마족들이 쓰러진 이상 필요없는 마법진이니까. 나는 눈을 동그랗게 뜨고 날 바라보는 다섯 명의 소년에게 사람 좋아 보이는 미소를 지었다.

"다치신 곳은 없습니까?"

"……."

꽤나 놀란 듯 멍한 표정으로 대답하지 못한다. 슬쩍 펼쳐 내기는 했지만 어쨌든 거대 기술이었으니까. 나는 그들에게 다가섰다.

"어쨌든 여기서 이러고 있지 말……."

"조심해요!"

멍하게 있던 소년 중 하나가 기겁하여 소리침과 동시에 등 뒤로 날카로운 공격이 휘둘러지는 게 느껴진다. 이런, 바깥쪽에 있다가 운 좋게 산 녀석이 있는 건가? 나는 왼발을 축으로 가볍게 회전했다. 그 순간 내 몸을 양단하려는 듯 휘둘러지는 거대한 발톱. 나는 카이더스로 그것을 가볍게 튕겼다.

깡!

일순간 무게 중심이 흐트러진 마족이 비틀거린다. 그리고 부드럽게 이어지는 참격.

"중급도 우스울 판에 하급한테 당할 순 없지."

머리가 잘린 마족 녀석은 휘청거리더니 둔탁한 소리와 함께 쓰러졌다. 재생력이 뛰어난 것 같지만 핵을 정확히 베어버린 만큼 다시 움직이는 일은 없겠지.

"우, 우와!"

"대단해!"

순수하게 경탄하는 소리가 등 뒤에서 들려왔다. 이것도 기분이 나쁘지는 않군. 나는 뒤돌아서 그들을 향해 웃으며 말했다.

"만나서 반갑습니다. 도련님들은 누구죠?"

"아, 저는 론 이렌토라고 합니다. 차례대로 로일, 로이, 로스, 로멜이에요."

나는 대표로 나선 론의 말에 따라 나머지 녀석들의 얼굴을 살펴보았다. 어, 그러고 보니 이 녀석들,

"쌍둥이군요?"

"네, 다섯 쌍둥이입니다."

무언가 색다른 시나리오의 예감이 들었지만 고개를 흔들어 떨쳐 버렸다. 안 돼. 시간이 없어. 퀘스트 하나에 매진할 틈 따윈 절대로 없다.

"이렌토 지방이 어느 쪽인지 아십니까?"

"아, 여기서 길을 따라 쭉 내려가서……."

"아뇨. 방향 말입니다, 방향."

"물론 남쪽이죠. 하지만 거기는 산이 있으니 돌아서……."

"글레이드론."

파악!

세찬 바람 소리와 함께 거대한 그림자가 대지에 내려선다. 푸른색으로 빛나는 비늘에 패도적인 기운을 줄기줄기 뿜어내는 청색의 비룡. 나는 할 말을 잃어버린 소년들을 향해 부드럽게 웃어 보였다.

"조금 서두를 테니 양해해 주시길."

*　　　*　　　*

2021년 10월 6일, 오후 12시 10분.

글레이드론이 날아들자 저택을 지키던 경비병들이 기겁하는 것이

느껴졌다. 조금 소란스럽지만 상관없지.

글레이드론은 별 문제 없이 드넓은 정원에 착지했고, 나는 아래로 늘어뜨려진 녀석의 날개로 다섯 쌍둥이를 미끄러뜨렸다.

"와, 소환수에 타본 건 처음이에요! 소환수는 다 이렇게 크고 빠른가요?"

"그렇지는 않습니다. 이 녀석이 특별할 뿐이죠. 자, 그럼 시간도 없고 하니 가보도록……."

"웬 놈이냐!"

고함 소리와 함께 대충 20대 중, 후반쯤 되어 보이는 사내가 순식간에 정원을 가로질러 와 내게 검을 휘둘렀다. 검 전체에 충만하게 담겨 있는 기운. 이 녀석은 소드 익스퍼트로군. 그것도 기초가 꽤나 탄탄한 듯 마스터도 아니면서 마스터에 필적하는 마나 양을 가지고 있었다.

아, 물론 그래 봐야 어림없지만. 나는 살짝 고개를 흔든 후 말했다.

"장비 2번."

청색의 클레이모어가 마술처럼 생겨나 오른손에 잡힌다. 제법 매서운 기세로 덤벼들어 반동이 있겠지만 글레이드론이라면 별 문제 없이 중심을 잡겠지. 나는 녀석의 등을 단단히 디딘 후 휘둘러지는 검을 맞받아 쳤다.

쩡!

"커억?!"

달려들었던 녀석은 달려들 때보다 더 빠르게 팅겨 나갔지만 아주 바보는 아닌지 구르지는 않았다. 하지만 허리를 숙이며 피를 토하는 걸 보아 다시 덤비지는 않을 것 같았다.

시간 끌어서 병사들까지 몰려오면 귀찮아질 것 같아 나는 클레이모어를 거두며 말했다.

"약간 트러블이 있었지만 이번에는 진짜로 가도록 하죠. 그럼 건강하시길."

"에? 아! 자, 잠깐만 기다려 주⋯⋯!"

화악!

꼬마들의 말을 무시한 채 글레이드론의 몸이 날아오른다. 흠, 이런 식으로 하면 금방 끝나겠는데? 넬과 엘 때처럼 여기저기 관여하기 시작하면 끝이 없다. 즐기기 위해 관여하는 것도 좋지만, 일단 퀘스트는 끝내놓아야겠지.

글레이드론은 순식간에 하늘 위로 날아올랐다. 멀찍이 작아져 새끼손가락보다도 작아 보이는 도시의 모습. 나는 어깨에 걸터앉아 있는 에일렌에게 물었다.

"다음 퀘스트는 어디지?"

[잠깐만 기다려 봐. 흠⋯ 아까 그 도시에만 해도 세 개쯤 있어. 어떻게 할래?]

"해야지. 글레이드론, 나에게 동조해."

[동조?]

"공명(共鳴)을 말하는 거야. 내 파장 정도는 기억하지?"

[영문을 모르겠지만 알았다.]

글레이드론은 날아오르는 걸 멈춘 후 비행 속도를 줄였다. 정신을 집중하는 듯 아무 말 없이 잠시간 비행하는 글레이드론. 하지만 그리 오래 걸리지는 않는 듯 이내 입을 열었다.

[됐다.]

"좋아, 그럼 해볼까나? 은(隱)."

녀석의 등에 손을 댄 채 마력의 파동을 일치시키며 암살자 특수 기술 하이딩(Hiding)을 시전했다. 약간 싸—한 느낌과 함께 주변 환경에 동화되는 몸. 수그리고 있는 내 귀로 글레이드론의 영언이 울린다.

[허! 뭐야, 이건?]

"스텔스 모드(Stealth Mode)랄까? 네 모습이 보이지 않게 감춘 거지. 자, 이제 도시에 내려서. 이 정도라면 시선 걱정은 안 해도 될 테니까."

[별 해괴한 능력이 다 있군.]

녀석은 구시렁거리면서도 곱게 몸을 돌려 하강했다. 탑승자의 입장을 전혀 생각하지 않는, 일반인이라면 당장 의식을 잃고 쓰러질 만큼 난폭한 비행. 하지만 이렇게 난폭한 비행이라도 센티미터 단위로 컨트롤되고 있다는 걸 알고 있는 난 두려움없이 녀석에게 몸을 맡겼다.

녀석은 빠르게 하강하다가 건물들이 빽빽하게 서 있는 곳으로 향했다. 내리박히듯 빠른 속도였지만 녀석은 날개를 활짝 펴는 것만으로 완벽하게 속도를 감속했다.

뒷골목이라 그런지 한적하군. 나는 글레이드론의 목을 쓰다듬었다.

"땡큐. 나중에 부를게."

[쉬고 있도록 하지.]

소환을 취소하자 글레이드론의 몸이 사라진다. 그 순간 공중제비를 돌며 멋들어지게 착지.

[아무도 안 보는데 뭐 하는 거야?]

"그냥 내려서자니 왠지 허전해서. 그런데 여기는 정확히 어디야?"

[필로나 제국의 이렌토 지방이야. 이렌토 공작의 영지지. 근처에 커다란 광산 마을이 몇 개 있어서 예전부터 무기 생산으로 유명한 곳이

야. 무엇보다 대륙 최고의 대장장이라고 알려진 체르멘이 사는 곳이니까.]

"체르멘?"

내 물음에 에일렌은 미끄러지듯 하늘을 날아 근처에 있던 담벼락에 걸터앉았다. 무언가 생각하는 표정을 짓더니 다시 말을 이었다.

[체르멘 카스터. 신족과 마족의 피를 이은 녀석으로 대륙의, 아니, 사실상 일루전 제일의 대장장이야. 물론 기술이나 기교 면에서는 드워프들보다 떨어지지만 그밖의 능력이 그쪽을 커버해 주니까.]

"엄청난 설정이로군. 그런데 천족과 마족의 피를 이었다는 건 무슨 소리야?"

[사정이 좀 복잡하지만 간략하게 설명하자면, 신과 인간이 사랑해 맺어졌고, 거기서 태어난 반신(半神) 녀석이 다시 마족과 이어져 낳게 된 자식이야. 신족과 인간이 관계해서 2세가 태어날 확률도 몇억 분의 일밖에 안 되는데, 그런 녀석이 다시 마족과 이어져 자식을 낳았으니 엄청나다면 확실히 엄청난 존재랄까.]

에일렌의 말을 들으며 천천히 거리로 나왔다. 꽤나 활기찬 도시인 듯 수많은 사람들이 오가는 거리. 내가 골목에서 모습을 드러내자 몇몇 이들이 잠시 쳐다보았지만 별 이상을 느끼지 못했는지 각자 할 일들을 하기 시작했다.

'그럼 퀘스트는 녀석과 관련된 거야?'

[다는 아니지만 그렇겠지.]

나는 이마를 어루만지는 척하면서 맵을 열었다. 대장간의 위치를 찾기 위해서였는데, 맵에 드러난 대장간의 모습을 보고 약간 놀랐다.

'크잖아?'

[마스터 웨폰(Master Weapon)이라고 하면 대륙 전체가 알아주는 곳이야. 하르네인에 비하면 어림없는 규모지만 그래도 대륙제일의 대장간이니까.]

'그럼 그곳의 책임자가 가지는 힘도 크겠군.'

[그렇지. 체르멘은 국왕조차 함부로 대하지 못할 정도로 국민들의 존경과 신망을 한 몸에 받고 있어. 필로나 제국의 3대 보물이라는 것들 중 하나가 체르멘이 만든 검이고, 또 하나는 체르멘 본인인 것만 봐도 그 위세를 짐작할 만하지.]

이야기하는 사이 대장간에 도착했다. 아니, 정확히 말하면 대장간이라고 하기도 어렵군. 무슨 대형 마트처럼 커다란 건물로 이루어져 있는 그곳은 전체 넓이의 2/3를 무기 생산에 사용하고 있었고, 나머지 1/3을 판매에 사용하고 있었으니까.

"요컨대 전면은 무기점, 뒤는 대장간이라는 건가?"

아직 문을 연 것 같지는 않았지만 주변을 둘러보니 꽤나 많은 수의 사내들이 돌아다니고 있었다. 도시 한가운데 무장을 갖춘 사람이 이렇게나 많다니……. 이 녀석들 전부가 무기를 구하기 위해 온 것인가?

분위기를 보아하니 온갖 녀석들이 다 있었다. 험악한 인상의 용병, 중갑을 갖춰 입은 기사, 그리고 상당한 수의 병사들까지.

"아아, 확실히 필로나 제국은 검사들의 나라였지?"

그리고 이렌토는 그런 필로나 최고의 무기 생산지였다. 이레인에 소환사들이 많은 것처럼 필로나에는 수많은 검사들이 있고, 분명 그 수준 역시 낮지 않겠지.

무장하고 있는 수많은 사람들 속을 아무렇지도 않게 걸어나가자 사람들의 시선이 모여든다. 아, 이건 좋지 않겠군. 나는 슬쩍 빠져 길가로 나가자 그에 따라 모여들었던 시선이 다시 분산되었다.

[그러고 보니 넌 의외로 사람들 시선을 신경 쓴다?]

'후훗, 내가 좀 내성적이라. 연약하잖아?'

[…….]

에일렌의 삥진 표정이 재미있어 웃고 있는데 닫혀 있던 건물들 앞으로 한 명의 사내가 나선다.

"시간이 되었으니 마스터 웨폰을 개장하겠습니다. 구경만 하는 것도 상관은 없으나 소란을 피우는 건 삼가해 주시길 바랍니다."

그의 말과 함께 닫혀 있던 문과 창문이 활짝 열렸다. 일시에 드러나는 수많은 병기들. 어쩐지 활기찬 분위기를 느끼며 무기점 안으로 향한다.

그나저나 백화점도 아니고 인파 한번 엄청난데? 나는 에일렌에게 물었다.

'그런데 매일 이렇게 여는 거야?'

[그렇지는 않아. 마스터 웨폰은 한 달 동안 단 하루만 문을 여니까.]

'요컨대 난 운이 좋다는 건가?'

근처에는 수많은 사람들이 있었다. 남자들뿐만이 아니라 여자들도 보였다. 다 늙어 검과 어울리지 않을 것 같은 노인에, 검을 잡은 지 얼마 안 돼 보이는 청년들까지 각양각색의 사람들을 볼 수 있었다.

그들은 각각 탄성을 내지르며 무기들을 구경하고 있었다. 무기들은 가격 순으로 나열되어 있었는데, 처음부터 구경이 목적인 듯 가장 비싼 칸으로 가서 탄성을 내지르는 이들도 있었다.

가격 순으로 나열된 무기들이라……. 하르네인에도 무기점은 있었지만 이런 식으로 물건을 늘어놓지는 않았다. 어차피 유저들은 레벨이 상승함에 따라 무기를 더 좋은 걸로 바꿔가기 때문에 특정 무기에 숙달하기보다 특정 무기 형태에 숙달하는 편이 더 효과적이었으니까.

그래서 존재하는 것이 바로 무기 성향(武器性向).

무기 성향이란 각자에게 어울리는 무기의 형태를 말하는 것으로, 일루전에는 800여 가지가 넘는 무기 성향과 23가지의 주무기 성향이 있었다. 레벨 10에 이르게 된 유저들은 각 성지에서 자신의 무기 성향을 결정하게 되고 어지간한 일 없이는 그것을 계속해서 이어 나간다.

무기 성향을 결정하고 나면 시험이 따른다. 그 시험이란, 자신의 무기 성향에 맞는 정보를 얼마나 완벽하게 취득하고 있는가 하는 것. 때문에 유저들은 자신의 검을 머리 속에서 완벽하게 그려낼 수 있어야만 시험을 통과할 수 있다. 머리 속에 그려내는지 안 내는지 어떻게 아느냐고 반문할 수도 있지만, 일루전에는 마법이라는 만능 기술이 있었으니까. 시험 보는 데 별다른 문제는 없다.

성지에서는 유저들이 자신의 검을 머리 속에서 확실하게 그려낼 수 있을 때까지 학습시키고, 그 후 시험에 통과한다 해도 한 달 동안은 무기를 잡을 때마다 무기 성향이 머리 속으로 흘러들어 오게 된다.

그래서일까. 유저들은 자신의 무기에 대해 완벽하게 파악하고 있다. 무기의 길이, 무게, 탄성 모두를 인식하고 있기 때문에 그것을 든 상태에서라면 최대한의 전투력을 발휘할 수 있는 것이다.

"물론 그게 무조건 좋은 방식은 아니지."

솔직히 그렇다. 자신의 무기를 완벽하게 파악하고 있다는 말을 뒤집으면 다른 무기에는 생소하다는 말과도 같으니까. 하지만 유저들에게는 다섯 개나 되는 장비 설정에 여유 무기를 넣어둘 수 있는 인벤토리가 존재한다. 때문에 정말 어지간하지 않고서는 자신의 무기를 잃어버리지 않으니 저 방식이 가장 효율적인 것이다.

"클레이모어 5-43번. C타입."

내 무기 성향이다. 길이 173cm에 검 폭 7.6cm. 긴 검신은 넓은 공격 범위를 가지게 만들고 두터운 검폭은 묵직한 공격력과 어지간한 타격도 흘어버릴 수 있는 방어력을 만든다. 물론 어디까지나 제대로 다룰 때의 일이지만 나로서는 가장 적합한 무기 형태였다.

아, 내 클레이모어의 무게는 53kg이지만 이건 무기 성향에 들어가지 않는다. 동일인이라고 해도 10레벨과 50레벨의 힘은 현격하게 다르니까. 어차피 검의 무게는 마법이나 연금술로 자유롭게 설정할 수 있으니 레벨에 따라 점점 무겁게 만드는 것이 보통이다. 예를 들어, 내 클레이모어만 해도 초반에는 10kg정도였다.

"그나저나……."

입구 앞쪽에는 가장 싼 무기들을 팔고 있었는데, 가장 형편없어 보이는 것도 대충 5실버는 하는 것 같았다.

'수준에 비해 비싼 편이군.'

속으로 투덜거리자 에일렌이 웃는다.

[여긴 라비린토스처럼 몇만 명이나 되는 대장장이들이 존재하는 곳이 아니니까. 병기 또한 보편화되지 않았고.]

5실버는 일루전에서 대충 25만 원 정도의 가치를 가지고 있었다. 물론 현금으로 바꾸려면 1/10 법칙이 먹혀 2만 5천 원이겠지만, 아무리 실감나는 게임 속이라고 해도 싸구려에 속하는 검을 사기 위해 2만 5천 원이나 쓰는 유저는 없다. 이딴 거 2코퍼—1코퍼는 5천. 현금으로 하면 5백 원—면 충분해.

더 이상 싼 무기를 볼 필요는 없다는 생각에 성큼성큼 걸어 최고가에 속하는 무기들로 향했다. 점점 휘황찬란해지는 무기들을 보며 사람들은 탄성을 내질렀지만 여전히 내 마음에는 들지 않았다.

"이해가 안 되는군. 확실히 뛰어난 병기들인 것 같기는 하지만 대륙 제일의 대장장이가 만들었다기에는 수준이 낮아."

9레벨 대장장이인 내가 만드는 무기들만 해도 S급에 달한다. 하지만 이것들의 수준은 아무리 좋게 쳐봐도 A급. 대륙 전체라 함은 드워프들까지 포함일 텐데 이런 건 이해가 안 간다.

약간은 실망하고 있는데 웬 노인 하나가 날 지나쳐 벽에 걸려 있던 무기를 잡아 들었다.

훤칠한 편에 속하는 나보다도 약간 더 커 보이는 키에 단단한 몸을 가지고 있는 백발의 노인. 나는 그의 몸에서 느껴지는 기운을 읽고 살짝 놀랐다. 마스터다. 파니티리스에는 마스터에 이른 이가 별로 없다고 하는데 생각보다 자주 만나는군.

잠시 뭔가 생각하는 표정으로 나를 바라보는 노인. 그는 열람되어 있던 검을 나에게 내밀며 말했다.

"이 검에 대해 어떻게 생각하나?"

"엉망입니다. 언뜻 튼튼하게 보이나 결이 흐트러져 있기에 정도 이상의 타격을 받으면 손쉽게 끊어질 겁니다."

"이건?"

"균형이 맞지 않습니다. 그런 무기를 쓰면 잠깐 싸운 것만으로도 잔뜩 지쳐 버리겠지요."

"정확히 어디가 맞지 않지?"

"손잡이에서 좌측 세 마디, 다시 검끝에서 우측 여덟 마디입니다."

평소라면 거짓으로라도 칭찬했겠지만 그러지 않았다. 거짓을 말해

쥐야 할 상대와 그렇지 않은 상대 정도는 파악할 수 있으니까.

노인은 만족스러운 표정을 지었지만 무기들을 판매하고 있던 사내는 발끈해서 앞으로 나선다.

"함부로 말하는군! 짧은 식견으로 마스터 웨폰의 무구들을 모욕하는 건가?"

"저 노인에게 한 말일 뿐이니 무시해 주십시오. 제 말은 꼬투리일 뿐, 이 무기들은 틀림없이 훌륭한 것들입니다."

'그래 봐야 A급이지만' 라는 말은 빼주었다. 물론 그렇다고 해서 상대방의 분노가 누그러졌다는 의미는 아니지만 말이다.

"닥쳐라! 감……!"

"조용."

노인은 가볍게 그의 말을 막아버리고 나에게 물었다.

"망치질을 배운 지 얼마나 됐나?"

"대장장이라고 소개한 적은 없습니다만."

"1년도 안 됐는데 그 정도라니 놀랍군. 게다가 네놈은 전사로 보이는데 얼마나 강하지?"

"잠깐. 1년도 안 됐다는 걸 어떻게……?"

"상급 마족도 이길 정도라고? 그 정도면 인간이라고 보기 힘들구면."

담담한 그의 목소리에 당황했다. 뭐야, 이 영감은? 마음을 읽고 있다?!

[마력을 활성화시키고 저항해. 체르멘은 마안(魔眼)의 소유자야.]

에일렌의 말에 따라 정신을 집중한다. 독심술에 저항하는 방법 같은 건 알지 못하지만 저항력이라는 건 대체로 비슷한 개념이었으니까.

과연 성공한 것인지 백발의 노인 체르멘 카스터의 표정이 살짝 굳는다.

"오호, 재미있는 존재가 붙어 있군. 그 소녀는 누군가? 내 취향이네만."

"별로 취향 타령할 때가 아니라고 생각합니다만, 체르멘 카스터님."

'에일렌이 보이는 건가' 하고 헛웃음을 짓고 있는데 주변이 시끄러워지기 시작한다.

"체르멘 카스터라고?"

"맙소사! 외부에 모습을 드러내는 경우는 드물다고 하던데."

생각보다 유명한 노인네였군. 체르멘은 놀라는 사람들을 가볍게 무시한 후 무기들을 다시 진열장에 걸었다.

"따라오게."

"하? 내가 어째서……."

"퀘스트를 수행해야 하지 않는가?"

"……."

저 영감, 사실은 운영자이거나 한 거 아냐? 나는 에일렌을 돌아보았다. 답을 구하기 위해서였지만 그녀 역시 어안이 벙벙한 표정이다.

'퀘스트가 있긴 한 거야?'

[퀘스트라면 분명히 있어. 지금 그를 봐서 확실히 안 건데. 그 한 명한테 추가된 퀘스트만 해도 다섯 개에 달해.]

'다섯 개라니? 대체 저 영감은…….'

"뭐 하나?"

재촉하는 목소리에 일단 그를 따라갔다. 뭐가 뭔지는 모르겠지만 퀘스트가 5개나 얽혀 있는 것이 확실하다면 따라가야 한다. 해야 하는 퀘스트는 13개나 되는데 남은 시간은 겨우 6일뿐이니까.

진열장을 지나 복도로 들어갔다. 지키는 사내들이 있었지만 카르멘이 손짓하자 좌우로 비켜섰다.

카르멘을 따라 들어간 곳은 작업실이었다. 채광 상태가 좋지 않은 듯 약간은 컴컴하군. 물론 기감이 발달한 나에게는 상관없는 일이지만 말이다.

"여기는……?"

"아직 도착 안 했어. 꽤나 마음이 급하구먼."

그는 작업실의 한쪽 구석으로 가더니 벽을 어루만졌다. 끼리릭 하는 소리와 함께 열리는 비밀 문. 나는 그를 따라 문 안으로 들어갔다.

문을 넘어서면 복도가 나올 줄 알았는데, 막상 들어가니 아주 좁은 넓이의 방이다. 그냥 놔둬보자는 생각에 보고 있으니 그는 벽을 다시 조작해 뭔가를 입력했다.

드르르르르!

"내려가다니……."

"놀랄 거 없네. 내 개인 공방은 좀 깊숙한 곳에 있어서."

요컨대 엘리베이터라는 말이군. 차라리 워프 마법진이면 또 몰라도 이 세상에 엘리베이터라니.

엘리베이터는 계속해서 내려갔고, 나는 왼손으로 눈을 가려 맵을 불러왔다.

맵 상에 표시된 내 위치는 정확히 지하 120미터. 이 정도 깊이면 이미 장난이 아니다. 내가 아는 바로 이 세계는 이 정도의 건축 기술이 있을 리 없는 곳이었으니까.

기이잉!

도착한 곳은 무려 지하 250미터. 엘리베이터 밖으로 나온 나는 벽면을 가득하게 채우고 있는 물건들의 모습에 숨을 들이켰다.

"여기는……."

"멋지지? 내 보물 창고다."

거기에는 엄청난 양의 무기들이 있었다. 하나하나가 명품이라 검에서는 예기가 흐르고, 활에서는 응집된 기운이 느껴졌다.

난 공방 안쪽으로 이동했다. 수많은 검과 방패, 창과 갑옷을 무시하고 안쪽으로 이동하여 발견하였다.

공방 한가운데 있는 것. 다른 모든 것을 압도하는 거대한 존재.

"맙소사! 가디언이잖아?!"

한 번도 본 일은 없지만 단번에 알아볼 수 있었다. 거대하지만 날렵해 보이는 몸을 가지고 있는 은색의 거인. 주변의 마나를 조율하는 파동과 집약되어 있는 기운.

하릴없이 내 옆에서 날아다니고 있던 에일렌이 비명을 지른다.

[맙소사! 아무리 그래도 그렇지, 인간의 기술력으로 가디언을 제작하다니…….]

"그래도 힘들었다네. 가디언이라는 녀석은 재료 수집부터 시작해서 제작 과정 그 하나하나가 아주 극악하거든. 게다가 그 자체로도 엄청난 가치를 지닌 보물이라서 이런 걸 가지고 있다는 게 알려지면 도둑이 들끓을 게 뻔해. 왕 놈이 달라고 떼쓸지도 모르고."

가디언(Guardian), 최상위급 골렘을 지칭하는 단어. 그것은 대리전 투객체로서 두말할 것도 없이 최강의 존재다.

미스릴로 보호받는 몸체에 소드 마스터에 버금가는 움직임을 가지고 있는 가디언은 그 자체만으로도 능해 수천의 군대와 맞먹는 전투력을 가지고 있다. 미스릴로 만들어진 육신은 검기조차 제대로 먹히지 않으며, 육중한 몸에서 나오는 파괴력은 능히 공성 무기에 맞먹는다.

게다가 가디언은 주인 없이도 단독 전투가 가능한 존재. 보통 골렘들은 주인으로부터 마력을 공급받으며 전투에 임하지만, 가디언은 자체적으로 마력을 발생시킬 수 있기 때문에 주인을 죽여 움직임을 봉한다. 같은 방법도 먹히지 않는 것이다.

천천히 다가가 가디언의 몸체를 살펴보았다. 금속으로 이루어진 몸체 속에는 복잡하게 새겨진 마법 문자들과 정석들이 박혀 있었고, 심장 쪽에서는 지금도 쉴 새 없이 마력이 순환하고 있었다.

엄청나군. 과연 엄청나! 하지만 나는 이내 고개를 돌렸다.

"미완성이군요."

"말했다시피 극악한 놈이라. 나 혼자서 그만큼 완성한 것만 해도 대단한 일 아닌가?"

"그건 그렇습니다만… 이런 걸 저에게 보여줘도 되는 겁니까? 제가 욕심낼지도 모르는데."

"허허허, 농담하지 말게나. 난 이래 봬도 마음을 읽을 줄 알아. 설사 가드한다 해도 성품 정도야 어렵지 않게 볼 수 있지."

"……."

뭔가 마음에 안 들기는 하지만 사실이다. 솔직히 가디언 같은 건 자기 몸을 지키기 힘든 녀석들이나 좋아하지 나처럼 스스로 강력한 이들에게는 별 의미가 없는 것이다. 물론 뺏어서 파는 방법도 가능하지만 어차피 난 부자니까.

난 고개를 흔들어 잡념을 떨쳤다. 신경 쓰지 말자. 중요한 건 퀘스트를 수행하는 것이니 쓸데없는 짓 말고 거기에만 전념해야지.

마음을 결정짓자 바로 퀘스트가 날아온다.

퀘스트 3연타. 재료 수집.

아아, 퀘스트할 시간도 모자라 보이니 막 주는 이 자비심. 고맙지? 푸하하하하!

뭐, 체르멘 카스터라면 신족과 마족의 힘을 모두 이은 특이 케이스의 NPC다. 마스터라고는 해도 변환계와 강화계로 특화되어 자체적인 전투력은 별 볼 일 없지만 그만큼 제작 능력은 상상을 초월할 정도지.

구해야 할 재료는 총 세 종류. 비싼 것들이니까 출혈을 각오하도록 해.

미스릴괴 0/30.

최상급 정석 0/1.

상급 정석 0/15.

"윽!"

"응? 왜 그러나?"

"아뇨. 아무것도 아닙니다."

애써 표정을 가다듬기는 했다만 이건 너무하잖아? 세상에 미스릴괴 30개만 해도 기절초풍할 텐데, 하나밖에 없는 최상급 정석에 상급 정석을 15개씩이나 달라니?

하지만 그렇다고 해도 거부할 수 없는 게 내 상황이다. 다른 때라면 몰라도 시간이 없어도 너무 없다. 퀘스트를 가질 시간도 없을 뿐만 아니라, 그러다가는 아예 끝내지 못할 수도 있었다.

아, 물론 파니티리스를 닫을 때까지 퀘스트를 다 못한다고 무슨 금제가 오는 것은 아니다. 하지만 파니티리스를 닫으면 퀘스트를 할 틈이 없다. 즉, 그것만으로 세 달을 더 기다려야 한다는 말이지. 벌써 완료한 녀석이 스무 명이 넘었다는데. 그런 건 싫다.

나는 주머니 속에 손을 넣어 인벤토리(Inventory)를 뒤졌다. 33개라……. 한동안 소모를 안 했더니 스틸 하트의 대장장이들이 모아준 모양이군. 모자라면 어쩌나 했는데 아슬아슬하게 수량이 맞는다.

마치 마술이라도 하듯 주머니 속에서 미스릴괴를 꺼내 든다. 차례차례 쌓여가는 미스릴괴들. 나는 상급 마족을 쓰러뜨리고 얻었던 최상급 정석과 비교적 많이 가지고 있던 상급 정석들도 꺼내 쌓았다.

"뭐, 뭔가?"

"필요하신 대로 꺼내놓았습니다."

"허허, 자네도 독심술을 할 줄 아나?"

황당해하는 모습을 보아하니 퀘스트에 대해 정확히 알지는 못하는 모양이군. 요컨대 그는 유저에 대해 대충 알기는 해도 완벽하게 파악하는 건 아니라는 말이었다. 그렇다면 그가 유저에 대해 아는 정도는 아마도 소수. 어쩌면 알고 있는 정보들도 다른 유저의 마음을 읽어 알아낸 것일지도 모른다.

이런 저런 생각을 하고 있는데 뭔가 간질간질한 느낌이 머리를 스쳐 지나가는 게 느껴진다. 순간 나는 저항력을 강화시켰고, 그 감각은 이내 튕겨 나간다.

"마음을 읽으려고 하서봐야 소용없습니다. 이제 방심 안 하니까."

"흐음, 자네, 생각보다 만만치 않구면."

그는 투덜거리며 미스릴들을 챙겼다. 하지만 다시 생각해도 쓰린걸. 물론 난 상당히 부유한 편이지만 이 정도의 타격은 뼈아프다.

"그런데 이걸로 부탁은 끝입니까? 그렇다면 굳이 저에게 가디언을 보여주실 필요는 없었을 텐데."

"그럴 리가 있나. 대충 봐도 알겠지만 이건 아직 미완성이야. 그래서 제작을 도와줬으면 한다네."

그의 말에 따라 다시 퀘스트 창이 떠오른다.

부품 제작.

참, 민폐 끼치는 늙은이로고. 하지만 여러모로 필요한 노인이니 돕도록 해라.

만들어야 할 부품은… 흠, 나도 정확히 모르겠군. 하여튼 부탁하는 거 들어주면 된다.

"이젠 그나마 모르는 건가?"

어떻게 된 놈의 퀘스트가 날이 가면 갈수록 불성실해지는 느낌이 든다. 내가 알 수 없는 정보를 넘기는 것 같기는 한데 가끔은 틀리고, 가끔은 설렁설렁 넘기려 하고 말이야.

뭐, 불만을 토한다고 뭔가 변하는 것도 아니니 신경 쓰지 말자. 막말로 퀘스트를 주는 녀석을 잡아다 족칠 수 없다면 아무리 화내봐야 소용없는 일이니까.

"뭘 모른다는 건가?"

"별거 아닙니다. 그나저나 뭘 도와드리면 됩니까?"

"가디언의 장갑과 부품 몇 개만 만들어주면 되네. 설계도와 재료는 준비되어 있으니 만들기만 하면 될 것이네."

"하지만 이해할 수 없군요. 아무래도 당신이 더 나은 실력을 가지고 있을 것 같은데 왜 저에게 부탁하는 겁니까?"

"나라고 몸이 여러 개는 아냐. 게다가 요새는 시간도 없는데 작업은 더디기만 하니까. 가디언의 부품이라고는 해도 자네가 하기에도 별 어려움이 없는 부분들로 골라냈네. 물론 그렇다고 아주 쉽지는 않을 테니 연습에는 좋겠지."

체르멘은 한쪽에서 기다란 설계도와 철괴들을 챙겨왔다. 더불어 내가 넘겼던 미스릴괴 중에서도 대여섯 개 정도 넘긴다.

"합금을 만들 줄은 아나?"

"옵션이 붙지 않는다면 충분히 합니다."

"그거 다행이군. 난 다시 작업에 착수할 테니 나가보게. 내가 보냈다는 말을 하면 대장간을 자유롭게 쓸 수 있을 거야. 아, 녀석들이 소심해 안 믿을 수도 있으니 이걸 가져가게나."

그는 품속에서 황금색 패를 하나 던져 주더니 벽장 쪽으로 다가가 뭔가를 조작했다. 그리고 그의 그런 행동에 당연하다는 듯 벽장이 열린다.

거참, 숨겨진 엘리베이터를 통과해야 나오는 지하에 또 비밀 방이라니……. 이쯤 되면 보안이 철저하다기보다 취미 생활이라고 하는 편이 더 타당하겠군.

나는 문 안으로 반쯤 들어선 체르멘을 향해 물었다.

"가디언은 언제쯤 완성할 수 있을 것 같습니까?"

"자네가 맡은 일을 다 해준다면 모래쯤 가능하겠지. 미완성이라고는 하지만 거의 마무리 상태니까. 흠, 이거 이야기하다 보니 꽤 늦어졌군. 그럼 내일 보세."

그는 그렇게 말하고는 문을 닫았다. 문을 닫는 순간 그의 기척이 완전하게 사라지는 걸 보아 무언가 마법적 처리가 되어 있는 방인 모양이었다.

"제멋대로인 노인네구먼. 유저의 존재를 아는 것도 이상하고. 정체가 대체 뭐야?"

[글쎄. 하지만 NPC가 유저에 대해 알 수 없다는 설정 같은 것도 없으니 있을 수 있는 일이야. 아마 지나가는 유저의 마음이라도 읽은 게 아닐까?]

"확실히 기본적으로 저항력이 강한 내 마음을 읽을 수 있다면, 다른 마스터라고 해도 대항할 수단은 없을 것 같지만."

고개를 끄덕이며 엘리베이터에 다가갔다. 주변에 잔뜩 쌓여 있는 무기들이 시선을 끌었지만 그냥 지나쳐 엘리베이터에 탔다.

엘리베이터 안에는 누르는 버튼이 하나밖에 없었다. 지하 250미터에 달하는 깊이지만 지상과 작업실 사이는 단지 땅일 뿐 아무것도 없다. 목적지가 하나뿐이니 두 개 이상의 버튼은 필요없겠지.

위잉!

버튼을 누르고 잠시 기다리자 금세 지상에 도착했다. 문이 열려 밖으로 나오자 그에 따라 다시 문이 닫히더니 감쪽같이 벽의 모습으로 변했다.

"대장간이 어느 쪽이더라?"

별로 헤맬 필요도 없이 왼손으로 눈을 가려 맵을 불러왔다. 좀 더 안쪽이군. 나는 재료들을 챙겨 그리로 향했다.

전체적으로 조용한 분위기에 멀찍이 들려오는 망치질 소리. 아아, 뭔가 그리운데? 이건 마치 드워프 마을에 돌아오기라도 한 것 같은 기분이다.

"멈춰. 여기부터는 관계자 외에는 들어갈 수 없다."

"일단은 관계자입니다. 체르멘님의 부탁을 받고 작업할 게 있어서."

"작업이라니? 무슨 헛소……."

얼굴을 일그러뜨리려던 사내는 내가 꺼내 든 금패를 보고는 입을 다물었다. 당황스러운 표정. 그는 잠시 머뭇거리너니 신음하듯 말했디.

"맙소사! 정말로 체르멘님의 대리자?"

"말했다시피 작업할 게 있어서. 들어가도 되겠습니까?"

"무, 물론입니다!"

식은땀을 흘리는 사내의 모습이 약간 신선하기까지 하다. 그 영감, 생각보다 높은 위치인가 보군. 대장장이라면 이 세계에서 천민에 속하는 계급일 텐데, 이 정도라면 그가 얼마나 유명한지 짐작할 만하다.

"그냥 안쪽으로 들어가면 됩니까?"

"안내해 드리겠습니다!"

사내는 괜히 긴장해서 소리치며 앞장섰다. 맵을 볼 수 있는 만큼 길 정도야 알고 있지만 아무렇지도 않다는 듯 용광로와 모루를 빌려 쓸 수는 없을 테니 안내인 하나는 있는 편이 좋겠지.

"이곳이 작업실입니다."

대장간 안으로 들어서자 화끈한 열기가 전해진다. 땀을 뻘뻘 흘리며 작업에 몰두하고 있는 수십 명의 대장장이들. 나는 길 안내를 해준 사내를 바라보았다.

"노와 모루를 좀 사용해도 되겠습니까?"

"물론입니다. 아니, 그 패만 있다면 여기에 있는 무엇을 사용해도 상관없겠지요."

"별로 다른 걸 할 생각은 없습니다. 말씀드렸다시피 작업 때문에 받은 거니까요."

나는 재료들을 가지고 용광로 쪽으로 다가갔다. 과연 수많은 대장장이들이 있어서인지 용광로와 모루만 해도 수십 개씩 준비되어 있었다. 게다가 서로의 작업에 방해되지 않도록 칸칸마다 벽이 세워져 있다. 내 입장에서는 망치질 소리들도 좀 안 들렸으면 좋겠지만 그런 것까지 어쩔 수는 없겠지.

난 품속에 손을 넣어 인벤토리를 연 후 거기서 망치를 꺼내 들었다. 물론 작업실에는 작업에 필요한 준비물들이 챙겨 있었지만, 난 아무래도 평소에 쓰던 물건들이 더 익숙하기에 내 물건들을 꺼냈다.

"그럼 시작해 볼까?"

'연습도 밀려 있었으니까' 하고 중얼거리며 철괴를 잡아 들었다.

재희

Chapter 31

  "또 실패인가?"

  석구는 깜빡이는 모니터의 모습을 보며 이를 악물었다. 연이은 실패, 실패, 실패……. 항상 성공만을 하고 살아왔던 그로서는 도저히 좌절에 빠지지 않을 수가 없었다.

  "말도 안 돼. 8백 개의 침입을 모조리 막아내는 파이어월(Firewall:해킹을 방어하는 보안 방패)이라니? 아무리 그래도 같은 컴퓨터인데 어떻게 이럴 수가 있지?"

  자잘한 정보 정도는 어떻게든 입수할 수 있었지만 정작 중요한 정보는 하나도 알아내지 못했다. 침입이 어렵다. 수준이 아니다. 애초에 침입 자체가 성립되지 않았다. 침입하고 나서 역 추적을 당한다든가, 연속되는 파이어월이 해킹 루트를 흐트러뜨린다거나 하는 게 아닌, 말 그대로 시작부터 완벽하게 막혔다. 뭔가 단서를 얻고 싶어도 시작부터 막히니 테스트의 의미조차 없다.

"후우, 답이 안 나오는군."

한숨 쉬며 모니터를 스치듯 지나가는 수많은 문자의 나열에서 눈을 뗀 후 피곤한 눈으로 커피를 마셨다. 이미 그의 옆에는 수십 개가 넘는 종이컵들이 쌓여 있었는데, 정리하기도 귀찮은 건지 다리를 움직여 슬쩍 밀어놓는다.

"포기하고 다른 길을 찾는 게 효율적일까? 하지만 시리우스에 대해 궁금해하는 건 나뿐만이 아냐. 이미 수많은 사람들이 조사하고 있을 텐데, 거기에 끼어봤자 시간 낭비지."

세계에서 가장 유명하고 영향력을 가진 다국적 기업이 정체불명. 그것은 상식적으로 있을 수 없는 일이었다. 기업이라 하면 직원이 필요하고 대외적으로 드러난 본사가 있어야 하는 만큼 거기에서 정보를 캐낼 수 있으니까.

하지만 시리우스는 본점이라는 장소가 존재하지 않았다. 직원이라 할 수 있는 존재 중 알려진 이는 채 다섯 명이 안 되며, 그나마 그들도 정체불명의 존재들이다.

"그게 말이 안 돼. 그만한 게임을 몇 명이서 조율한다는 건 있을 수 없어."

사실이었다. 굳이 가상 현실이 아니라 평범한 게임을 만들고 유지해 나가는 데도 수많은 인력이 필요하다. 그런데 일루전만큼 거대한 스케일을 가진 게임의 개발자들이 이다지도 없다니.

삐익!

"또 막혔군. 직접 해도 실패하는 걸 자동 해킹이 성공할 리 없긴 하지만. 아아, 생산성 없는 일은 그만 포기하고 일루전 속을 조사할까?"

석구는 모니터를 바라보았다. 모니터를 스쳐 지나가는 수많은 문자의 나열. 그것은 이상할 정도로 눈에 익었지만 그로서도 그게 뭔지 도저히 떠오르지 않았다.

"분명히 어디선가 봤던 문자 변환인데 기억이 안 나다니 믿을 수 없군."

그의 기억력은 정상의 범주를 아득하게 벗어난 상태였다. 한 권의 학술서를 속독해 30분 만에 읽어도 모조리 암기할 수 있고, 5년이고 10년이고 기억할 수 있다. 그것은 분명 정상이 아니다. 그리고 그게 정상이 아니라는 것쯤은 그 스스로도 잘 알고 있었다.

"아무리 생각해도 답이 안 나오는군. 차라리 10중창(Ten spell)을 연습하는 편이 낫겠어. 8클래스에도 도달했으니, 조금만 더 연습하면 9클래스고 10클래스고 도달할 수 있겠지."

석구는 천천히 걸어 문을 열고 밖으로 나갔다.

위잉.

닫히는 문.

위잉.

다시 열리는 문.

석구는 창백하게 굳은 표정으로 컴퓨터로 달려든 후. 곧바로 비명을 질렀다.

"맙소사 룬어(Rune語)다!"

그는 무시무시한 기세로 벽장에 쌓여 있던 파일들을 헤집었다. 다행히 그가 목표로 한 파일은 금방 모습을 드러냈고, 그는 그것을 펼쳤다.

룬어란 일루젼의 마법사들이 마법을 사용할 때 배우는 언어로, 그 난이도가 실로 높아 필요한 부분만 암기할 뿐 실재로 전부 익히는 사람은 없었다. 하지만 석구는 익혔다. 그쪽이 마법을 이해하는 데 더 편했기 때문이다.

"존재하는… 멸절의… 수호하라……. 삼십팔만……."

그는 빠르게 룬어를 해석했다. 일루전에서의 그는 간신히 8클래스에 이르렀을 뿐이지만, 단순 암기라면 10클래스까지 하고 있었다. 그리고 그런 그였기에 일루전의 프로그램을 보호하고 있는 문자들의 정체를 알아냈다.

"권능계 궁극 마법. 존재의 미궁[Existence Labyrinth]."

아직까지 그 누구도 범접하지 못한 궁극의 텐 클래스의 모습에 석구는 흥분으로 온몸을 떨었다.

"그렇군. 마법 수식으로 파이어월을 만들었던 건가? 그게 가능하냐 하는 질문은 둘째지. 증거가 눈앞에 있으니까."

그것은 그가 그토록 애타게 원하고 있던 단서였다. 나흘간 한숨도 자지 못했는데도 그의 전신에서는 활기가 넘치고 있었다.

"이번에야 말로 반드시 뚫는다!"

그는 마우스를 움직였다.

*　　　*　　　*

2021년 10월 6일, 오후 10시 40분.

우선 합금이란, 두 금속 이상의 합금을 과용융 상태에서 액화 또는 반고화 상태에서 금속의 성질을 변화시키기 위해서 금속 간의 화합을 하는 것을 총칭하며, 이상의 공정을 거친 금속을 합금이라 한다. 이유야 뭐, 성질의 개선을 위해서이다. 우선 경도를 증가하기 위해서 합금하는 경우 철[Fe]은 탄소를 첨가하지 않으면 상당히 연한 성질을 가진다. 그러나 철에 적당량의 탄소를 첨가하면 경동의 증가로 기계적 성질이 상당히 좋아져서 기계 분야에서 많이 사용하는데, 이런 성질의 개선을 위해서 탄소의 양을 조정한다. 그러나 너무 많은 양의 첨가는 철의 취성을 증가시켜서 충격에 약한 결점이 있다.

"합금이라……."

사실 금속학의 입장에서 보자면 현실 세계보다 여기가 압도적으로 불리하다. 제대로 된 설비나 기기도 없이 망치질로 무기를 만들기 때문에 작업 전반이 뒤처지니까.

하지만 현실 세계에서 만들 수 있는 명검은 아무리 해도 한계가 있는 데 비해 여기서 만드는 명검은 바위를 자르고 쇠를 끊는다. 그것이 가능한 것은 누가 뭐라고 해도 마나의 존재와 환상의 금속들 때문일 것이다.

"좋아."

'현실에 미스릴이 있었다면'이라고 잠깐 생각해 본다. 만약 그렇다면 금속학은 지금의 수십 배쯤 발전했을 것이다. 진정한 은이라 불리는 환상의 금속 미스릴의 사용 범위는 정말이지 무궁무진했으니까.

약간의 미스릴을 첨가한 것만으로도 강철의 탄성과 강도가 믿을 수 없을 정도로 증가하고 마법을 더욱 잘 받아들이게 된다.

"완성."

나는 완성품들을 늘어놓고 한숨 쉬었다. 이거, 생각보다 힘들군.

내가 만든 부분은 가디언의 어깨 보호대 하나와 연결 부분으로 보이는 부품 몇 개였다. 잘될지 어떨지 걱정했지만 이미 내 대장장이 레벨은 10레벨에 들어섰다. 이제 남은 건 라비린토스로 돌아가서 10레벨 시험을 받고 마스터 스킬을 선사받는 것뿐이지.

"겨우 이 정도 시간에 완성하다니 훌륭하군."

"감사합니다."

체르멘의 기척을 못 느꼈지만 당황하지는 않았다. 지금까지 난 세공사의 특수 능력 집중(集中)을 사용하고 있었으니까. 집중을 사용하면 자기가 목표로 하는 작업만이 감각에 들어오고 나머지는 완전히 무시하게 된다. 조금 위험하다면 위험한 스킬이나 작업에 많은 도움이 되기 때문에 연금술사나 대장장이들은 기본으로 세공사 레벨을 5정도는 올려놓는다. 특수 능력을 획득하려면 추가 직업이 5레벨은 되어야 하니까.

"그런데 이건 접쇠를 사용했군. 50번쯤 반복한 것 같은데?"

"호, 그걸 눈으로 봐도 알 수 있습니까?"

접쇠란, 말 그대로 쇠를 접어 두드리고 다시 접어 두드리기를 반복해 수만 겹을 가진 형태의 검 제작법이다. 접쇠를 계속해서 반복하면 겉은 주철, 안은 연철이란 약점이 사라지고 전체가 다 강철이 된다.

게다가 구조상 얇은 칼날 여러 장을 겹친 것과 같기 때문에 살짝만 갈아줘도 예리해지며, 날 부분에 힘을 받아도 즉시 칼등 쪽으로 넓게 충격이 확산되어 완충된다.

아아, 물론 내가 만든 건 검이 아니라 어깨 보호대라 날을 가는 일은 없겠지만, 접쇠를 사용해 만든 만큼 내구도를 획기적으로 증가시킬 수 있었다. 이로써 저 어깨 보호대는 어지간한 충격쯤은 간단히 버틸 수 있는 물건이 된 것이다.

"하지만 놀랍군. 몇 시간 만에 접쇠를 50번이나 할 수 있다니. 무슨 방법을 사용한 건가?”

“유저들만의 기술입니다. 간단한 마법 같은 거죠.”

대장장이 특수 스킬인 강화(强化)는 자신이 제련하는 병기의 강도와 탄성을 조절할 수 있게 해준다. 때문에 접쇠시 강화를 사용하면 제작 시간을 혁신적으로 줄일 수 있을뿐더러 무기의 효과를 훨씬 더 강화시킬 수 있다. 게다가 난 체력이 엄청나게 강하기 때문에 열 시간이고 백 시간이고 작업에 몰두할 수 있는 것이다.

어깨 보호대의 열기를 식혀 진열대 위에 올려놓는데 목걸이에서 에일렌이 모습을 드러낸다.

[실력이 많이 늘었네?]

‘응? 네가 내 작업 과정을 본 적이 있었던가?

[에? 아니.]

‘그런데 내 실력이 늘었다는 건 어떻게 알아?

[그건… 아하하! 환원령들은 주인의 상태창을 볼 수 있거든. 대장장이 레벨이 9인데 이 정도 실력이면 많이 늘었다는 말이야.]

‘그런가?

하지만 이게 10레벨에 이를 정도의 실력이라는 것을 알려면 그만한 사전 지식이 있어야 할 텐데. 환원령들은 생각보다 많은 걸 알고 있는 건가?

의심스러운 눈으로 에일렌을 바라보는데 체르멘이 말한다.

“오호, 그 아가씨하고 대화하는 건가?”

“아, 그렇죠.”

“그래, 이름은 뭐라고 하나?”

“그걸 알아서 뭐 하시게요?”

“허허, 내 취향이라니까.”

“……”

영감탱이가 주책이군. 어차피 에일렌은 유령 같은 존재다. 만질 수도 없고, 유저 아닌 존재는 볼 수도, 대화를 나눌 수도 없다. 그나마 저 영감은 마안인가 뭔가 하는 걸로 보는 모양이지만 단지 그뿐인 것이다.

“그나저나 완성품을 잠시 넘기게. 부품들은 됐고, 어깨 보호대만 손보면 되겠군.”

“손보다니요? 이미 완성품입니다만.”

“그래도 할 게 있지. 웃차!”

체르멘은 품속을 뒤지더니 망치 하나를 꺼내 들었다. 품속의 망치라니? 그는 유저들처럼 품속에 이공간을 가지고 있는 게 아니라 커다란 외투에 온갖 공구들을 주렁주렁 매달고 있었다.

언뜻 평범해 보이는 쇠망치. 하지만 나는 그 망치에서 뭔가 이상한 느낌을 받았다. 뭐라 표현은 못하겠지만 심상치 않아 보이는 그런 물건. 뭐야, 저건? 아무 기운도 안 느껴지는 걸 보니 상급 미족이 나오는 물건인 건가?

“그 망치…….”

“뭔가 느끼는 건가? 대단하군. 이건 여명의 망치라고 한다네.”

“여명의 망치?”

그러고 보니 예전 이레인에서도 여명의 목걸이인가 하는 것을 지키라고 퀘스트가 날아왔었지? 그렇다면 저것도 뭔가 심상치 않은 물건이라는 거군. 짐작이지만 여명의 목걸이 때처럼 미족들이 노리는 상황이 벌어질 수 있다.

“보호대 달라고 했네만…….”

아, 그랬지? 뭘 멍하게 생각하고 있나. 나는 1.7미터쯤 되는 어깨 보호대를 넘겼다. 말이 좋아 어깨 보호대지 이 정도면 타워 실드로군. 어쨌든 체르멘은 그것을 받더니 그대로 용광로로 집어 던졌다.

"우왁?!"

당황해서 다시 건지려 하는데 체르멘이 막는다. 아니, 몇 시간 내내 만든 물건을 용광로에 집어 던지다니? 무슨 짓이야? 내가 어이없는 표정으로 바라보자 체르멘은 웃었다.

"망치려는 거 아니니까 보고 있게."

"하지만……."

"거, 의심도 많군."

용광로에 들어간 어깨 보호대는 이내 시뻘겋게 달궈졌다. 물론 그 열기 정도로 어떻게 되지는 않는다. 저건 그냥 강철도 아니고 미스릴 합금이니까. 저걸 녹이려면 더 뜨거워야 하는 것이다.

체르멘은 집게로 어깨 보호대를 꺼내 들었다. 말했다시피 어깨 보호대는 타워 실드에 가까운 크기였는데, 체르멘은 한 손으로 어렵지 않게 꺼냈다.

그리고 이어지는 망치질. 나는 어깨 보호대를 좀 둥그런 모양으로 만들었는데, 체르멘은 그걸 조금 수정하여 각이 지게 만들었다. 별거 아닌 작업이었지만 체르멘은 망치질 한 방 한 방을 신중하게 두드려 완료하는 데 대략 30분 정도 걸렸다.

작업을 마치고 살짝 한숨을 몰아쉬는 체르멘. 그는 나에게 어깨 보호대를 내밀었다.

"뭡니까?"

"잘 보라고. 뭐가 달라진 것 같나?"

"글쎄요. 모양이 좀 변하기는 했지만 특별한 점이 보이지는 않는군요. 뭘 보라고 하……."

거기까지 말하고 나는 말을 잇지 못했다. 어깨 보호대에 담겨 있는 은은한 기운. 나는 이내 그것이 마력이라는 것을 알았다.

"금속에… 마력을 담은 겁니까? 인챈트(Enchant) 작업도 없이?"

"약간 다르지. 인챈트는 금속에 마나 회로를 만들어 거기에 마법 효과를 깃들이는 거니까. 이건 마나 회로가 아닌 금속 자체에 마력을 때려 박은 거다."

당연한 말이지만 금속은 마력을 지닐 수 없다.

마나라는 건 다른 말로 생기(生氣)라고도 한다. 세상 모든 것을 이루고 있지만 존재 구성 이외의 마나를 지니고 있는 것은 오직 생명체뿐으로, 무생물들은 단지 존재하기만 할 뿐 그 이상의 마나를 지니고 있지 않다. 가끔 마나가 고여 있는 장소나 사물이 없는 것은 아니지만, 그건 어디까지나 마나가 고여 있는 거지 사물이 마나를 지니고 있는 것은 아니니까.

때문에 보통 마법 무기를 만들 때는 금속 자체에 마나 회로를 만들어 거기에 마력을 깃들게 한다. 일정한 정보를 지니고 있는 마나 회로는 모여든 마력들이 흩어지지 않게 잡아두게 되고, 거기에 마법적 효과를 추가하면 특정한 힘을 가진 마법 무기가 탄생하는 것이다. 그리고 우리들은 그런 작업을 흔히들 인챈트(Enchant)라고 한다.

그래, 금속은 마력을 지닐 수 없다. 그 미스릴조차 마나 회로를 깃들게 하기 쉬울 뿐 마력을 지닐 수 있는 것은 아니다. 물론 전설의 금속 오리하르콘(Oriharcon)이라면 자체적으로 마력을 지니고 있지만, 그건 엄연히 말해서 금속이 아니라니 제외 대상이고.

"마력을 때려 넣는다니, 어떻게 그런 게 실재로 가능한 겁니까?"

"내가 지금 했지 않나? 자네도 마스터에 이른 만큼 무기에 마나를 담는 것 정도는 할 줄 알 텐데."

"그건 제가 유지하고 있는 것뿐입니다. 검에서 손을 놓으면 사라지죠."

검기란 건 검에 마나를 유입한 후 외부로 발현시키는 행위를 말한다. 그건 어디까지나 수도꼭지에서 물이 나오는 것과 같은 이치로, 수도꼭지를 닫으면 길게 늘어졌던 물줄기는 사라지고 만다. 억울해할 것도 없다. 그것은 당연한 일이니까.

하지만 넘겨받은 검에는 여전히 마력이 깃들어 있었다. 이것은 상식 밖. 내가 모르는 무언가…….

"뭐, 안타까운 일이기는 하지만 가르쳐 줄 만한 성질의 것이 아닐세. 나야 특이한 혈통 때문에 태어날 때부터 가지고 있는 능력이지만 보통은 사용할 수 없는 것이니까."

"혈통이라……."

"뭐, 날 본 유저들은 다 알아보더군. 환원령들이 내 정체를 아는 것 같으니까."

생각해 보니 그는 신족과 마족의 혼혈이라고 했었지? 그것도 생산 쪽에 특화된 능력이라 전투 능력은 그리 대단하지 않다고 했던가?

"잠깐. 하지만 그것이 당신의 능력이라면 여명의 망치를 이용한 까닭은 뭡니까?"

"눈치가 빠르군. 내가 금속에 마력을 담을 수는 있지만, 단지 그것만으로 뭔가 되는 것은 아니지. 이 망치가 좀 후줄근해 보이기는 하지만 명색이 신기(神器)라 불리는 물건이거든. 이여차!"

체르멘은 내가 사용하던 망치를 뺏어 들더니 어깨 보호대 안쪽의 연결쇠를 두들겼다. 어깨 보호대 자체는 어지간한 공격이 먹히지 않을 정도로 튼튼했지만, 그것이 연결쇠에까지 이를 정도는 아니었다.

한쪽으로 찌그러지는 연결쇠. 나는 어이없는 표정으로 밀했다.

"뭐 하는 겁니까?"

"잘 보게나."

그의 말에 다시 연결쇠를 바라보았다. 그런데 놀랍게도 그 순간 찌그러졌던 연결쇠가 원래대로 돌아오는 것이 아닌가?

"형상 기억(形狀記憶)?"

"그럴 리가? 자체 복구(自體復舊)일세. 9할 이상이 파괴되지 않는 한 원래의 모습으로 복구되지. 심지어 어느 부분이 잘려 나가도 전체적인 중량을 줄이거나 외부에서 재료를 구해 복구에 들어간다네."

"맙소사!"

완전 사기잖아? 그냥 검 같은 것에는 그런 능력이 있어봐야 별 도움이 안 될지 몰라도 골렘에 그 능력이 있으면 어마어마한 효과를 발휘한다. 쉽게 말해서 파괴시켜도 스스로 복구돼서 덤벼드는 거다. 정말 압도적인 힘이 아니고서야 쉽사리 쓰러뜨릴 수 없겠지.

"그게 그 망치의 능력입니까?"

"그래, 자체 복구 외에도 몇 가지 능력을 더 부가할 수 있다네. 물론 한 개의 물품에 여러 개의 능력을 부가하는 건 힘들지만."

순간 나는 아쉬움을 금할 길이 없었다. 으아! 이레인을 구한 대가로 그 여명의 목걸이인가 하는 거 받아올걸. 분위기를 보아하니 같은 종류인 듯하니 거기에도 분명 무슨 기능이 있을 것이 뻔하다.

"이런, 그런 눈으로 봐도 소용없네. 여명의 무구들은 그에 맞는 능력이 없으면 평범한 고철일 뿐이야. 요컨대 여명의 망치는 지금 내가 보여준 마력 부여의 능력이 없으면 효과가 없네.”

“아하!”

그래서 그 왕비가 별 활약을 못했던 거군. 그녀는 중급 소환사지만 그 외는 별다른 능력이 없었으니까.

“얼굴을 보니 아는 것 같네만 여명의 무구는 이것뿐이 아닐세. 여명의 검, 여명의 신발, 여명의 투구, 여명의 목걸이, 여명의 갑옷, 그리고 여명의 망치가 있지. 각자 특수 능력을 가지고 있고, 거기에 필요한 자격들이 있다네. 그 자체로도 뛰어난 물품들이지만 더 중요한 것은 그것들로 인해 물질계가 유지되고 있다는 거지.”

“무구들로 인해 물질계가 유지된다고요?”

“이야기가 좀 길어질 것 같군. 가면서 이야기하지. 거기 어깨 보호대 좀 들어주게.”

나는 타워 실드만한 어깨 보호대를 들었고, 체르멘은 나머지 자잘한 부품들을 챙겼다.

성큼성큼 걸어나가는 체르멘. 그가 앞으로 나서자 근처에 있던 대장장이들 모두가 고개를 숙이거나 하며 경외의 뜻을 비친다.

흠, 뭔가 존경받고 있군, 이 영감. 어깨를 으쓱이며 그의 뒤를 따르고 있는데 퀘스트가 떠오른다.

좋지 않다.

상급 마족이 각성하는 즉시 계속해서 죽어나가자 마족들도 뭔가 이상을 느낀 것 같다. 현재까지 죽어나간 상급 마족은 대략 200여 마리. 생각해 보면 눈치 못 채는 게 오히려 더 이상하겠군.

하여튼 그래서 상급 마족들이 사람 없는 데서 조용히 각성하고 기척을 숨겨 모여들기 시작했다. 유저들은 서로 커뮤니케이션을 활발히 하고 웬만하면 여러 명씩 모여 다니도록 하라. 위험하면 괜히 싸우지 말고 로그아웃해라. 죽으면 페널티 세다는 것 정도는 알지?

쉽게 말해, 이젠 한 명이 아닌 다수의 상급 마족과 싸워야 한다는 말인가? 하지만 아무리 그래도 그렇게나 강한 상급 마족이 200마리나 죽었다니 엄청나잖아? 나 안 보는 데서도 상급 마족은 꾸준히 나오고 꾸준히 죽어가고 있는 거구나.

상급 마족 200마리면 이 대륙을 열 번은 멸망시킬 수 있을 만큼 강력한 전력이다. 그들은 혼자서도 수천의 군대를 쓸어버릴 수 있으며, 그들이 죽이는 인간은 그대로 언데드가 되니까.

그런데 그렇게나 강한 그들이 다 죽어버린 거다. 마족이라는 녀석들이 있다면 이상하게 여기는 게 당연하겠지.

"상급 마족이 200마리나 죽었다고?"

"큭, 또 읽으신 겁니까?"

방심했군. 하지만 그런 내 말에 상관없이 체르멘은 질린 표정으로 말했다.

"어떻게 그럴 수가 있지? 상급 마족은 단일 객체로도 군대를 괴멸시킬 수 있을 정도로 절대적인 전투력을 가지고 있다. 그런데 그런 상급 마족이 소리 소문 없이 200마리나 죽었다는 거냐?"

"소리 소문 없이 죽은 건 아닐 겁니다. 저만 해도 요번에 이레인에서 화려하게 벌였으니 점점 소문이 퍼져 나가겠죠."

"이레인에서 벌였다니? 그럼 네 녀석이 그 드래곤 나이트(Dragon

Knight : 용기사)?"

"드래곤 나이트라고요? 글레이드론은 드래곤이 아닌데."

태연하게 답하긴 했지만 놀랍군. 이레인에서 글레이드론을 소환해 바로 이리로 날아왔는데 이미 알고 있다니. 소문이 빠르다고는 하나 너무 빠르잖아? 여기에 TV 같은 방송 매체가 있는 것도 아니고.

"아아, 그러고 보니 대륙 전체에 시리우스의 전사라는 녀석들이 출몰하고는 했었지? 정보들이 하나같이 허황돼서 이상이 있다고 생각했는데 정말이었다니……."

막 50레벨에 이르러 별 특징 없는 마스터라고 해도 4~5명 정도면 문제없이 상급 미족을 잡는다. 좀 강한 녀석이라면 2~3명이라도 문제없고. 투 마스터라고 하는 키리에라면 혼자서도 상급 미족을 상대할 수 있겠지.

"어쨌든 아까 듣던 것을 마저 듣고 싶은데요. 여명의 무구들로 인해 물질계가 유지된다는 건 무슨 말입니까?"

"아, 설명하다 말았군. 그런데 자네 '대항쟁'이라는 걸 알고 있나?"

"대항쟁?"

"2백 하고도 11년 전에 이곳 물질계에서 벌어졌던 전투를 말하네. 하나의 차원에는 수천, 수억의 행성이 존재하지만 그중에는 특별한 행성이 하나 존재하지. 지금은 이 행성이 그런 곳이네. 지고화(至高花) 신드로이아가 피어 있으니까."

"신드로이아?"

"차원의 중심이 되는 꽃일세. 이해하기 쉽게 설명하려면 차원의 탄생부터 이야기할 필요가 있겠군."

태초에 한 의지가 있었다.

그가 있는 곳은 시간도 공간도 존재하지 않는 곳. 있는 것이라고는 오직 그의 의지 하나뿐이었다.

그렇기에 그는 생각했다.

자신은 누구이며, 무엇을 위해 존재하는가? 그리고 앞으로 무엇을 하며 살아가야 할 것인가?

그는 생각했다. 끝없이 생각했다. 그렇게 몇억 년, 아니, 어쩌면 그보다 훨씬 더 긴 시간을 생각한 끝에 그의 의지가 확장하기 시작했다.

끝없이 퍼져 나가는 의지. 그것은 곧 공간이 되었다.

하나, 둘, 셋, 넷.

그는 얼마간의 시간 차를 두고 총 네 개의 차원을 만들었다. 그의 의지에 따라 탄생한 우주는 생명을 잉태했고, 그에 따라 셀 수 없을 정도로 많은 생명체들이 그 모습을 드러내기 시작했다.

살아가기 위한 생동감과 투쟁심. 그는 자신이 알지 못했던 다양한 감정이라는 것의 존재를 알았다.

흥미.

그는 그 모든 것들의 움직임을 관찰하기 시작했다. 그가 가지고 있는 유일한 유희는 언제까지고 이어져 나갈 것만 같았고, 그는 자신이 만든 존재들의 살아가는 모습을 관찰하는 것에 큰 만족감을 느꼈다.

그런데……

애초에 그가 만든 네 개의 차원은 완성품이 아니었다.

그곳의 시간은 마구잡이로 흘렀으며, 공간은 일정하지 못했고, 무생물이라는 것이 존재하지 않아 언제나 시끄럽고 난잡했던 것이다.

수시로 멸망하고 재탄생하는 존재들. 그는 결국 그들을 통제할 수단을 강구하기 시작했다.

새롭게 탄생한 네 송이의 꽃.

그것들은 곧 각기의 차원에 자리잡아 그곳을 제어하기 시작했다. 어제가 지나면 오늘, 오늘이 지나면 내일이었고, 마구잡이로 움직이는 공간 때문에 같은 존재가 수천 객체로 복제되는 일 또한 벌어지지 않았다.

안정기에 접어든 차원. 존재하는 모든 이들은 환희와 열망으로 그 존재의 이름을 불렀다. 창조신과 그들 간의 매개체이자 세상 모든 이들의 존재를 이어가는 은혜의 축복을.

"신드로이아, 그것이 그 꽃의 이름이지."

"……"

뭔가 스케일이 커지는군. 신드로이아라……. 잠시 생각하는데 체르멘은 말을 이어 나갔다.

"말이 샜군. 하여튼 대항쟁이란 그 신드로이아를 노리고 천족과 마족이 물질계에 침입한 사건을 말한다. 말했다시피 신드로이아는 차원을 이루는 존재야. 차원 전체가 멸망하게 되면 다시금 개화(開花)해 차원을 새로이 만들어내지. 천족과 마족은 이 생성 전체에 결계를 만들어 신드로이아의 감각을 차단한 뒤 이 행성에 존재하는 모든 생명체를 죽여 신드로이아를 끌어내려 했어. 그리고 그런 천, 마족들에게 살아남기 위해 물질계의 존재들과 천, 마족과의 결투를 대항쟁이라고 부르지."

"흠, 인간들이 마족을 막을 힘이 있습니까?"

"그럴 리가 있나. 하지만 그때는 지금보다 초월 능력이 훨씬 발전한 세계였네. 이레인에 다녀왔다고 했지? 그때의 이레인 제국은 전 국민이 소환술을 사용할 수 있었다네."

"전 국민이 말입니까?"

"그뿐이 아니야. 궁극의 9클래스 마법사 파이로드가 있었으며, 그랜드 소드 마스터 하운드가 있었지. 게다가 물질계의 존재는 인간만이 아니라서 수많은 드워프와 엘프, 요정과 드래곤들 역시 전투에 참여했네."

"드래곤이라. 몇 마리가 참여했습니까?"

"150. 지금 드래곤이 적은 것도 그때의 전투로 괴멸당하다시피 했기 때문이야."

"드래곤이 150마리라……."

뭔가 무시무시하군. 드래곤은 혼자서도 한 행성을 멸망으로 몰아갈 수 있다. 일일이 쓸어버릴 것도 없이 9클래스 마법인 메테오 스트라이크 같은 걸 때려 버리면 되니까. 그런데 그런 드래곤이 150마리나 참전하고, 또 거의 죽어버리다니. 그 전투의 치열함이 어땠을지 상상이 간다.

"결과는 어땠습니까?"

"물론 물질계 쪽의 승리니 우리가 살아 있는 거지. 물론 그것도 시리우스라는 대천사와 키엘라라고 하는 마왕이 인간의 편을 들어주었기 때문에 가능한 일이었다고 하더군."

"시리우스라……."

그러고 보니 시리우스라면 일루전을 만든 회사 이름이잖아? 회사 이름을 도용해서 게임 속에 캐릭터 이름을 만들다니 해괴한 취향이군. 대천사 이름이라면 가브리엘이라든지 우리엘이라든지 유명한 거 많을 텐데.

"하여튼 대항쟁은 승리로 끝나고 인류는 살아남았지만 그 피해란 실로 참담할 정도였지. 인류의 90% 이상이 죽어버린데다 마족과 천족들은 동식물, 심지어 곤충들까지도 쓸어버리다시피 했으니까. 때문에 이곳은 자연력이 약했고, 필연적으로 차원장의 힘 역시 떨어졌지."

"즉, 천족과 마족이 다시 침투하기 쉽게 되었다는 거군요."

"그래. 대항쟁이 끝난 직후야 마족들도 별로 들어올 생각을 안 하겠지만 시간이 지나면 생각이 바뀔 것이 자명한 바, 그렇기 때문에 여명의 여신 에오스가 내려주신 것이 바로 여명의 무구들이라네."

"그럼 여명의 무구들로 물질계가 유지된다는 건?"

"여명의 무기들이 존재하는 것만으로 차원장이 강화되어 천족과 마족들이 물질계에 들어올 수 없게 되는 것을 말한 거지. 사실 여명의 무기들에 담겨 있는 권능은 부가적인 것일 뿐, 중요한 것은 물질계를 유지하는 힘일세. 요새 들어 마족들의 침략이 빈번한 것을 보아 그것들 중 하나를 마족에게 빼앗긴 것일지도 모르겠군."

"……."

'마족이 침략한다' 라는 설정 뒤에 저런 설정들이 깔려 있었군. 여명의 무구를 지켜야 하는 것은 마족들의 강세를 막기 위해서인가?

체르멘과 이런 저런 대화를 나누는 사이 엘리베이터까지 도착했다.

"아, 그건 이리 주게. 내가 할 부탁은 이 정도인 것 같군. 그 퀘스트라는 것 때문에 나를 도왔다지만 나한테 준 재료도 많고, 일도 도와줬으니 뭔가 보답하고 싶은데……."

그가 망설이고 있는데 퀘스트가 떠오른다.

휴, 드디어.

자식이 뭘 주겠다는 생각을 하는군. 드워프들이 만든 회심의 역작 드래고닉 피어싱(Dragonic Piercing)을 보여줘라. 그리고 개조해 달라면 된다.

흠, 너무 너만 좋은 퀘스트 같은데? 하지만 내 넓은 아량으로 이것도 퀘스트 숫자에 쳐주마.

"오호."

"응? 뭔가?"

내 탄성에 생각에 빠져 있던 체르멘이 나를 바라본다. 뭐, 어쨌든 간만에 마음에 드는 퀘스트가 날아왔군. 이런 퀘스트를 많이 주면 얼마나 좋아? 생각해 보면 그 여명의 망치는 이미 완성되어 있던 어깨 보호대에 능력을 부가했다. 그렇다면 드래고닉 피어싱에도 가능할 터.

나는 두세 발짝 정도 뒤로 물러섰다. 그리고 말했다.

"장비 5번."

드래고닉 피어싱. 길이 3.5미터에 은빛으로 빛나는 랜스(Lance)는 어둠 속에서도 당당히 그 모습을 드러내고 있었다.

"오호, 그게 장비 변경이란 거군. 확실히 편리한 능력이… 어?"

체르멘은 잠시 멍청한 표정을 지었다가 이내 덤벼들 듯 달려와 드래고닉 피어싱을 살피기 시작했다.

"저기 체르멘님?"

"탄환."

"네?"

"탄환 내놓으라고. 있지?"

"아, 잠시만."

차분하게 가라앉은 목소리에 순순히 드래고닉 피어싱을 내려놓고 품속을 뒤진다. 여전히 커다란 탄환. 나는 그것을 체르멘에게 넘겼다.

“엄청나군. 맙소사! 오오! 이럴 수가!”

체르멘은 연신 탄성을 내지르며 홀린 듯 드래고닉 피어싱을 훑었다. 탄창을 열어보고 몸통을 살핀다. 한 번 들어보고 쓰다듬어 본다.

“에, 저기…….”

“이거 인간이 만든 게 아냐. 그렇지?”

“아, 네.”

“당연하지. 이런 걸 인간이 만들 수 있을 리 없잖아? 이것 보게. 형상 기억 합금으로 연사를 가능하게 하고 연속 사용시 반동을 막기 위해 창 내부에 파이어 레지스트 주문이 퍼머넌트 처리가 되어 있네! 게다가 폭약의 조합을 보라고! 방아쇠를 당기면 폭약이 터지면서 고온, 고압의 플라즈마 제트 기류를 창끝으로 분사시킨다는 개념이야! 지향성 플라즈마 제트지! 맙소사! 엄청나! 이거야말로 대륙 최고의 마법과 기술의 결정체다! 내 죽기 전에 설마 이런 물건을 보게 될 줄이야!”

“아니, 좀 진정하시는 것이…….”

나는 흥분해 날뛰는 체르멘의 모습에 식은땀을 흘렸다.

쉽게 말해 그 어설퍼 보이는 드워프들이 사실은 대단한 존재였다는 말이군. 확실히 드래고닉 피어싱은 그 강력하다는 스페셜 보스들을 죽음에 이르게 하고, 상급 마족조차 한 방에 보내 버릴 정도로 무시무시한 물건이다. 어떻게 생각하면 대단한 게 당연한 건지도 모르지.

“이거 하루만 넘기게. 내 엄청난 걸 만들어주지.”

“아, 그러시면 감사하죠.”

“좋아, 그럼 내놓고. 잘 가게나!”

체르멘은 그대로 드래고닉 피어싱을 가지고 가버렸다. 가지고 갔다가 엘리베이터가 작다는 생각이 들었는지 엘리베이터 천장에 구멍을 내버리고 거기에 창 윗 부분을 끼고 엘리베이터를 닫는다.

순식간에 내려가 버리는 체르멘. 나는 머리를 긁적였다.

"흠, 그런데 드래고닉 피어싱에 더 필요한 능력이 있나? 있어봤자 재생 능력일 텐데."

하지만 그렇다면 하루씩이나 필요할 리가 없을 것이다. 뭐, 어차피 내 무기를 강화시켜 준다는 데 찜찜해할 필요는 없겠지. 기대하도록 할까?

나는 천천히 걸어 대장간을 나왔다. 작업은 내일까지인 듯하니 그만 쉬는 게 좋겠지. 현재 시각은 12시 10분. 보통 사람이라면 몰라도 내가 자기에는 너무 이른 시각이다.

"그런데 아직 사람이 많군. 가계도 열려 있고."

[아마 두, 세 시까지는 열걸. 마스터 웨폰은 한 달에 하루 여는 만큼 몰리는 사람도 많으니까.]

에일렌은 다시금 모습을 드러내 내 어깨에 앉았다. 얼굴 옆으로 보이는 새하얀 허벅지가 자꾸 신경 쓰였지만 고개를 살짝 흔들어 잡념을 떨쳤다. 어차피 느낌도 안 나니까 무시하자. 반투명하니 시야도 안 가리고 말이야.

진열대의 무기는 거의 다 팔려 나간 상태였지만 그래도 아직 꽤 남아 있었다. 남아 있는 것은 주로 비싼 쪽 물건들. 분위기를 보아하니 가격이 부담돼 함부로 건들지 못하는 것 같았다.

"일행도 없으니 여관을 잡을 필요는 없겠지. 적당히 로그아웃해야겠군."

사람들의 시선이 없을 만한 장소를 찾아 이동하고 있는데, 문득 거리 한쪽이 소란스러워지는 게 느껴진다. 무슨 일이지? 나는 천천히 걸어 그쪽으로 향했다.

"인상 굳히지 말라고, 아가씨. 부끄러워하지 않아도 된다니까."

"……."

늘씬한 몸매의 여인을 대여섯 명 정도의 사내들이 둘러싸고 있다. 조각 같은 외모에 차분한 분위기가 인상적인 20대 초반의 미녀. 차갑게 굳어져 있는 표정이 타인의 접근을 막는 듯한 인상을 풍겼지만 그녀가 매혹적인 미녀라는 것은 아무도 부정하지 못하리라.

'이거야 원.'

물론 내가 사는 현대 사회는 남녀 평등, 아니, 어쩌면 여성 우월에 가까운 세상이지만 중세시대와 흡사한 이곳은 그렇지 않았다. 여성이란 존재는 남성의 아래이며, 물건처럼 여긴다는 사고방식이 뿌리깊게 박혀 있는 것이다. 사실 남자가 여자한테 집적거린 것 가지고 분위기가 경직될 정도는 아닌 것이지.

하지만 그녀는 미녀다. 만약 그녀가 그저 그런 외모를 가지고 있었다면 소란이 귀찮아서라도 무시하고들 넘어가겠지만 미녀이기 때문에 그럴 수 없다. 세상 그 어떤 사내라 해도 그녀를 보면 없던 기사도를 불태울 게 뻔하니까.

그리고 그것이 경직된 분위기의 정체. 과연 남들에게 뒤처질세라 무기를 사러 왔던 기사 중의 한 명이 앞으로 나선다.

"멈춰라! 고결한 레이디께 무슨 짓들이냐!"

묵직한 풀 플레이트 메일에 롱 소드. 풀 플레이트 메일은 일반인이 입고 움직일 만큼 만만한 갑옷이 아니다. 그리고 그렇다는 건 녀석이 마나를 운용할 줄 안다는 말이겠지.

나름대로 호기로운 등장이었지만 여인을 둘러싸고 있던 용병들은 코웃음을 쳤다.

"어디서 온 샌님이야? 다치기 전에 꺼져!"

"샌님? 근본도 모를 잡것들이 감히 기사를 목욕하다니! 나로 말할 것 같으면 앤드런 가문의 타……!"

콰득!

거친 소리와 함께 용병의 검이 휘둘러졌고, 기세 좋게 소리치던 기사 녀석의 풀 플레이트 메일에 균열이 생겼다.

텅!

잘라진 풀 플레이트 메일이 땅에 떨어질 때까지 기사 녀석은 아무런 반응조차 못했다. 용병의 검에 맺혀 있는 것은 세상에서 가장 순수한 마나의 응집이라 불리는 검기(劍氣), 오러 블레이드(Aura Blade). 멍하게 있던 사람들 사이에서 신음 소리가 터져 나온다.

"소드 마스터?!"

"맙소사! 철의 용병 칼스터다!"

검의 궁극에 이른 자, 소드 마스터(Sword Master). 그것은 홀로 군단에 맞먹을 정도의 무력인 동시에 검을 든 모두가 바라는 동경의 대상이다. 여기에 그 누가 있다 해도 그 존재를 무시할 수 없겠지.

기세 좋게 나섰던 기사 녀석은 다리에 힘이 풀린 듯 주저앉아 버렸고, 칼스터라는 녀석은 주변을 둘러보며 말했다.

"나한테 더 할 말 있는 녀석 있나?"

"……."

있을 리 없다. 물론 아예 없는 것은 아니겠지만 그 강력하다는 소드 마스터에게 누가 함부로 대들 수 있을까.

주변이 조용해졌다는 것을 확인한 칼스터는 다시 몸을 돌려 좀 전의 여인에게로 다가갔다.

"아까는 수하 녀석이 말을 함부로 해서 미안하다. 청하건대, 나와 같이 가지 않겠나?"

차분한 표정이 잘 어울리는 흑발의 여인은 조용히 자신의 앞에 선 칼스터의 모습을 바라보았다.

칼스터의 수하로 보이는 녀석들은 진지한 그의 태도에 되레 당황한 듯 어쩔 줄을 몰라 하고 있었다.

하긴 그렇겠지. 별 생각 없이 여자 하나 낚는가 싶던 보스가 터무니없이 진지한 표정과 말투로 말하고 있는 거다. 그들의 입장에서는 이해되지 않겠지.

잠시 주변이 침묵에 빠진 사이 에일렌이 묻는다.

[안 구해도 괜찮은 거야, 정의의 사도?]

'구한다고? 누구한테서 누구를?'

헛웃음 짓고 있는데 흑발의 여인 키리에가 말한다.

"다 떠든 거냐?"

"흠, 네가 보통 여자가 아니라는 것 정도는 나도 짐작하고 있다. 하지만 날 자극하지는 마. 난 그다지 참을성있는 성격이 아니니까."

칼스터의 몸에서 자욱한 살기가 뿜어져 나온다. 그것은 수많은 사선과 전투를 넘어온 투사의 것으로, 일반인이라면 혼절에까지 이르게 만들 수 있을 정도로 진했다. 그 증거로 주변에 있던 모든 녀석들이 자신도 모르게 한 발씩 물러나고 있었으니까.

하지만 그럼에도 키리에는 웃었다. 그리고 아무렇지도 않게 팔을 움직였다.

팟!

문자 그대로 눈 깜짝할 사이에 푸른색 잔영이 허공을 베고 지나간다. 그것은 실로 무시무시한 속도의 참격(斬擊). 변식도 눈속임도 없이 최단 거리를 베어 들어가는 가장 이상적인 검로(劍路).

그것은 빨랐다. 그냥 빠르다 정도가 아니라 정말 너무나도 빨랐다. 인간의 능력을 뛰어넘은 나라 해도 그녀의 참격 앞에서는 방어가 최선. 절대 반격 따윈 꿈도 못 꿀 지경이었다.

"어……?"

칼스터는 꿈을 꾸는 표정으로 땅에 떨어져 펄떡이는 양팔의 모습을 바라보았다. 그뿐만이 아니다. 근처에 있던 모든 이들이 그 믿을 수 없는 광경에 할 말을 잃었다.

잠시의 침묵. 키리에는 무심한 표정으로 뽑아 들었던 쌍검을 양 옆구리에 있는 검집에 집어넣었다. 그 모든 동작을 얼마나 매끄러운지 나도 모르게 탄식을 내뱉을 정도였다.

"목숨은 붙여놓겠지만 앞으로는 조심해라. 수하가 말을 함부로 하게 해서 미안하다고? 아쉽군. 내 귀가 그리 밝지 않았으면 속았을지도 모르는데."

그녀는 아무렇지도 않게 몸을 돌렸다. 천천히 걸어 사라질 타이밍이었지만 그녀를 가로막은 사내는 그것을 불가능하게 만들었다.

"또 저질렀구나, 키리에."

"죄송합니다."

고개를 숙이는 그녀의 앞으로 일행이 하나둘 모습을 드러낸다. 맨 앞에 있는 중년 사내는 연금술사로서 마스터의 경지에 올라 세이지(Sage)가 된 레이리스 폰 라우레시아. 줄여서 레스. 꽤나 오랜만에 보는군. 길드 채팅 때 한 번 보고 처음인데.

“너무해요. 누나라면 굳이 팔을 자르지 않아도 혼내줄 수 있었을 텐데.”

“미, 미안.”

울먹이는 저 미소년은 신관으로 마스터에 오른 하이 프리스트(High Priest) 로안 필스타인. 못 본 사이에 신성력을 컨트롤할 수 있게 되었군. 언뜻 보통 꼬마처럼 보이지만 전신에 신성한 기운이 감돌고 있어 그를 보면 자신도 모르게 위안과 평온함을 느끼게 될 것이다.

“괜찮아요. 솔직히 여기는 집적대는 인간이 많아서 한두 놈 혼내주는 건 어쩔 수 없으니까요.”

시건방지게 웃는 것은 서먼 마스터에 이른 멜피스 오브 윈터차일드. 맨몸인 걸 보니 소환수 하멜은 환계에 있는 모양이다.

“아아, 난 아직도 피 냄새에 적응이 안 되네.”

머리 아프다는 표정으로 이마를 감싸는 건 예술가로서 마스터에 이른 마에스트로(Maestro) 데이나 디제스터.

‘분위기가 경직됐군.’

[소드 마스터가 팔이 잘렸는데 당연하잖아.]

침묵에 빠진 사람들 속에서 아무렇지도 않게 떠드는 다섯 명의 유저와 그런 그들을 질린 듯이 바라보는 사람들. 그래, 이미 거리는 칼스터라는 녀석의 팔에서 뿜어져 나온 피로 범벅이 되어 있었는데도 여자와 꼬마가 껴 있는 일행이 멀쩡한 건 이상해 보이겠지.

멜피스는 천천히 걸어 쇼크 상태에 빠진 칼스터에게로 다가가 아직까지도 피를 흘리고 있는 녀석의 어깨를 손가락으로 짚었다. 그리고 그런 그의 행동에 따라 녀석의 팔에서 흐르던 피가 눈에 띌 정도로 확연하게 줄었다.

[뭐야, 저건?]

'지혈이야. 마나를 이용해 혈관을 압박하는 방식인데, 유저라면 누구라도 할 줄 알지.'

말하는 사이 키리에를 구박하고 있던 레스가 몸을 돌려 주저앉아 있는 칼스터에게 다가갔다.

레스가 다가가자 이제야 정신을 차린 것일까? 멍하니 있던 칼스터가 부들부들 떨면서 말했다.

"팔이… 내 팔이……."

"엄살 부리지 마라. 까짓 거 다시 붙이면 그만이니까."

"다, 다시 붙인다고? 그런 게 가능한 거냐?"

"거냐?"

"거, 겁니까?"

칼스터라는 녀석은 대번에 자신의 상황을 파악한 건지 저자세를 취했다. 그나마 상황 파악이 빠른 녀석이군. 란스는 품속을 뒤지더니 바늘 하나를 꺼내 들었다.

"계획은 잘 들었다. 신사적으로 저녁 식사에 초대해 약을 먹일 생각이었지?"

"아, 아하하하… 하, 하지만 보통 소드 마스터 정도 되는 녀석들은 강제로 한다… 구요. 약 먹이는 정도라면 차라리 귀여운 수준 아니… 입니까?"

"…팔 잘린 녀석이 잘도 떠드는군."

로스는 한숨을 쉬더니 능숙한 솜씨로 잘려 나간 칼스터의 팔을 바느질했다. 신기하게도 칼스터의 팔은 허공에 둥둥 떠 그의 바느질이 편하도록 도왔고, 바느질은 순식간에 끝났다.

[뭐 하는 거야? 저 정도로 잘린 팔이 나을 리 없는데. 차라리 저쪽에 있는 신관한테 부탁하는 게 낫지 않으려나?]

'글쎄.'

레스는 바늘을 품속에 집어넣더니 그대로 양손을 칼스터의 양 어깨에 올렸다. 그리고 슬며시 눈을 감더니 속삭이듯 말한다.

"시술(施術)."

겉으로 보기에는 아무런 일도 안 벌어졌다. 뭔가 빛이 번쩍한 것도 아니고 영묘한 기운이 퍼져 나간 것도 아니었으니까. 하지만 그럼에도 난 섬세하게 움직이는 마나의 파동을 느꼈다.

"됐어. 뼈와 신경들을 연결했으니 대충 움직일 만할 거다."

"정말로……? 어? 어? 진짜다! 어허? 우와! 맙소사!"

칼스터는 믿을 수 없다는 표정으로 팔을 움직였고, 그 모습을 보고 있던 구경꾼 사이에서도 탄성이 터져 나온다. 이거, 본의 아니게 쇼를 한 셈이군. 레스는 퉁명스럽게 말했다.

"그래도 한 번 잘린 팔이니 3~4일 정도는 움직이지 않는 게 좋아."

"가, 감사합니다!"

칼스터가 희희낙락하는 사이 레스는 고개를 돌려 인파 속에 있던 나를 바라보았다.

"뭘 보고 있나? 나오게."

"어? 아셨어요?"

"환원령이 옆에 있는데 당연하잖아?"

아, 그렇지. 유저들끼리는 환원령을 볼 수 있으니까. 하지만 나를 발견한 건 그뿐이었던 듯 다른 사람들은 놀란 분위기다.

"앗! 오랜만이에요, 형님!"

폴짝폴짝 뛰며 좋아하는 멜피스.

"더 멋있어지셨네요. 머리는 염색하신 건가요?"

부드럽게 웃음 짓는 데이나.

"다, 다시 뵙게 되어 반가워요. 저, 기억하시죠? 로안 필스타인이라고 합니다."

부끄러워하며 자신을 소개하는 로안.

"대련을 신청합니다. 밀레이온 더 윈드리스."

그리고 대련을 신청하는 키리에.

"……."

'키리에님이 대련을 신청하셨습니다' 라는 창이 떠오른다. 흔들림없는 눈동자로 날 바라보는 흑발의 여인 키리에. 데이나의 눈이 가늘어진다.

"키리에."

"싸, 싸우는 게 아니라 그냥 대련입니다. 오랜만에 만났는데 이 정도는 상관없지 않습니까?"

옛날 생각이 나는군. 데이나는 유저들끼리 대련하는 걸 별로 안 좋아했었지. 나는 데이나가 뭐라고 하기 전에 먼저 나서서 말했다.

"전 괜찮습니다. 물론 지금 하는 건 조금 그러니 내일 하도록 하죠."

"그 정도라면 저도 좋습니다."

만족스러운 표정으로 반쯤 뽑았던 검을 집어넣는 키리에. 벌써 뽑았었나? 오랜만인데 별로 변한 게 없군.

"여기서 이럴 게 아니라 여관으로 가지."

"여관을 잡았습니까?"

"그건 아닐세. 어차피 아침 정도면 출근해야 하니 수면 모드로 로그아웃하기는 어색하니까. 지금은 단지 식사를 하러 가는 것뿐이야."

"12시가 넘었는데 영업을 하려는지."

"원래 이 도시는 밤중에도 활발하니 걱정할 필요는 없네."

레스는 천천히 걷기 시작했고, 일행은 그를 따랐다. 칼스터가 얼결에 따라오려고 했지만 키리에가 한 번 노려보자 깨갱 하고 떨어져 나간다.

무기를 사러 오는 사람들 때문인지 근처에 여관이 많아 자리를 잡는 데 별다른 어려움은 없었다.

"뭘 드시겠습니까?"

"이 가계에서 제일 자신있는 걸로 6인분 부탁하오."

"예, 잠시만 기다리십시오."

웨이터는 깍듯이 고개를 숙이며 물러섰고, 나는 레스를 바라보았다.

과연 돈이 많으니까 음식 값 같은 건 상관없다는 말이군. 1골드는 파니티리스에서 50만원의 가치를 가진다. 그리고 현실에서는 5만원의 가치를 가지고. 그런데 마스터 정도 되면 게임 속에서 버는 돈으로 현실에서도 풍족하게 먹고 살 만한 정도니 낭비만 하지 않는다면 돈 걱정할 이유는 없겠지.

"식사 나왔습니다."

이런 저런 생각을 하는 동안 닭고기 스튜와 돼지 통구이가 나왔다. 가장 자신있는 요리를 내오랬더니 순 고기뿐이잖아? 하지만 요리 실력은 그다지 나쁘지 않은 듯 먹음직스러운 향기가 코끝을 간질인다.

괜찮겠지? 어차피 여기서의 몸은 아무리 먹고 자도 살찌지 않는 몸이니까.

나를 비롯한 일행은 식사를 시작했고, 포크와 나이프로 돼지 통구이를 솜씨 좋게 잘라 먹던 멜피스가 문득 묻는다.

"그런데 형님, 형님은 신기를 얻으셨나요?"

"아직 못 얻었어. 퀘스트가 다섯 개나 남았다."

"하긴, 형님은 파니티리스에 조금 늦게 나오신 편이니까요."

"분위기를 보니 너는 얻은 모양이네?"

"네, 파워드 웨폰이에요. 키리에 누님은 타이탄 P타입이고, 레스 아저씨랑 데이나 누님도 파워드 웨폰이죠."

"보여줄 수 있어?"

"아, 신기들은 등장이 좀 화려해서. 나중에 기회가 되면 보여드릴게요."

고개를 끄덕이기는 했지만 좀 충격이군. 그렇다면 이 중에 신기를 얻지 못한 건 나뿐이라는 말인가? 녀석에게 다섯 개라고는 했지만 사실은 여덟 개나 남았으니까.

이런 저런 생각을 하다 이번에는 고개를 돌려 레스를 바라보았다.

"그런데 아까 그건 뭡니까?"

"그거?"

"팔을 붙였던 거 말입니다."

내 말에 레스는 알았다는 듯 고개를 끄덕였다.

"시술을 말하는 건가? 요번에 추가된 추가 직업 의사에게 부여된 특수 능력일세."

아, 의사. 그러고 보니 저번 패치 때 추가되었었지? 별로 중요한 게 아니라 잊고 있었지만 시간 내서 그것들도 올려놔야겠군.

하지만 그래도 의아한 게 있어 물었다.

"하지만 굳이 그런 기술을 쓸 필요는 없지 않습니까? 치료 마법도 있고 신성력도 있는데."

"나도 그렇게 생각했네만 그렇지가 않다네. 아까 그 녀석처럼 팔이 잘린 경우에 고위 신성 마법을 사용한다면, 설사 팔을 붙일 수 있다 해도 다시는 제 실력을 발휘할 수 없지."

"어째서죠?"

"뼈와 신경도 끊어졌기 때문이야. 신경이 어긋나 버리게 되면 팔을 제대로 컨트롤할 수 없게 되거든. 게다가 그만한 출혈이 있던 상처를 치료 마법이나 신성력으로 치료한다면 환자가 쇼크로 사망할 가능성도 높네. 치유 마법이든 신성력이든 결론적으로 세포의 움직임을 강제로 활성화시켜 상처를 아물게 하는 거니까."

일리있는 말이기는 하지만 조금 이상한 게 있어 다시 질문한다.

"하지만 라비린토스에서는 큰 상처를 치유 마법으로 고친 적이 많지 않습니까?"

"물론 그렇지. 우리들은 NPC가 아닌 유저니까. 설사 온몸이 걸레 수준으로 찢어진다 해도 최고위 신성 치유 한 방이면 간단히 회복되어 버리네. 쇼크 상태 같은 것도 없고, 부작용도 없지. 자네, 회복력이 몇 인가?"

"120입니다만……."

"호, 높군. 자네 정도 되면 팔이 잘린다 해도 잘린 팔을 어깨에 대고만 있어도 1분이면 붙어버리네. 우리들은 그런 몸인 거야."

확실히 유저들의 몸은 강력하다. 객관적인 눈으로 보자면 NPC보다는 유저들 쪽이 더욱 인간과 거리가 먼 것이다. 하지만 기껏 게임 속에서 현실 세계와 비슷한 능력을 가지고 있는 것도 우스운 일이겠지. 나는 돼지 통구이의 마지막 조각을 집어먹었다.

"악! 그거 마지막인데!"

"훗! 데이나 양, 다이어트를 시켜주려 그런 거랍니다."

"전 뚱뚱하지 않아요!"

발끈하며 얼굴을 붉히는 데이나의 모습에 나는 웃었다. 가끔은 유저를 만나는 것도 꽤 즐거운 일이군. 사실 아무리 친하게 지내봐야 NPC와 유저는 엄연하게 다른 존재다. 게다가 체르멘 같은 영감을 제외한 NPC들은 유저라는 개념 자체를 이해하지 못하니 이런 종류의 이야기는 하기 힘든 것이지.

입가심 삼아 디저트로 나온 과일들을 먹고 있는데 묵묵히 식사를 마친 키리에가 몸을 일으킨다.

"그럼 그만 자야겠군요. 내일 대련은 9시 정도로 하죠."

"그런 아침에 접속하실 수 있는 겁니까? 현실에서 할 일들도 있을 텐데."

"작은 회사를 다녔지만 지금은 그만두고 간간이 도장 사범이나 하고 있습니다. 마스터가 되고 나니 게임을 플레이하는 것만으로도 생활비를 마련할 수 있더군요. 게임으로 돈을 번다는 개념은 확실히 생소하지만 덕분에 시간은 넉넉해졌습니다."

확실히 가능한 일이다. 예전에 한 번 말했다시피 일루전은 현실에 한없이 가깝다는 특징 때문에 사람들이 현금 쓰기를 주저하지 않는다. 그리고 그런 상황에서 총가입자가 1억이나 되니 그 안에서 움직이는 현금의 크기는 실로 어마어마한 것이다.

그리고 그 정점에 존재하는 것이 바로 마스터들. 1억 명의 유저 중에서도 200명밖에 존재하지 않는 유저들은 초월적 능력만큼이나 많은 부를 벌어들일 수 있는 존재이다.

심지어는 기업들이 광고를 위해 마스터를 포섭하려 한다는 이야기까지 있을 정도니 더 말할 필요도 없겠지.

예를 들어볼까?

좀 특이 케이스이기는 하지만 나 같은 경우 10만 골드를 넘어서는 재산을 가지고 있다. 10만 골드라면 게임 속에서 500억 원. 현실 속에서라도 50억 원에 달하는 가치를 지닌 액수로, 정말 어떻게 써도 남을 만한 돈이다. 그것도 순수 골드만 쳐서 그 정도지 각종 아티펙트와 아이템들을 팔면 더 많을 것이 분명하다.

"무슨 생각을 하십니까?"

"아, 별거 아닙니다. 그럼 내일 아침에 이 앞에서 뵙죠."

"그럼."

키리에는 품위있게 예를 표한 후 몸을 돌려 화장실로 향했다. 아마 거기서 로그아웃을 할 생각이겠지. 다시 로그인할 때에는 여관 지붕으로 떨어지겠지만 그녀 정도 되면 그 정도야 가볍게 내려설 수 있을 테고. 내가 그녀에게 손을 흔들자 나머지 유저들도 몸을 일으킨다.

"저도 가볼게요. 슬슬 자야 해서요. 헤헷."

"저도 가요. 요새 엄마가 하도 눈치를 줘서 원."

"저, 저기… 저도……."

"응? 그럼 같이 가자."

키리에와 데이나, 멜피스, 로안, 레스를 제외한 모든 이들이 차례차례 화장실로 향한다. 이거 다른 사람들이 보기에는 좀 이상하게 느껴지겠군. 작별 인사를 하고 화장실로 향하는 거니까. 게다가 좀 자세히 보는 녀석들이 있어 화장실에 간 녀석들이 안 돌아온다는 것을 알아도 웃기게 될 것이다.

"흠, 우리 둘만 남았군. 자네는 어쩔 텐가?"

"아, 저도 슬슬 로그아웃할 생각이었습니다."

"그렇군. 그럼 이걸 받아두게나."

레스는 품속에서 팔찌 하나를 꺼내 들었다. 손톱만한 루비가 박혀 있는 금팔찌. 나는 물었다.

"그건?"

"우리 길드원들과 손쉽게 연락할 수 있는 아티펙트일세. 근처에 우리 길드원들이 있는지 확인할 수도 있고, 귓속말도 조금 더 쉽게 할 수 있지."

"오호, 그거 편리하겠군요."

지금이야 별 필요 없을지 모르겠지만 다음에는 단체전을 할지도 모르니 필요하겠지. 나는 그것을 받아 팔에 차려다 오른손에 걸려 있는 금색의 팔찌를 보았다.

"……."

멋진 숙녀가 될 거라고 말하던 꼬맹이가 생각났다. 나보고 후회할 거라고 했었지? 아무리 사정해 봐야 안 받아준다고 했던가?

"응? 뭔가?"

"아, 별거 아닙니다."

나는 피식 웃으며 오른팔에 있던 팔찌를 풀어 왼팔로 옮기고 레스에게 받은 팔찌를 오른팔에 찼다.

"뭐, 내가 할 말은 이 정도군. 그럼 나도 그만 자러 가도록 하지."

"계산은 제가 하죠."

"이런, 호의는 고맙게 받겠네."

"……."

아니, 한 번쯤은 거절하는 게 예의인데 말이야. 난 찜찜한 기분을 느꼈지만 굳이 표시하지 않았고 레스는 그대로 걸어 화장실로 향했다. 그러고 보니 이 방식을 사용하면 무전 취식도 간단하겠군. 일행 전체가 화장실로 가 로그아웃해 버리면 되니까. 하지만 겨우 몇 푼 가지고 쪼잔하게 굴기도 뭐해 카운터로 향한다.

"얼마죠?"

"2실버입니다."

오지게 비싸군. 물론 나한테 2실버는 그다지 큰돈이 아니지만 밥 한 끼에 10만 원이나 하다니. 그런 건 내가 얼마를 가지고 있느냐를 떠나 내 가녀린 정신에 상처를 입힌다.

뭐, 그래도 어쩔 수 없지. 나는 돈을 지불하고 식당 밖으로 나왔다.

[웅? 너는 화장실로 안 가?]

"일행 전체가 화장실에서 실종된다는 건 좀 이상해서 말이야."

[하긴. 좀 변태 같겠다.]

"아니, 별로 변태 같을 것까지야."

투덜거리며 골목으로 들어간다. 주변에 사람이 없는지 살피고 속삭이듯 말한다.

"로그오프."

세상이 번쩍거리는가 싶더니 순식간에 어두워진다.

습격

Chapter 32

2021년 10월 7일, 오전 6시.

몸을 일으킨다. 그다지 좋지 않은 컨디션. 자는 자세가 좋지 않았던 건지 온몸이 덜컥거리는 느낌이다.

"늦잠이로군. 이거참……."

4시간만 자려고 했는데 1시간이나 더 자고 말았다. 어지간해서는 원하는 시간대에 일어날 수 있었는데, 요새 수면 시간을 늘렸더니 해이해진 것 같군.

고개를 흔들고 일어나 물을 마셨다. 뭐, 늦잠이라고는 해도 아직은 이른 시간이니 대충 뭐라도 먹을까? 그래 봐야 캡슐 아니면 게드인 우주에서 먹는 영양식. 대충 주먹밥 모양에 맛이 없는 게 특징이다 뿐이지만 굶어 죽지 않으려면 먹어두어야 한다. 게임 속에서 아무리 음식을 먹는다 해도 현실의 몸은 굶주리니까.

나는 게드인을 먹으며 노트북을 켰다. 그러고 보니 노트북도 오랜만에 건드려 보는 것 같다. 말 그대로 요새는 일루젼만 하며 살고 있어서. 흔히 말하는 폐인이 되어가고 있는 것이다.

"요새 게임만 하느라고 현실과 완전히 동떨어진 삶을 살고 있군. 방송 채널이라도 연결해 볼까?"

마우스를 움직여 방송 채널을 연다. 방송에서는 마침 광고가 지나가고 있다.

차가 달려가다 보행자를 친다. 고통스러워하는 보행자. 운전자는 당황하며 차에서 내리더니 보행자의 뼈를 맞추고 살을 꿰맸다.

뒤늦게 나타난 응급차. 차에 치였던 보행자는 천연덕스럽게 몸을 일으키더니 응급차에서 약 몇 가지를 받아 상처에 바르고 갈 길을 가버린다. 그리고 떠오르는 문구.

[일루젼 2차 직업, 의사 추가.]

비행기가 날아가다가 난데없이 흔들리기 시작한다. 당황한 듯 허둥대는 조종사와 승객들. 그때 수면을 취하고 있던 승객 중 하나가 벌떡 일어나 비행기의 조종실로 가더니 조종판을 뜯어내고 수리한다.

다시 평온한 비행에 들어가는 비행기. 승객은 다시 자신의 자리로 가 수면을 취하고 그런 그를 조종사들은 멍청한 표정으로 바라본다.

[일루젼 2차 직업, 기술자 추가.]

"……"

뭐냐, 이건? 왜 이런 광고가 방송을 타는 거지? 게임 전문 채널도 아닌데 이런 광고가 당연하다는 듯이 나오다니. 게다가 일루전 전체를 광고하는 것도 아니고, 일루전의 패치 내용 중 하나를 가지고 광고한 거다. 내가 못 보았을 뿐 일루전에 대한 광고는 훨씬 더 많을지도 모른다.

"그러고 보니 일루전 전용 채널도 여럿 된다고 했었지?"

놀랍군. 서비스한 지 겨우 석 달 조금 넘었을 뿐인 일루전이 세계 전체에 어마어마한 영향력을 끼치고 있었다. 하긴 일루전쯤 되면 단순히 게임이라고 보기도 어렵다. 일루전은 게임인 동시에 그 모든 레져 활동, 관광 활동을 넘어서는 강점들을 넘치도록 가지고 있으니까.

청룡열차 같은 것을 타는 것보다는 소환수를 타고 하늘을 날아다니는 편이 더 재미있다. 관광지를 보는 것보다 던전을 돌아보는 것이 더욱 즐겁다. 몬스터는 그 자체만으로도 놀랍고, 아름다운 NPC들과 신비로운 정령이 존재하는 환상의 세계 일루전.

잘은 모르겠지만 관광한다는 생각으로 게임에 접속해서 유저들을 돈으로 고용해 일루전을 탐험하는 사람도 있을 것이 뻔하다.

"이럴 때가 아니지."

노트북을 덮고 일루전 전용 캡슐 우로보로스로 향했다. 아침부터 체르멘 영감한테 무기 받으러 가기는 좀 뭐하니 다른 퀘스트라도 좀 깨놔야지.

장갑을 끼고 몸을 고정시킨 후 헬멧을 착용한다. 꽤 많이 행해서인지 제법 능숙한 동작들. 가볍게 눈을 감으며 헬멧에 있는 스위치를 누른다.

띠!

친숙한 기계음. 잠이 오는 것을 느낀다.

＊　　　　＊　　　　＊

로그인하는 과정이야 뻔하다.

가상 세계로 접속해 아이디와 패스워드를 말하고 준비된 캐릭터에 손을 올린다.

나를 반기는 것은 구름 한 점 없이 해맑은 하늘. 가을이어서일까? 어느 때보다도 맑은 하늘이다.

이대로 떨어지면 골목으로 내려서겠지. 하지만 별로 그럴 생각은 없었기에 마력을 활성화시킨다.

"나, 그대의 계약자이자 창공을 꿰뚫는 의지의 발현. 그대의 존재는 계약에 따라 증명될지니 지금 그 명에 따라 나를 수호하는 권능이 되어라."

소환.

"글레이드론."

짧은 공간의 울림과 함께 거대한 소환진이 생성되며 글레이드론이 모습을 드러냈다. 언제나 그랬듯 강렬한 기도를 풍기는 청색의 비룡. 나는 가볍게 녀석의 목 위로 올라탔다.

"안녕! 컨디션은 어때?"

[나쁘지 않다.]

소환 주문은 그 부담에 따라 크게 세 가지로 나누어진다. 하나는 마력을 조금 많이 사용하는 대신 집중력을 덜 필요로 하는 주문이고, 하나는 높은 집중력을 필요로 하는 대신 마력 소모가 적은 주문이다. 마지막은 그 두 가지가 적절히 섞인 주문이고 말이다.

그중 내가 사용하는 주문은 마력을 많이 소모하는 대신 적은 집중력을 필요로 하는 제1주문이다. 어차피 마력은 많으니 소환에 집중하다 공격당하는 것보다 나을 것 같아 주로 사용하는 것이다.

물론 그 방식을 모두에게 권장할 수는 없었기에 넬과 엘에게는 집중력을 필요로 하는 주문을 가르쳐 주었다. 정석을 흡수시켰다고는 하나 그녀들의 마력은 턱없이 적은 편이니까.

[글레이드론을 부른 걸 보니 이동할 생각이야?]

"체르멘이 창을 개조하려면 시간이 좀 걸릴 테니까. 아침 식사 전에 한 개 정도는 처리할 생각이야."

[퀘스트라는 건 유저들이 좀 더 이 세계를 경험하고 익숙해지라는 뜻에서 주어진 건데 말이야.]

"그런 의도였으면 경험치나 주고 말았어야지 신기를 걸어놓고 차분차분 진행하기를 바라다니. 하여튼 퀘스트 느껴지는 거 있어?"

투덜거리며 질문하자 에일렌은 오른손을 이마에 대더니 눈을 감았다. 잠시 생각하는 듯 침묵하는 에일렌. 그녀는 다시 손을 떼더니 말했다.

[제일 가까운 건 남쪽으로 20킬로 정도.]

"어때?"

내 물음에 글레이드론은 코웃음쳤다.

[그 정도쯤 1분이면 주파할 수 있다.]

"그럼 가자!"

[단단히 잡아라!]

글레이드론은 세차게 날갯짓하더니 이내 무시무시한 속도로 날기 시작했다. 사실 날개 달린 생물이 이런 속도로 난다는 건 말도 안 되는 일이지만 글레이드론은 주변의 바람과 관성을 컨트롤해 불가능을 가능하게 만들었다.

쐐에엑!

속도가 속도인 만큼 나라고 해도 고개를 들지 못하고 녀석의 목을 꽉 붙잡고 납작하게 몸을 엎드린다.

"그런데 넌 괜찮은 거야?"

[응? 뭐가?]

의아한 표정으로 나를 바라보는 에일렌. 칼날같이 스쳐 지나가는 맞바람에 정령까지 소환한 나와 다르게 그녀는 머리카락 한 올 흔들리지 않는다.

"글레이드론이 빠르게 날고 있으니까. 역시 영체니까 속도에 구애받지 않고 움직일 수 있는 건가?

[그렇다기보다 특수 능력 성격이 강하지. 환원령들은 주인에게 매인 몸인 동시에 그걸 활용할 수 있으니까. '주인으로부터 1미터 밖'이란 식으로 고정해 놓으면 아무리 빠른 속도라도 쫓아갈 수 있어. 아, 그런데 지나치겠다.]

[그럴 리가?]

글레이드론은 난데없이 몸을 직각으로 꺾더니 마치 내리 꽂히듯 하강했다. 땅에는 수천 명의 병사와 수십 명의 기사가 있었는데, 그들은 긴장한 표정으로 3미터나 되는 녹색의 거한을 마주 보고 있었다.

도움.

물질계 최강 검사 카이저!

사실상 그를 해할 존재는 인간 중에 존재치 않지만, 그의 유일한 약점이라 할 수 있는 고정의 돌을 도난당해 협박하는 무리가 있다. 군대를 쓸어버릴 필요는 없으니 고정의 돌을 빼앗아라.

"물질계 최강 검사?"

거슬리는 단어가 있었지만 퀘스트는 수행해야지. 나는 하강하는 글레이드론의 등 위에서 장비를 변경해 클레이모어를 생성시킨 후 뛰어내려 푸른색의 돌을 들고 있는 녀석을 덮쳤다.

"무슨?!"

푸른색 돌을 들고 있던 녀석은 경악하며 검을 마주 뽑았다.

호오, 이 녀석도 소드 마스터군. NPC 중에는 흔치 않다고 하더니 요새 꽤 자주 보인다.

쩡!

소드 마스터라고는 하지만 유저와 NPC의 격차는 크다. 물론 녀석은 개중에서도 뛰어난 것 같았지만, 녀석은 들고 있던 돌을 빼느라 내 검을 한 손으로 맞받았다. 당연한 일이지만 내 한 손이 그의 양손을 이길 일은 있어도 그의 한 손이 내 양손을 이길 일은 없다.

'쾌득' 하는 거친 소음과 함께 녀석의 팔이 부러진다. 고통스러운 표정으로 무너져 내리는 사내. 나는 땅을 밟으며 녀석의 옆구리에 한 방 더 먹인 후 녀석의 왼팔에 잡혀 있던 돌을 빼앗았다.

"네, 네놈은 뭐냐?!"

"지나가던 행인 1."

헛소리를 지껄이며 재차 땅을 박찬다. 글레이드론은 정확하게 내 몸을 받아냈고, 난 그대로 하늘로 날아올랐다.

"시리우스의 전사인가?"

"귓속말?!"

"그런 게 아니라 전음(傳音)이지만. 뭐, 어쨌든 말하는 투를 봐서는 유저가 맞는 것 같군. 도움을 준 것은 고맙게 생각한다. 목격자를 처리할 테니 조금 더 높이 날아가라."

어처구니없는 상황에 헛웃음을 지었다. 뭐야, 저놈? 난 벌써 50미터 가깝게 날아올랐다. 그런데 내 목소리가 들리는 건가? 게다가 더 날아오르라고?

글레이드론의 목을 단단히 잡은 후 아래를 내려다보았다. 상당히 먼 거리였지만 궁수로서의 시력은 아래의 상황을 명확하게 볼 수 있었다.

돌을 빼앗긴 기사는 당황하며 뭐라고 소리쳤다. 아마도 공격 명령인 듯 앞에 있던 병사들이 일시에 덤벼들었고, 그와 동시에 뒤에 있던 녀석들은 뒤로 달아났다.

상황 파악은 쉬웠다. 앞의 녀석들로 시간을 끌게 하고 나머지 녀석들은 달아나려는 것이다. 그것도 한 방향이 아닌 사방으로 흩어지는 것으로 보아 애초에 퇴각할 상황 또한 염두에 두었던 모양이다.

흠, 저 상황이라면 나라도 한 명 정도는 놓칠 수밖에 없겠다. 내 몸이 한 개인 이상 한 놈, 한 놈 잡다 보면 몇 놈은 놓칠 수밖에 없으니까. 군사 수백 명이 수백 갈래로 흩어져 달아나는 거다. 그것도 달아나는 쪽은 전부 기마. 게다가 근처에는 도시까지 있으니 일단 들어가면 찾기도 힘들겠지.

하지만 그때 거인이 검을 휘둘렀다.

후웅~

검이 휘둘러지는 소리가 거의 100미터나 날아오른 내 귓가에까지
들린다.

서늘한, 마치 내 목 앞으로 검이 지나간 것만 같은 느낌. 그리고 그
느낌과 함께 거인이 들고 있던 검이 늘어나기 시작한다.

하나의 검이 두 개가 되더니 두 개의 검이 네 개가 되었다. 네 개의
검은 다시 열여섯 개가 되었고, 열여섯 개의 검은 다시 이백오십육 개
가 되었다. 이백오십육 개의 검은 다시 육만 오천오백삼십육 개가 되
었고, 육만 오천오백삼십육 개의 검은 다시…….

"맙소사."

온 세상이 검으로 뒤덮인다.

마법적인 기운이 느껴지지 않는다. 그렇다면 이건 검술이란 말인가?
말도 안 돼! 어떻게 이럴 수가 있지?

검의 파도는 곧 우리에게까지 도달했다. 딱히 하늘로 높이 솟아오른
것도 아니고 주변으로 뿜어지는 듯한 기운인데 무려 100미터에 이른
것이다.

[크윽! 뭐… 이런……!]

글레이드론은 간신히 날갯짓해 검의 범위 밖으로 벗어났다.

하지만 그럼에도 덮쳐 드는 검의 파도. 고개를 들어 땅을 내려다 보
자 수많은 검의 그림자가 땅을 뒤덮고 있었다. 검 하나하나의 위력이
바위를 부수고 아름드리나무를 단번에 끊어버릴 정도로 강력한데도 그
범위가 거의 2킬로미터에 달하였다.

말을 타고 가던 기사가 수십 갈래로 잘려 나가고, 병사들 역시 장난
처럼 찢겨졌다. 그 위력이 어찌나 강력한지 어이가 없을 정도였다. 이

건 강력하다 뭐하다 논할 수준이 아니다. 허황되다, 인간을 초월했다고 생각한 나에게조차도.

"황당하군."

[동감이다.]

병사들 중 생존자가 없는 것은 너무나도 당연한 일이다.

글레이드론은 잠시 주변을 선회하다가 이내 방향을 전환해 땅으로 내려섰다. 내 앞에 있는 것은 자신의 키만 한 그레이트 소드를 등에 거는 녹색의 거인. 그는 나를 바라보고 말했다.

"고맙군. 곤란하던 차였는데."

"흐음, 굳이 제 도움이 없어도 괜찮을 것 같았는데."

"아니다. 고정의 돌은 의외로 외부의 충격에 약하니까. 그걸 부서지게 하느니 나는 자결하는 쪽을 택할 것이다."

나는 기사 녀석에게서 빼앗은 돌을 바라보았다. 푸른색으로 빛나기는 하지만 별로 특별해 보이지는 않는데. 그래도 저렇게 목숨을 거는 걸 보아 뭔가 이유가 있겠지.

나는 카이저에게 돌을 던져 주었고, 카이저는 그것을 받아 들었다. 여기에서 카이저가 돌을 놓치고 깨지기라도 하면 진짜 웃길 테지만, 이 많은 군대를 쓸어버릴 수 있는 검사가 캐치볼 정도를 못할 리가 없지. 나는 물었다.

"그런데 그렇게 중요한 돌을 왜 빼앗긴 겁니까?"

"방심… 했다. 이런 일은 두 번 다시 벌어지지 않겠지."

그는 쓰게 웃으며 허리춤에 달려 있는 주머니에 돌을 넣었다. 딱 봐도 강력한 주문으로 보호되는 주머니라 스스로 꺼내 들지 않는 한 저걸 빼앗을 수 있는 존재는 없겠지.

“그런데 방금 그 검술은…….”

“흠, 미안하지만 일이 생긴 것 같군. 이름이 뭐지?”

“밀레이온 더 윈드리스라고 합니다만…….”

“내 이름은 카이저. 나중에 보지, 밀레이온 더 윈드리스.”

그는 그렇게 말하더니 눈을 감고 주문을 외우기 시작했다. 마법인가 했지만 아니다. 세차게 일어나는 그것은 강대하기까지 한 신성력.

거센 공명과 함께 공간의 문이 모습을 드러내더니 그대로 카이저의 몸을 집어삼킨다.

“아니, 저만한 놈이 뭐가 아쉬워서 신관까지 하나?”

그렇게 치면 온갖 직업에 손댄 나 역시 문제라 할 수 있겠지만 NPC 중에 저만한 강자가 존재했다니 확실히 충격이군. 다행히 물질계 최강 검사라고 하니 더 강한 NPC는 없겠지만, 저 정도만 해도 어마어마한 능력이다. 만약 정면으로 붙는다면 승률은 10%나 겨우 될까.

“아냐. 의외로 근접 능력이 약할지도 모르잖아?”

애써 말해보지만 영 회의적인데? 언뜻 봤을 뿐이지만 카이저라 하는 저 거인족의 몸은 전신이 근육으로 뒤덮여 있었다. 거기다 그 신장과 마력 양을 볼 때 아무리 약해도 나와 동등할 정도의 힘을 가지고 있을 것이 뻔하다.

“뭐, 이건 됐고, 근처에 퀘스트 더 있어?”

[흠, 그다지 느껴지는 건 없어.]

“그럼 이만 돌아가지.”

파니티리스가 접한다고는 하지만 아직 11일이나 남았으니까. 이런 페이스로 간다면 충분히 퀘스트를 채울 수 있을 테니 무리할 필요는 없다.

가볍게 땅을 박차 글레이드론의 목 위로 올라간다.

[꽉 잡아라.]

"OK."

글레이드론은 땅을 박차고 날아올랐고, 나는 그런 녀석의 등에서 생각했다.

"물질계 최강의 검사라……."

＊　　　＊　　　＊

2021년 10월 7일, 오전 8시.

글레이드론을 스텔스 모드로 변경시켜 도시에 착륙한다. 신장이 20미터에 달하는 녀석이지만 비행 능력이 워낙 뛰어나서인지 아무런 소음도 없이 지붕 위로 내려설 수 있었다.

"완성했을까?"

[글쎄, 너한테는 몰라도 보통 사람들에게는 이른 아침이니 자고 있을지도 모르지.]

일리 있는 말이었지만 어제 영감의 분위기를 생각하면 도저히 잤을 것 같지가 않다. 아마 밤새도록 개조에 몰두했겠지.

성큼성큼 걸어 비밀의 방이 있는 위치로 향했다. 가는 도중 앞을 가로막는 녀석이 몇 있었지만 체르멘이 주었던 금패를 보여주자 순순히 물러났다.

"늦었군."

"아!"

놀랍게도 체르멘은 엘리베이터 앞에서 나를 기다리고 있었다. 엘리베이터 앞에서 미리 나와 기다리고 있을 줄이야.

"개조는 끝났네. 미스릴이라 그런지 마력을 잘 받아들이더군."

나는 그가 내미는 드래고닉 피어싱을 받아 들었다. 일단 외견상으로 보기에는 그다지 달라진 것 같지 않았지만, 거기에 담긴 마력은 분명하게 느낄 수 있었다. 마치 검기를 머금은 검처럼 마나로 충만해 있는 은색의 랜스.

"어떤 능력이 추가된 겁니까?"

"일단은 복구 능력을 넣었네. 골렘 때처럼 엄청나지는 않지만 어지간한 변이나 파괴는 다 회복할 수 있을 걸세. 처음에는 그다지 넣을 생각이 없었다만 플라즈마 제트 기류를 뿜어내는 과정에서 몸체가 조금씩 상하는 것 같더군."

"흠, 만약 그냥 사용했으면 어떻게 되었을까요?"

"글쎄, 한 스무 발 정도 더 작동한 다음 쾅 하고 터졌겠지."

"……."

내 이놈의 드워프들을 그냥… 그나마 체르멘이 꼼꼼한 성격이라 다행이군. 아무리 내가 괴물 같은 생명력을 가지고 있다고는 해도 스페셜 보스조차 치명상을 입힐 만한 폭발에서 살아남을 거라고 보기는 힘들다. 요컨대 그는 내 생명의 은인이 된 셈인가?

"뭐, 다음으로는 공간 전이(空間轉移)와 충격 증폭(衝擊增幅)을 추가했네. 이건 복구 능력처럼 항시 발휘되는 게 아니라 필요할 때만 발휘하는 능력인데. 흠, 흐음."

"왜 그러십니까?"

"아니, 그냥 졸려서. 미안하네만 사용법은 스스로 알아내게."

“하?”

황당해할 겨를도 없이 체르멘의 몸이 쓰러진다. 뭐야, 이 영감? 자잖아?

[어이가 없군. 장인들은 다 똑같은 건가?]

“아니, 뭐, 개중에 특이한 분들인 거지.”

한숨 쉬며 장비를 지정해 드래고닉 피어싱을 사라지게 만들었다. 나머지 두 능력도 확인해 보고 싶기는 하지만 장소도 마땅치 않고 급할 것도 없으니 천천히 할 생각이다.

“흠, 키리에 양이 시합하자고 했던 건 9시던가?”

슬슬 가는 게 좋을 것 같아 공방에서 나왔다.

밖은 한 달에 한 번 열리는 장사 시간이 끝났기 때문인지 무기점에는 남은 무기들을 정리하는 일꾼들만 돌아다닐 뿐이었다.

[그런데 좀 소란스러운데?]

에일렌의 말대로 좀 시끄럽다. 분명 문 닫았던 것으로 기억하는데 외부인이 들어와 있던 것이다.

“어서 나가십시오! 지금은 가게를 열지 않습니다!”

“아아, 시끄러워. 체르멘이라는 영감, 어디 있냐고 묻잖아!”

심상치 않은 기운에 경악하였다. 이 기운은 설마…….

[왜 그래?]

“조용히.”

가볍게 주의를 주고 앞으로 나선다. 온몸의 기운을 감추고 살기를 죽인다. 천천히, 천천히… 마치 그냥 지나가려는 사람처럼.

“체르멘님은 바쁘신 분이다! 너희같이 무례한 놈들이 만나고 싶다고 함부로 만날 수 있을 것 같나!”

"무례한? 킥! 귀찮게 하지 말고 당장 안내해라, 몽땅 다 죽여 버리기 전에!"

"크르르, 참아라. 녀석을 만날 때까지는 소란 피우지 말라고 하셨다."

일행은 셋이었다. 2미터에 가까운 덩치를 가지고 있는 거한과 비쩍 마른 몸의 사내, 그리고 아무 말 없이 서 있는 늘씬한 몸매의 여인.

나는 그들이 경비들과 티격태격하는 사이 아무렇지도 않다는 듯 그들에게 근접했다.

네 걸음, 세 걸음, 두 걸음, 한 걸음!

"착(着)."

발바닥이나 손바닥으로 지면에 달라붙는 기술은 크게 두 가지로 나누어진다. 하나는 흡(吸)이란 것으로 암살자들이 주로 사용하는 기술로, 벽에 달라붙거나 하는 데 주로 사용한다.

그리고 또 하나는 무투가, 기사, 궁사가 흔히 사용하는 착(着). 착은 붙는다기보다 뿌리내린다고 하는 편이 어울릴 정도로 강한 인력을 가진다.

"카이더스."

자연스럽게 불러낸 카이더스가 손에 잡혀온다. 그때서야 나를 발견한 듯 고개를 돌리는 거한. 나는 착으로 두 다리를 땅에 단단히 고정시키고 마저 꺼낸 카이더스에 검기를 불어넣었다.

팔목, 팔꿈치, 어깨, 허리를 거쳐 전신 근육이 비명을 지르기 시작한다. 그리고 빗살처럼 휘둘러지는 청색의 클레이모어!

콰득!

거한의 몸이 반쯤 잘려 나간다. 원래는 완전히 자를 생각이었는데,

녀석이 인간 같지 않은 반사 신경으로 한 발짝 물러난 것이다.

"크윽! 알았나!"

탄식하며 카이더스를 들어 올렸다. 검은색의 피를 흩뿌리며 뒤로 물러나는 거한. 나는 재차 카이더스를 휘두르려 했지만 비쩍 마른 사내가 면도날 같은 칼날을 휘둘러 온다.

쩌정!

"크윽?! 보통 녀석이 아니군!!"

사내가 약간 물러남과 동시에 여인이 휘두른 채찍이 날카롭게 내 목을 노린다. 한 발만 더 앞으로 가면 부상 입은 거한을 쓰러뜨릴 수 있을 테지만 그러기에는 채찍에 담긴 기운이 만만치 않다.

"젠장!"

이를 악물고 뒤로 물러나는데 퀘스트가 떠오른다.

상급 마족 등장.

상급 마족만 셋이다. 아무래도 여명의 망치를 노리고 온 것 같군.

비쩍 마른 녀석은 스피드 위주의 손톱을 무기로 사용하는 녀석이고, 덩치 큰 녀석은 육체 강화에 특화된 무투가 녀석이다. 마지막으로 조용한 여자는 마법에 능하니 참고해라.

[여태까지 퇴치한 마족 숫자.]

최하급 330/400. 하급 70/100.

중급 17/20. 상급 2/4.

"조심해, 저 녀석. 그 유저라는 존재인 것 같다."

"크르르, 저 녀석들에게 들키지 않으려고 얌전히 왔는데 허망하군.

하마터면 위험할 뻔했어."

"큭큭, 어차피 만난 이상 껍데기를 더 쓰고 있을 이유가 없지!"

뭔가 찢어지는 듯한 소리와 함께 비쩍 마른 녀석의 몸이 찢어지며 그 안에 있던 존재가 모습을 드러낸다.

박쥐를 닮은 날개와 벌레의 그것을 연상시키는 얼굴. 그 모습을 본 경비병들은 비명을 내질렀다.

"괴물이다!"

"모두 도망쳐!"

사람들이 물러나는 사이 적의 전력을 가늠하였다. 나는 언제나 막 숙주의 몸을 빼앗은 상급 마족만을 봐왔기 때문에 이렇게 완전 변이를 마친 녀석들은 처음 본다.

"기폭(氣暴)에 버서크(Berserk)."

불사의 격노는 사용할 수 없다. 100포인트 이상의 공격에 적중당하면 즉사하게 되는 불사의 격노. 평상시에는 별 문제 없이 사용했을지 몰라도 봉인을 마친 상급 마족 셋을 상대로 한 대도 안 맞을 자신이 없으니까.

"눈부신 빠름을 선사하는 의지의 힘이여[Haste], 지금 그 강함으로 나를 도와라[Strength]."

가속 주문과 근력 강화 주문. 거기에,

"다리안의 영광된 빛이여, 지금 그 권능으로 그대의 종에게 불의를 넘어설 힘을."

축복까지.

온몸에서 힘이 넘치기 시작한다. 불사의 격노를 사용하지 못했기에 풀 파워 모드라고는 할 수 없었지만, 그것만으로도 마족들은 놀란 듯

했다.

"크르르, 어이가 없군. 저게 정말 인간인가?"

"저런 게 200개체나 있다니. 먼저 간 녀석들이 죽을 만하군."

"……."

안 좋은데? 한 명 한 명이 나와 맞먹는 능력을 가지고 있다. 역시 아까 한 놈을 제거했어야 하는데. 이제 와서 아쉬워 해봤자 아무 소용 없겠지?

파지직!

전뇌가 담긴 검기가 생성된다. 날 우습게 보지 않아서인지 마족 녀석들도 함부로 움직이지 않고 나를 마주 보고 있다.

팽팽하게 긴장되는 분위기. 그때 한 무리의 사람들이 모습을 드러냈다.

"저기다! 저기 괴물이 있다!"

"감히 여기가 어디라고!"

이런, 미친. 생각해 보니 이 도시에는 용병과 기사들이 가득하게 들어차 있다. 어제 밤중까지 무기를 팔았으니 무기를 산 녀석들은 하루를 묵고 오늘 떠날 생각이었을 것이다. 게다가 새 무기를 사서 자신감이 팽배해 있으니 괴물들이 나타났다는 소식을 그냥 넘길 리 없다.

"킥! 버러지 같은 것들."

'핑' 하는 소리와 함께 비쩍 마른 사내의 몸이 사라진다. 보통 인간이라면 볼 수 없을 정도의 빠르기겠지만 나는 볼 수 있었다. 각각 30센티에 달하는 손톱으로 인간들을 난도질하는 마족의 모습을.

"젠장!"

단숨에 땅을 박차며 인간을 학살하고 있는 마족에게 달려들었지만, 기다렸다는 듯 덩치 큰 마족이 나를 향해 주먹을 휘둘렀다. 이미 움직이고 있던데다 공격 자체가 매우 빨라 피하는 대신 클레이모어를 들어 막았다.

쩡!

뇌리를 뒤흔드는 묵직한 타격. 공격을 막기는 했지만 내 몸은 형편없이 튕겨져 건물과 충돌했다.

젠장! 역시 만만치 않군. 저만한 덩치인데도 욕 나올 정도로 빠르게 움직인다.

"……."

속삭이는 듯한 주문과 함께 무시 못할 마나의 공명이 일어나기 시작한다.

맙소사! 이 정도 파동이면 8클래스에 달한다. 1:1이라면 카이더스의 마법 저항으로 막아보겠지만 다른 녀석들의 공격과 컴비네이션으로 연결되면 죽는 수밖에 없다.

"장비 5번!"

'팟' 하는 느낌과 함께 3.5미터의 랜스가 손에 잡힌다. 난데없는 병기의 등장에 깜짝 놀라 뒤로 물러나는 덩치. 나는 그대로 땅을 딛고 주문을 외우는 여인을 향해 드래고닉 피어싱을 집어 던졌다.

"……!"

마족 여인은 왼손으로 인을 맺으며 오른손을 내밀었다. 인술(忍術). 놀랍게도 그녀는 주문을 외우면서 손으로 인을 맺어 새로운 마법을 발동시킨 것이다.

제니카가 4중 마법을 사용하는 것과는 전혀 종류가 다르다. 4중 마법을 할 수 있다는 것은 쉽게 말해 쉐도우 스펠(Shadow Spell. 無音 呪文)을 사용한다는 말. 쉐도우 스펠은 자신의 클래스보다 두세 단계 이상 낮은 것만 가능하니, 결론적으로 마법사가 낼 수 있는 최대 능력은 벗어날 수 없다는 말이다.

하지만 놀랍게도 그녀는 주문과 동시에 인술을 사용했다. 주문은 그녀의 최대치라 할 수 있는 8클래스, 그리고 인술은 6클래스.

결론적으로 드래고닉 피어싱은 그녀에게 도달하기 전에 다섯 개의 장벽에 가로막혔다.

콰득! 콰득! 콰득! 콰득!

전력으로 던져진 드래고닉 피어싱은 몇 겹의 방어막을 뚫고 들어갔지만 마지막 방어막에 막혀 그녀의 코앞에서 걸렸다. 완벽하게 막힌 셈이지만 그걸로 되었다.

"실프."

'철컥' 하는 느낌과 함께 방아쇠가 당겨진다.

쾅!

무시무시한 폭발음과 함께 주문을 외우던 여인이 튕겨 나간다. 타격을 입은 것 같기는 하지만 죽음에 이를 정도는 아닌 것 같군. 역시 몸에 박은 채 당기지 않고서는 어렵겠는데?

"크르륵! 죽어라!"

반동으로 날아온 드래고닉 피어싱을 잡아채는데 덩치가 덤벼든다. 젠장! 드래고닉 피어싱에 좀 더 당황해 줬으면 좋겠지만, 순식간에 평정심을 찾고 공격해 들어온다. 게다가 이번에는 혼자가 아니라 비쩍 마른 녀석 역시 손톱을 휘둘렀다.

덩치가 정면으로 휘두르는 주먹을 몸을 틀어 피하자 비쩍 마른 녀석이 덩치의 팔과 내 몸을 통째로 베고 들어온다. 30센티미터였던 손톱은 순식간에 1미터 가까이 늘어나 고개를 젖히는 수준으로 피할 수 있는 공격이 아니었다.

촤악!

'투두둑' 하며 내 가슴에서 피가 튄다.

젠장! 내 몸을 보호하고 있던 메크로네스 아머를 종이처럼 찢고 들어오다니……. 경악해서 살펴보니 놀랍게도 녀석의 손톱에는 흑색의 검기가 휘감겨 있었다. 지금은 그나마 피해서 이 정도지 정통으로 맞았다가는 몸이 잘려 나갈 것이다.

쩡! 챙! 채챙!

카이더스를 휘둘러 사방에서 쏟아지는 공격을 막아냈지만 내 쪽이 압도적으로 밀렸다. 불사의 격노를 사용하지 못하는 탓에 1:1로 싸워도 동등한데 1:2이니 정신을 차릴 수가 없다. 둘 다 검기를 사용하는데다 전투 경험이 많은 듯 움직임에 틈이 없었다.

게다가 슬슬 회복한 듯 여성형 마족도 내 쪽으로 다가온다.

"……!"

"젠장! 카이더스!"

내 쪽으로 쏟아지는 폭염을 카이더스의 항마력을 일으켜 모조리 상쇄시켰다. 상쇄시키는 거야 좋지만 카이더스의 항마력을 일으키는 동안은 정신을 집중하느라 기민한 동작을 보이기가 힘들다.

퍼억!

방심하는 사이 거한 녀석의 주먹질이 가슴을 후려쳤다.

갈비뼈가 부러지면서 폐를 찌른 것 같군. 일루전 시스템 상 고통은 없었지만 폐에 구멍이 뚫려서인지 당장 호흡이 어려워지기 시작했다.

"젠장! 진짜 죽겠다."

카이더스를 세차게 휘둘러 녀석들을 물러서게 한 후 신성력을 일으켜 몸을 치유했다. 하지만 내 신성력으로 치유하기에는 부상의 정도가 너무 컸다. 온몸이 피로 범벅인데다 갈비뼈가 부러지고, 왼팔의 상태도 안 좋다.

"킥! 상급 마족 셋을 상대로 이렇게나 버티다니……."

"크르르, 그만 끝이다."

녀석들의 주먹과 손톱에서 흑색의 기운이 끓어오르기 시작한다. 좀 봐달라고! 나는 숨겨져 있던 평화주의자로서의 본능이 각성하는 것을 느꼈지만 아쉽게도 녀석들은 그다지 신경 쓰지 않는 것 같았다.

"죽어라!"

검기를 담은 검기와 권기가 휘둘러지고 수십 발의 화염이 전신을 노리고 날아든다.

절체절명의 순간!

하지만 낭랑한 목소리가 우리 사이에 끼어들었다.

"전능하고 전능하신 다리안의 힘이여, 지금 그대를 따르는 종에게 한 조각의 은혜를."

내 등 뒤에서부터 시작된 빛이 달려들던 마족들을 향해 터져 나간다. 그 빛은 모든 마를 멸하는 권능의 발현, 그 빛을 정면으로 마주한 마족들은 비명을 질렀다.

"크아악?! 이 무슨?!"

엄청났다. 실로 무시무시한 신성력. 어느새 내 앞에는 기다란 지팡이를 들고 있는 흑발의 미소년이 자리하고 있었다.

"괜찮으세요?"

"아, 고, 고맙다. 하지만 방금 그건?"

"신성의 광원이라는 기술이에요."

"그럴 리가? 신성의 광원이 이렇게나 강한 기술이었나?"

방금 그 신성력은 아무리 생각해도 상식을 벗어났다. 신성의 광원이란 건 기껏해야 60레벨 대 기술일 뿐일 텐데 80레벨 대의 마족 셋을 일시에 밀어내다니?

내 심중을 이해한 것인지 로안은 웃으며 들고 있던 지팡이를 내밀었다.

"권능의 홀. 제 파워드 웨폰이에요. 딱히 특수 능력보다는 신성력을 증폭시켜 주죠."

그것이 바로 신기(神器). 무지막지하군. 설마 이 정도의 힘을 가지고 있었을 줄은…….

"크윽, 거슬리는 녀석이 끼어들었군. 하지만 신관 혼자서 우리에게 대항하려 하다니!"

괴성을 지르며 덩치가 달려든다. 마력을 집중해 날리는 몸통 박치기! 하지만 그 앞으로 쌍검을 든 철갑의 기사가 끼어들었다.

"단영(斷影)!"

'콰득' 하는 소리와 함께 덩치의 다리가 잘려 나간다. 눈부시다는 표현이 어울릴 정도로 어마어마한 속도의 발도(拔刀). 철갑의 기사는 다시 한 번 납도(納刀)하더니 다시 자세를 잡았다.

"참영(斬影)!"

'촤앙' 하고 거한의 몸이 세 조각으로 잘려 나간다. 빠르다. 정말 빠르다! 덩치 큰 녀석의 몸이 결코 무른 것이 아닌데도 검기에 속도를 실어 단숨에 끊어버린다.

'파악' 하는 느낌과 함께 재로 화해 사라지는 덩치의 몸. 타이탄에 탑승한 키리에는 살짝 고개를 돌려 말했다.

“괜찮으십니까?”

“아, 괜찮습니다.”

생소한 기분이군. 설마 이 내가 보호받는 입장이 될 줄이야. 내 옆에는 어느새 레스가 다가온 상태였다.

“갈비뼈가 네 대 정도 부러지고, 왼쪽 팔꿈치와 어깨가 복합 골절인데다 오른팔에는 금이 갔군. 전치 8주는 나오겠는걸.”

“아하하! 잘못하면 죽겠는데요.”

“잠깐 호흡을 멈추게나. 시술(施術).”

레스의 목소리와 함께 몸 안의 뼈들이 섬세하게 움직여 맞춰지는 것이 느껴진다. 강한 치유력보다는 섬세함 작업이로군. 갈비뼈가 폐를 찌른 채로 치유했다가는 폐와 상처가 뼈에 관통된 채 아물어 버려 죽느니만 못한 상태가 되고 만다. 그러니 이런 작업을 먼저 하는 것이지.

“이제 제 차례예요. 다리안의 영광된 가호여, 지금 상처 입은 그대의 종에게 안식의 빛을.”

은은한 빛이 내 몸을 뒤덮음과 동시에 한 번 부러졌던 뼈들이 회복되고 찢어졌던 부분에 새살이 돋아난다. 그야말로 완전 회복. 다만 피를 많이 흘려서인지 지독한 허기가 느껴졌지만 그다지 식사할 분위기는 아니었기에 참고 몸을 일으킨다.

“부활 완료.”

“큭, 아무리 신성력을 썼다지만 그만한 부상이 다 나아버리다니.”

멀쩡한 내 모습에 비쩍 마른 마족의 얼굴이 처참하게 일그러진다. 이쯤 되면 후퇴할 줄 알았는데 녀석은 오히려 손톱을 세우며 덤벼들었다. 하지만 그렇게는 안 되지. 나는 마주 달려들며 외쳤다.

“위대한 맹세의 이름으로 명하노니, 행하라. 불사의 격노[Deathless

Frenzy]!"

'화악' 하는 느낌과 함께 전신에 힘이 넘치기 시작한다. 녀석은 나를 향해 달려들며 손톱을 좌에서 우로 그어버렸지만, 그보다 내가 더 빨랐다.

"장비 4번!"

전신을 뒤덮는 흑색의 중갑.

알타그라는 마치 마나 동결처럼 모든 마나의 움직임을 배제한다. 그것은 검기 역시 마찬가지였고, 검기를 잃은 녀석의 손톱은 중갑과 충돌하자 유리처럼 깨져 나간다.

"뭣?!"

"죽어."

단(斷), 당황하는 녀석의 몸을 세로로 자르고 지나간다. 그 뒤에 있는 것은 주문을 외우고 있던 마족 여인이 내리찍어 오는 내 모습에 경악해 공격 주문을 사용했지만 알타그라로 만든 중갑에 닿자마자 먼지처럼 스러진다.

여인은 공간 이동을 하려 했지만 카운터 스펠(Counter Spell)을 사용해 방해했다. 폼으로 마법사인 게 아니니까.

마족 여인은 깔리기 직전에 뭔가를 느낀 듯 뒤로 굴렀지만 완전히 피하지 못했고, 그 위로 중갑이 덮쳐진다. 그리고,

쿠웅!

"……"

아, 좀 잔인하다. 뼈와 살이 으깨지는 느낌. 많은 전투를 겪었다고는 하나 그런 감각에까지 익숙해진 건 아니라서 재빨리 장비를 변경해 중갑을 사라지게 만들고 뒤로 물러난다.

"하악! 하아악!"

가슴 아랫부분이 모조리 으깨진 마족 여인은 고통에 찬 신음을 흘리며 괴로워했다. 그리고 그 근처로 모여드는 유저들. 절망적인 상황임에도 마족 여인은 웃었다.

"크윽! 과연 엄청나군. 하, 하지만 우리의 승리다."

"뭐?"

"큭… 하… 젠장."

그리고 그것으로 그녀는 죽었다. 몸의 3분의 2 가까이 부서졌다고는 해도 상급 마족 정도 되면 더 버틸 수 있었을 텐데 그녀는 생명의 끈을 그냥 놔버린 것이다. 흑색의 먼지로 변해 사라지는 몸과 덩그러니 남아 있는 최상급 정석. 일단 정석은 집어 들어 챙겼다.

"하지만 무슨 소리지? 자기네의 승리라니?"

레스는 이해가 안 간다는 표정으로 말했고, 그건 나도 같은 의견이었다. 죽기 전에 허세를 부린 것 같지는 않았는데 도대체 어떻게 이겼다는 거지?

의아해하고 있는데 퀘스트가 떠오른다.

회수.

미친. 숨어 있던 상급 마족 하나가 체르멘을 습격해 여명의 망치를 빼앗았다. 그게 완전히 넘어가면 마족들은 상급 마족 300명 가까이 불러낼 수 있는 간섭력을 얻으니 저지해라.

위치는 지금 서 있는 곳에서 남서쪽. 상대는 비행이 가능한 녀석이니 서둘러라!

[여태까지 퇴치한 마족 숫자.]

최하급 330/400. 하급 70/100.

중급 17/20. 상급 4/4.

"이런, 하나 더 있던 건가?"

퀘스트는 나만 받은 것이 아닌지 나머지 일행도 움직이기 시작한다. 어? 그러고 보니 사람 수가 부족하군.

"데이나와 멜피스는 어디에 있죠?"

"아, 데이나 양은 직장에 다니고, 멜피스는 학교에 갔다네. 플레이도 플레이지만 현실을 무시할 수는 없으니까."

"그렇군요. 그런데 로안은 괜찮아? 학교에 가야 할 텐데."

내 말에 로안은 얼굴을 붉히고 죄송스럽다는 듯 말했다.

"아, 저기… 저는 몸이 약해서… 에, 그러니까 집 밖에도 나갈 수가 없어서……."

"…미안."

그러니까 병약 미소년이란 말이냐? 너무 이미지대로라 할 말이 없을 정도로군.

이렇게 잠시 대화를 나누고 있는데 대장간의 천장을 부수고 뭔가가 날아온다.

적? 나는 반사적으로 품속에 있던 단검을 집어 던졌지만 상대는 우습다는 듯 피해냈다.

"호오! 정말로 다 죽었군. 무시할 수준이 아닌데?"

휘몰아치는 바람과 함께 하늘에 떠 있는 녹색의 마족. 우리는 살짝 긴장했다. 녀석에게서 느껴지는 기운이 실로 상당했기 때문이다.

"넌 뭐 하는 녀석이지?"

“나? 나는 카알 레드라스. 풍족(風族)이다.”

아무리 봐도 내가 싸웠던 세 명보다는 세 보이는 녀석이다. 전신을 휘도는 바람과 은은하게 어려 있는 남색의 기운. 나는 물었다.

“덤빌 거냐?”

“미안하지만 난 전투 담당이 아냐. 물론 어지간한 녀석들보다는 강하다 생각하지만, 네놈들이 쓰러뜨린 세 녀석이면 나와 충분히 맞먹으니까.”

나는 깨달았다. 저놈은 도망갈 생각이구나. 하지만 그렇게 생각하면 또 이상한 게 있었기에 묻는다.

“싸울 생각이 아니라면 왜 우리 앞으로 나타난 거지? 그냥 도망가는 게 더 안전할 텐데 말이야.”

“안전? 푸하하! 미안하지만 내가 무리해서 네놈들과 싸우려 하지 않는 한 네놈들은 절대로 날 잡을 수 없어. 난 이래 봬도 순속이라고 알려…….”

“참영(斬影)!”

‘촹’ 하고 공간을 자르는 은색의 참격. 그것은 빨랐다. 실로 엄청나게 빨라 나조차 반응하기 힘들 정도의 속도.

하지만 경악스럽게도 남색의 마족은 그것을 피했다.

“와우! 와우! 장난이 아니군! 죽을 뻔했어!”

“네놈!”

키리에는 이를 갈았지만 남색의 마족은 살짝 떠올랐다. 속도가 장난 아니잖아? 저런 녀석한테서 어떻게 망치를 빼앗지?

나는 침착하게 녀석을 살폈다. 처음에는 몰랐지만 녀석의 왼손에는 여명의 망치가 들려 있었다. 저걸 들고 있다는 건 체르멘한테서 뺏어

왔다는 말이겠지. 세 명의 마족이 소란을 피우는 동안 녀석이 체르멘을 찾고 있었던 건가?

"파워드 웨폰 작동! 블레이즈 캐논(Blaze Cannon)!"

"응?"

'앗' 하는 사이 뒤쪽에서부터 적색의 섬광이 뿜어져 나간다. 카알은 가볍게 몸을 틀어 피했는데 놀랍게도 섬광은 무엇에 반사되듯 방향을 틀었다.

단숨에 화악― 일어나는 불길. 눈 깜짝할 사이에 카알의 오른손을 포함한 어깨가 통째로 날아가 버렸다.

"앝았군. 장전!"

'철컥' 하는 소리에 뒤를 돌아보니 은색의 골렘이 들고 있는 핸드 캐논이 보인다. 핸드라고는 하지만 그냥 대포 크기로군. 골렘이 들기에도 커다란 사이즈였으니까.

"크윽! 말도 안 되는 무기를 가지고 있는 인간이군. 잘못하면 죽겠으니, 아디오스!"

"아디오스 같은 소리 하네! 발사!"

"미안하지만 또 맞아줄 수는 없지!"

재차 적색의 광선이 뿜어져 나갔지만 칼스는 직각으로 세 번 정도 몸을 틀어 광선을 피해냈다. 아무래도 광선은 한 번 이상 방향 전환을 할 수 없는 듯 녀석을 맞추지 못했다.

"잘 있어라!"

순식간에 멀어져 간다. 맙소사! 한쪽 팔이 잘린 채로도 엄청나게 빠르군. 당황하고 있을 때 퀘스트가 떠오른다.

잡아라.

반드시 잡아야 한다. 퀘스트 5개, 아니, 너 지금 일곱 개 남아 있지? 그럼 일곱 개라도 쳐줄 테니 회수해라. 여명의 무구를 뺏겨서는 안 돼.

아, 좀 뭐라도 하라고!!

"……."

뭐냐, 이 퀘스트는? 완전히 감정적이잖아? 물론 예전부터 진지한 적은 없었지만, 이런 걸 퀘스트라고 할 수 있는 건가? 나는 잠시 허탈해하다가 고개를 돌려 일행을 바라보았다. 그냥 멍한 표정의 일행들. 아무래도 이번엔 나만 퀘스트를 받은 모양이었다.

"놓쳤군. 그런데 왜 그러나?"

"아뇨. 뭐라도 할까 하고. 나 그대의 계약자이자 창공을 꿰뚫는 의지의 발현. 그대의 존재는 계약에 따라 증명될지니 지금 그 명에 따라 나를 수호하는 권능이 되어라."

소환.

"발리스타."

글레이드론보다도 훨씬 더 오랜만에 발리스타가 모습을 드러낸다. 상당한 크기를 가지고 있는 활의 모습. 키리에는 어이없다는 듯 말했다.

"소환사도 고르셨던 겁니까?"

"겸사겸사. 장비 5번."

드래고닉 피어싱(Dragonic Piercing). 나는 지난바 모든 마력을 단숨에 활성화시켰다. 다행히 풀 파워 모드는 아직 유지되는 상태였고, 체력도 멀쩡하다.

철컥.

드래고닉 피어싱에 카이더스를 장착시킨 후 아이템 창에서 탄환을 꺼내 카트리지를 갈았다. 한 번, 단 한 번이다. 아무리 나라고 해도 한 번의 기회를 놓치면 실패하고 말 것이다.

조용히 숨을 내쉬며 하늘을 바라본다. 이미 마족은 하늘 높이 날아올라 시야 밖으로 사라져 버린 상태였다.

하지만 그렇다고 못 볼 것도 없지.

"천리안(千里眼)."

보인다. 확실하게 보인다. 머나먼 공간과 구름을 뚫고 하늘 높이 날아오른 남색의 마족이 보인다.

완벽하게 가려진 것이 아니라면 천리안을 피할 수 없지. 궁수 특수 기술인 천리안은 시각 외의 감각은 제공하지 않았지만 나는 그것만으로도 세상을 가득히 메우고 있는 마나와 대기의 흐름을 읽을 수 있었으니까.

녀석은 안심한 것인지 잠시 허공에 멈춰 서서 상처를 치료하고 있었고, 나는 그 위치를 기억했다.

카이더스를 장착한 드래고닉 피어싱을 들어 발리스타의 활줄에 건다. 발리스타의 활줄은 내 마력을 받아 생성된 것이기 때문에 내 모든 마력을 받아들인 지금 불꽃처럼 피어오르고 있었다.

"잠깐만. 지금 뭐 하려는……."

"레스님."

뭔가 물어보려는 레스를 키리에가 막아준다. 땡큐, 키리에. 마음속으로 감사의 인사를 보낸 후 발리스타를 바라본다.

"저항 최대화, 크기 최대화."

발리스타의 크기가 2.5미터에 가깝게 커짐과 동시에 활시위에 상당한 기운이 감돈다. 만만치 않겠군. 두 다리로 땅을 단단히 디딘 후 전신에 힘을 집중한다.

끼기기기기긱!

어깨, 팔꿈치, 손목 순으로 엄청난 부하가 걸리기 시작한다. 쇠를 구기는 내 몸이 비명을 지를 정도라니 대단하군. 하지만 나로서는 못 당기는 게 아닌 이상 강할수록 좋은 일이었다.

활시위를 최대치까지 당긴 후 하나의 대상을 이미지한다. 그것은 뇌전(雷電), 세상에 존재하는 가장 순수한 힘이자 파괴의 권능.

"뇌광인(雷光刃)!"

찌릿한 느낌과 함께 카이더스에서 흘러나온 기운이 난폭하게 전신을 채워 들어가기 시작한다. 거기에 내 기운을 섞고 순환시키기 시작한다.

"라이트닝 스트라이크(Lightning Strike)!"

그리고 말한다.

"융합(融合)!"

우우우우우웅!!

실로 어마어마한 빛과 마나의 파동이 드래고닉 피어싱을 휘감기 시작했고, 뒤늦게 모여든 사람들이 그 모습에 탄성을 내지른다. 시끄럽구먼. 사이런스 마법이라도 걸고 싶지만 그럴 만한 여유가 없다.

"그럼 간다."

하늘을 꿰뚫는 백색의 섬광.

타겟 더 라이트닝 임펙트(Target the Lightning Impact)!

카이더스를 장착한 드래고닉 피어싱은 마치 벼락이 내리치듯 하늘을 뚫고 올라갔다. 그 사나운 기세에 구름까지 팍 하고 밀려났지만 신경 쓰지 않고 정신을 집중했다.

구름보다 높게 떠 있던 남색의 마족 카알은 밑에서부터 솟구쳐 올라오는 기운을 느낀 듯 경악하며 몸을 날렸다.

본다. 똑똑히 본다.

도달 시간 0.3초. 오차는 좌측 12미터.

파앗!

드래고닉 피어싱의 모습이 일순간 사라진다. 당황하는 카알, 그리고 드래고닉 피어싱은 공간을 넘어 녀석의 정면에 나타난다.

번쩍!

굳이 천리안을 쓰지 않아도 보일 정도로 엄청난 섬광이 시야에 들어온다. 멍한 표정의 일행. 나는 완전히 지친 몸을 느끼며 한숨 쉬었다.

"체르멘 영감 덕택에 살았군."

예상 못한 바는 아니지만 그 카알이라는 마족도 대단하다. 그 짧은 시간에 충격 범위에서 벗어나다니. 체르멘이 드래고닉 피어싱에 추가했던 공간전이(空間轉移)가 아니었다면 절대로 명중시킬 수 없었으리라.

"바, 방금 그건 뭔가? 자네의 파워드 웨폰인가?"

"아뇨. 그냥 필살기입니다."

"필살기?"

어이없어하는 레스를 두고 몸 상태를 살핀다. 세이란과 싸우던 마족들을 쓸어버리느라 사용했던 뇌광인도, 마족에게 습격당하던 꼬맹이를 구했던 뇌광인도 솔직히 말해 전력을 다하지 않았다. 쉽게 말해 약식(略式)이랄까? 그만한 파워라면 세네 번은 쓸 수 있는 것이다.

하지만 이번에는 다르다. 완전히 전력을 다했다. 그야말로 티끌만큼의 여유도 없이 모든 힘을 전뇌에 실어버린 것이다. 그리고 그래서일까?

"죽어가고 있군."

강대한 뇌전을 버티지 못한 세포들이 괴사하고 있다. 호흡은 점점 가빠지고 육체는 통제 기능을 잃어갔다. 만약 뇌광인을 나 정도 실력의 NPC가 잡고 썼다면? 성공이야 하겠지만 그 반발로 몸이 죽어버리고 말았으리라.

하지만 유저인 나는 다르다. 세포가 괴사하고 있었지만 한편에서는 빠르게 재생하여 죽음을 막고 있다. 죽은피는 늘어진 손끝으로 배출되고 괴사하는 세포와 재생되는 세포가 빠르게 대립한다. 마치 몸 안이 두 파로 갈라져 전쟁이라도 하는 것처럼.

"언제 봐도 괴물 같은 몸… 이라지만."

"밀레이온?"

털썩.

주저앉는다. 이런, 이런. 괴사하는 세포를 막기 위해서인지 모든 힘이 소모된 상태였다. 말 그대로 꼼짝할 수 없는 상태. 이 몸이 괴물 같은 건 사실이지만 이 상태에서 회복되려면 족히 하루의 시간은 걸리리라.

"괜찮습니까?"

"아, 좀 지친 것뿐입니다."

어느새 타이탄에서 내려 걱정스러운 눈길로 날 바라보고 있는 키리에에게 웃어준다. 마침 하이프리스트인 로안도 있으니 치료하자면 치료할 수 있겠지만, 그래도 중요한 건 소모된 힘이니만큼 회복되는 데는 많은 시간이 필요할 것이다.

"시리우스의 겸손한 힘이여, 지금 내 의지에 따라 그 존재를 제한한다!"

기사와 마법사, 그리고 예술가와 무투가를 봉인한다. 따라서 경험치를 받게 되는 것은 현재 29레벨인 암살자.

"퀘스트 완료."

샤아앙!

마치 환상처럼 모습을 드러낸 두 줄기의 빛이 몸을 감쌈과 동시에 손끝조차 움직일 수 없었던 전신에 힘이 들어오기 시작한다.

괴사했던 세포들이 부활하고 죽은피가 정화된다. 어긋났던 뼈가 맞춰지고 전신 근육 사이사이에는 생생한 힘이 솟아난다.

별 생각 없이 모으고 있었지만 퀘스트도 경험치를 꽤 많이 주는군. 20여 개의 퀘스트 보상을 동시에 받았다고는 해도 29였던 암살자 레벨이 32까지 오를 정도라니.

"오호, 방금 꽤 치명적이었던 것 같은데 레벨 업으로 치료한 건가?"

"만병통치니 활용해야죠."

레벨 업은 하이프리스트의 치유 마법과도 비교가 안 될 정도로 무시무시한 치유력을 자랑한다. 심지어 빠져나간 피와 소실된 장기까지 복구될 정도니, 문자 그대로 죽지 않는 이상 어떤 부상이든 치유되어 버리는 것이다.

"그런데 그 망치라는 건 어떻게 된 겁니까?"

"지금쯤 땅에 떨어졌을 겁니다. 가지러 가죠."

다른 건 몰라도 이벤트 아이템을 찾는 것은 쉽다. 맵을 확인하면 바로 위치가 떠오른다. 더군다나 드래고닉 피어싱을 찾기는 더욱더 쉽다. 드래곤 피어싱에 들어 있는 카이더스는 나와 심령으로 연결되어 있으니까.

앞으로 나서는데 부서진 건물 속에서 훤칠한 신장의 노인이 모습을 드러낸다.

"크으, 대체 어떻게 된 거야?"

"아, 체르멘님, 살아 있었습니까?"

"…어째 살아 있어 불만이라는 것처럼 들리는군."

"그럴 리가. 로안, 치유 좀 부탁한다."

"네."

로안은 총총걸음으로 다가가 체르멘의 등에 손을 댔다. 은은한 빛과 서광. 입은 거라곤 가벼운 외상뿐이었던 체르멘의 몸은 빠르게 회복되었다.

"괜찮으세요?"

"흠, 정신 방어가 굳건하군. 신관들은 이래서 싫어."

"네?"

"별거 아니다. 이건 어떻게 된 상황이지, 밀레이온?"

"아, 마족이 나타났었습니다. 당신의 망치를 노린 것 같더군요."

"…그걸 뺏기면 안 돼. 더 더욱 많은 마족이 오게 될 거다."

"예, 지금 가지러 갈 생각입니다. 뒤처리 좀 해주실 수 있겠습니까?"

"좋다. 하지만 망치는 빨리 가져오도록."

나는 고개를 숙여 예를 표한 후 몸을 돌렸다. 뒤에서는 키리에가 왼손으로 눈을 가리고 있었다.

“그리 멀지는 않습니다. 아, 지금 땅에 떨어졌군요.”

“그리 멀지는 않은 것 같아. 가보지.”

나를 포함한 넷은 소란 때문에 몰려든 사람들을 지나쳐 도시 밖으로 빠져나왔다. 나와 키리에는 뛰고 로안과 레스는 골렘에 타고 있었는데, 나는 그 골렘의 손에 아까 있던 핸드 캐논이 사라졌다는 것을 깨달았다.

“그런데 파워드 웨폰은 소환 시간에 제약이 있는 겁니까?”

“응? 아, 그렇지. 하루에 한 시간 이상은 사용할 수 없네. 뭐, 한 시간이라고는 해도 5분씩만 소환해 사용하면 하루종일도 사용할 수 있지만 말이야.”

확실히 파워드 웨폰의 위력은 엄청났다. 요컨대 레스의 블레이즈 캐논이라고 하던 그것은 제대로 맞으면 상급 마족이라도 한 방에 죽어버릴 정도니까. 물론 내 드래고닉 피어싱도 비슷한 위력을 가지고 있기는 하지만, 드래고닉 피어싱은 근접해 터뜨려야 하는 데 반해 블레이즈 캐논이라는 건 원거리에다 중간에 방향을 트는 것까지 가능했다. 사용자에게 부담까지 없으니 실로 엄청난 무구인 셈이지.

“저도 빨리 얻어야겠군요. 퀘스트는 모두 완료했으니 자잘하게 남은 마족만 처리하면 끝이겠어요.”

“힘내게. 자네가 신기를 사용하는 모습은 나도 기대되는구먼.”

나와 키리에는 빠르게 뛰고 있었지만 레스의 골렘 역시 뒤지지 않는 속도로 따라온다. 레스가 만든 골렘인가? 아직은 단순한 상급 골렘일 뿐이지만 레스가 70레벨을 넘어선다면 가디언으로 업그레이드할 수 있겠지.

“흠, 저게 아까 그거군. 어쩐지 커 보이기는 했지만 랜스였다니.”

“예비 무기 중에 하나죠. 장비 1번.”

장비를 변경하자 드래고닉 피어싱이 사라지고 거기에 장착되어 있던 카이더스만이 남았다. 슬쩍 허공을 날아 손에 잡혀오는 카이더스. 나는 그것을 받아 들고 주변을 둘러보았다. 카이더스로부터 대략 20여 미터 왼쪽에 밋밋한 모양의 망치가 보인다.

“휴, 다행히 늦지 않았군.”

[미안하지만 늦었어.]

“응?”

긴장한 키리에가 검집에 손을 얹는다. 우리에게 말을 건 것은 드래고닉 피어싱에 얻어맞고 추락한 상급 마족 카알. 하체는 완전히 날아가 보이지도 않는데다 상체도 대부분 타버린 상태였지만, 어쨌든 그는 살아 있었다.

제대로 된 목소리를 낼 수 있는데도 왜 영언을 사용하나 했더니, 아무래도 성대가 타버린 모양이었다.

“그 높이에서 떨어지고도 살아 있다니 놀랍군. 바퀴벌레급 생명력이야.”

[하하하! 그렇다면 전 당신들을 엉망으로 망쳐 버린 바퀴벌레가 되겠군요, 레이디.]

“무슨 소리지?”

키리에가 의문을 표하는 사이 살짝 몸을 날려 망치를 주워 든다. 안 좋은데… 뭔가 분위기가 안 좋다. 카알의 몸에서 흑마력이 피어오르고 있었다.

“베어버리세요, 키리에!”

“알았다. 단영(斷影).”

망설임없는 검광이 카알의 몸을 향해 휘둘러진다. 그것은 발도와 함께 뿜어지는 쾌속의 참격. 하지만 결론적으로 그녀의 공격은 튕겨 나갔다. 느닷없이 나타난 흑발의 소년 때문이다.

"여, 아주 한심한 꼴로 당했군."

[죄송합니다. 하지만 저 녀석들은…….]

퍼엉!

'엇' 하는 사이에 쓰러져 있던 카알의 몸이 터져 나간다. 뭐야? 뭐가 어떻게 된 거지?

"변명하라고는 안 했다, 쓰레기."

그렇게 말하고 우리 쪽을 돌아보는 그의 모습에서 알 수 없는 공포를 느꼈다. 달라. 다르다. 달라도 너무 다르다.

심장부터 죄여오는 고통. 머리카락이 빳빳이 서고 몸이 부들부들 떨려온다.

그것은 너무도 생생한 공포.

"하?"

뭐지? 뭐야, 이건? 무섭다. 저 꼬마가 너무 무서워 견딜 수가 없다. 그의 행동 하나하나가, 그의 눈짓 하나하나가 너무나도 무섭고 두려워 죽을 것만 같다.

[정신 집중하고 저항력을 강화해! 몸을 뺏기고 싶어?!]

"큭."

에일렌의 목소리에 간신히 정신을 차렸다. 의아한 표정의 일행과 놀랍다는 듯 나를 바라보는 꼬맹이.

"저항했어? 대단한데."

"누구냐?"

아까처럼 공포가 느껴지지는 않았지만 온몸에서 적색 신호가 울려 퍼진다. 위험하다. 저놈은 위험하다. 만약 싸우게 된다면 나 같은 거 몇 명이 있어도 이길 수 있는 상대가 아니라는, 마치 진리와도 같은 직감이 뇌리를 지배한다.

"너도 마족이냐, 꼬마?"

"꼬마? 감히 인간 따위에게 꼬마라 불릴 정도로 짧은 인생을 살지 않았다, 하등 생물."

소년의 몸에서 뿜어진 기세에 주변 공기가 훅— 하고 밀려난다.

맙소사! 단지 무형의 기운일 뿐인 기세가 물질계에 구현되다니. 이게 가능한 일이란 말인가?

상황이 심각하다는 것을 깨달은 것인지 키리에는 속삭이듯 말했다.

"시작한다, 세실리아."

[예, 주인님.]

철컥! 위이잉! 철컥!

키리에는 가볍게 1미터 정도 뛰었고, 그녀의 목에 걸려 있던 목걸이가 거짓말처럼 확장하더니 그녀의 전신을 감쌌다. 탑승 시간은 약 1초. 다시 땅에 내려섰을 때 키리에는 철갑의 기사로 변해 있었다.

"타이탄……. 그렇군. 그게 네놈들이 말하는 신기인가?"

"끝이 아니지. 로라."

[네, 할아버지.]

"부탁해요, 니스."

[알았어, 로안.]

레스의 타이탄에 다시금 핸드 캐논이 잡히고, 로안의 손에 백색의 홀이 쥐어진다.

팽팽한 분위기. 그때 퀘스트가 떠오른다.

퇴각.

최상급 마족 레이그다. 전투는 절대 불가. 신기 소유자가 20명 이상 모여 있지 않은 한 승리할 수 없다. 그냥 도주로도 달아날 수 없으니 망치를 들고 로그아웃해라.

처음부터 도망치라고 말하다니 자존심 상하는걸? 하지만 이길 수 없다는 말에는 동감. 나는 망치를 들어 품속 인벤토리에 집어넣은 뒤 말했다.

"퀘스트는 전부 다 받았죠?"

"그래. 그런데 왜?"

"퀘스트대로 합시다."

내 말에 일행이 잠시 고민스러운 표정을 지었다. 망설여지는 거겠지. 그들은 최상급 마족이 상급 마족보다 열 배 정도 강하다 알고 있으니까. 그 정도면 싸울 수 있지 않을까 하는 것이 그들의 생각일 것이다.

하지만 내 생각은 다르다. 내가 중급 마족은 몇십 마리든 쓸어버릴 수 있으면서 상급 마족한테는 고전하듯 상급 마족의 마력이 열 배라 해도 전투력이 열 배인 것은 아니다.

"뭘 생각하고 있나?"

장난스레 말하는 레이그의 몸이 두어 번 깜빡이는가 싶더니 눈앞까지 다가온다. 오른손에 모이는 흑염(黑炎)! 키리에는 쌍검을 뽑으며 소리쳤다.

"후퇴하더라도 싸우다 후퇴하겠습니다! 최상급 마족이라 해도 싸울 수 없을 정도라곤 생각할 수 없으니까!"

치잇!

일단 싸우기 시작하면 나도 끼어들 수밖에 없다. 모두 후퇴한다면 모르겠지만, 한 명이라도 싸운다면 각개격파를 피하기 위해서라도 싸워야 하니까.

나는 정면으로 달려드는 키리에를 바라보며 카이더스에 마력을 불어넣었다. 일단 키리에는 타이탄에 탑승하고 있는 만큼 어지간한 공격으로는 쓰러지지 않을 것이다. 레스와 로안 모두 파워드 웨폰을 준비하고 있으니, 그게 발동할 때까지 시간이나 끌면…….

쾌득!

전투에 대해 생각하는 내 얼굴 옆으로 뭔가 은색의 물체가 스치고 지나간다.

"어?"

숨을 들이켰다. 방금 뭐가 어떻게 된 거지? 나는 멍한 눈으로 피를 분수처럼 흘리는 은색의 기사를 바라보았다.

"미친! 파워드 웨폰 작동! 블레이즈 캐논(Blaze Cannon)!"

"꼴사나운 장난이로구나!!"

스커드는 고함치며 날아오는 적색의 빛을 주먹으로 후려쳤다. 방향이 틀어져 하늘 높이 날아오르는 적색의 기둥. 레스는 다시 발사를 명하려 했지만 레이그는 눈 깜짝할 사이에 접근하여 레스의 골렘을 후려쳤다.

쾌득!

"말도 안 돼!"

한 방! 단 한 방에 레스의 골렘이 파괴된다. 맙소사! 뭐야, 저건? 아무리 그래도 미스릴 코팅에 보호 마법까지 걸려 있는 골렘을 단 한 방에 부숴 버리다니.

더 이상 보고 있을 수 없어 단숨에 땅을 박차고 레이그를 향해 달려들었다. 여전히 맨손의 그였지만 망설임없이 검을 휘두른다.

쩡! 쩌정! 쩡!

열 살 정도의 육체를 지니고 있는 레이그와 양손 검을 들고 있는 내가 근접전을 벌인다는 자체가 상식적으로 말이 안 되지만, 녀석이 주먹을 휘두를 때마다 대여섯 개의 기운이 내 몸을 후려쳐 왔기에 선제 공격도 허망하게 오히려 내 쪽이 수세에 몰렸다.

하지만 이래 봬도 힘만은 오거 저리 가라 할 정도로 좋은 나다. 무형의 기운이 강하기는 했지만 내 힘으로 내리 누르자 잠시 버티는 정도는 할 수 있었다.

"다리안의 영광된 힘이여! 지금 그 위대한 힘을 발하여 그대에게 반하는 자들에게 속박을!"

"하등 생물들이 너무 나대는구나!"

무지막지한 신성력이 담긴 빛의 고리들이 레이그의 몸을 감싸려고 했지만 녀석의 그림자가 일어나더니 일시에 찢어버린다.

미친. 완전 괴물이다. 뭐 이런 게 다 있어?!

나는 재차 녀석에게 카이디스를 휘둘렀지만 뭔지 모를 무형의 기운에 의해 공격이 막히고 옆구리를 세차게 얻어맞았다. '우직끈' 하고 왼쪽 갈비뼈가 모조리 부러진다.

하지만 그렇다고 쓰러질 수는 없잖아? 솔직히 좀 불편하기는 하지만 고통이 있는 것도 아니고. 나는 고개를 돌려 소리쳤다.

"로그오프하세요! 이대로는 개죽음입니다!"

"확실히 우리만으로는 안 되겠군. 나중에 보세!"

"감히 어디서 도망가겠다는 거냐, 하등 종족!"

레이그의 주먹에서부터 무시무시한 기운이 뿜어 나온다. 직선으로 뻗어 나가는 원의 기둥. 나는 삐걱거리는 몸을 무시하고 땅을 박찼다.

늦어서는 곤란해. 로그오프를 하려면 적어도 2초의 시간은 필요하다. 그 전에 저런 걸 맞아버리면 볼 것도 없이 게임 오버겠지. 그렇게 된다면 다시 살아날 때 시체 상태. 도망가는 의미가 없지 않은가.

땅을 박차며 오른손의 마력을 양기와 음기로 분리한다. 예전에는 검을 사용해서 정확한 원을 그려야만 가능했지만 마나의 감각에 익숙해진 지금은 한 손으로도 충분히 가능했다.

기술은 손바닥의 양면에 양기와 음기를 집중시키는 것으로 시작한다. 양기와 음기를 머금은 오른손을 내밀면 손바닥에 모여 있던 양기는 음기를 끌어들이고, 손등에 모여 있던 음기는 양기를 끌어들인다.

손바닥을 반전하며 주먹을 움켜쥐면 양기와 음기는 소용돌이치듯 원을 그리며 일정 공간에 고르게 분배된다.

아무런 구심점 없이 모여들게 된 마나들은 에너지 총량 불변의 법칙에 따라 일시적으로 강하게 반발하며, 그렇기에 사방으로 흩어지게 되는 것이다.

그리고 그렇게 되면 내 손에서부터 대충 1~2미터 정도의 원형 공간이 잠시 동안, 그러니까 3초에서 7초 정도 마나의 빈 공간이 되어버리는 것이다. 그리고 마나가 없는 공간은 마법을 비롯한 모든 에너지 행위—물리력 포함—를 무효화시키기 때문에 꿈에서나 그리던 절대 방어 기술이 가능해지는 것이다.

"마나 동결!"

사실은 진공(眞空)이라는 표현이 더 어울릴 것 같은데 말이야. 마력이 무효화되는 현상을 모두들 마나 동결이라 부르니 어쩔 수 없지.

화악!

몰려들던 암흑의 기둥이 두 갈래로 갈라진다. 멍한 표정의 레스. 나는 소리쳤다.

"멍하니 보고 있지 말고 로그아웃해요! 키리에 양도, 로안도!"

"아, 알았네! 그럼 나중에 보세나! 로그오프!"

"신세는… 갚겠습니다! 로그오프!"

"더 싸우지 말고 피하세요! 로그오프!"

셋의 모습이 사라짐을 확인하고 한숨을 쉬었다. 더 싸우라고 부추겨도 싸울 생각 따윈 없다. 신기 사용자 셋과 합공에도 끄떡 안 하는 괴물을 나 혼자서 이길 수 있을 리가 없지. 생소한 경험이기는 하지만 한 번쯤 후퇴도 나쁘지는 않을 것이다.

"좋아, 로그오……."

'퍽' 하는 느낌과 함께 묵직한 타격이 머리를 후려치는 것을 느낀다.

젠장! 그러고 보니 로그오프라는 말을 하지 않으면 로그오프할 수가 없군. 나는 침착하게 고개를 들어 정면을 바라보았다. 내 앞에 있는 것은 여전히 열 살 정도의 외모를 가지고 있는 최상급 마족 레이그. 그는 나를 보고 웃었다.

"하하하! 멋지지? 정말 멋지지 않나? 내가, 이 내가 네 명의 인간을 어쩌지 못해 소란을 피우고 세 명을 놓치기까지 했다. 그런데 마지막 녀석까지 도망가려고 하다니!"

웃다 말고 고함을 지르는 레이그의 모습에 살짝 물러선다. 새롭군. 나름대로 미소년이라 할 수 있는 면상의 꼬마가 이렇게까지 무서워 보일 수 있다니.

몸 상태를 살펴보니 갈비뼈가 왕창 부서졌고, 내장도 잔뜩 상했다. 그뿐인가. 하반신의 뼈들도 맛이 간 것 같고, 녀석의 주먹에 저주라도 걸려 있는 건지 녀석의 공격을 막은 팔이 부어오르기 시작했다.

멀쩡해도 힘들 판에 이런 상태로 이길 수 있을 리가 없다. 역시 후퇴해야겠군. 가볍게 뒤로 물러서며 말한다.

"자, 그럼 나중에 봅시다. 로그오……."

콰득!

왼팔이 잘려 나간다. 그다지 큰일은 아니다. 어차피 로그아웃하면 몸이 잘리든 부서지든 다음 로그인 시 대충 붙어서 나오니까. 현실에서라면 몰라도 유저에게 팔이 잘리는 것 정도는 아무 일도 아닌 것이다.

그래, 아무 일도 아니다. 분명 아무 일도 아니었는데 머리 속이 새하얗게 변하며 사고가 정지된다.

"커억……?!"

상상을 초월하는 고통에 괴로워하며 땅을 뒹굴었다. 아프다. 너무 고통스럽다.

"어딜 도망가려 하나? 네놈까지 놓칠 생각은 없는데 말이야."

"대체 무슨 짓을……?!"

말도 안 돼. 이 고통은 뭐야? 팔이 뜯겨 나간 고통이 너무나도 생생하게 느껴진다. 분명 일루전에는 통각 제거 시스템이 있을 텐데?

콰득!

혼란에 빠진 사이 이번에는 두 다리가 뜯겨 나가며 몸이 휘청인다. 또다시 전해져 오는 고통. 다리가 잘린 게 아니다. 뜯겨 나간 것이다. 고통에는 익숙하다 생각하던 나였지만 그 고통은 정신을 놓아버리지 않은 게 기적이라고 생각될 만큼 강렬했다.

끔찍한 고통에 괴로워하는데 퀘스트가 떠오른다.

맙소사!

궁극의 마검 도베라인이다. 어떻게 최상급 마족 따위가 저런 걸 가지고 있는지는 모르겠지만, 저 검은 모든 시스템적 요소를 파괴한다. 저것에 죽으면 그 어떤 방법으로도 부활할 수 없어! 계정 삭제되기 전에 차라리 자살해라!

"계정 삭제?"

미친. 무슨 소리야? 계정 삭제가 가능한 무기 따위가 존재하다니. 나는 고통에 괴로워하던 외중에도 남은 오른팔로 땅을 쳐 뒤로 물러났다. 왼팔과 다리가 잘려 나갔다. 평소라면 별 문제 없이 행할 수 있는 동작이었지만 칼로 살을 저미는 듯한 고통이 전신을 뒤덮는다.

그뿐이 아니다. 무리하게 몸을 움직이는 순간 상처에서 봇물 터지듯 피가 뿜어져 나간다. 어떻게 된 일인지 재생력까지 제 힘을 발휘하지 못하고 있었다.

"발버둥치는군. 하등 생물다워."

레이그는 필사적으로 물러나려는 내 앞으로 나타나 내 가슴에 검을 찍었다.

격통. 숨도 쉴 수 없을 정도의 고통. 녀석은 다시 검을 들었다가 내 복부를 다시 찍었다.

"큭……."

고통에 괴로워하며 내 배에 박혀 있는 검을 본다. 잡티 하나 없이 새까만 검신에 그어진 적색의 선. 양손으로도, 한 손으로도 쓸 수 있는 바스타드 소드.

그것을 보며 느꼈다. 너무나도 절실하고 절박하게, 너무나도 분명하고 확실하게.

공포!

맨 처음 레이그를 보고 느꼈던 공포와는 확연히 다르다. 그것은 레이그가 나를 향해 걸었던 일종의 시술 같은 것으로, 나를 혼란에 빠지게 하기 위해 걸었던 것이니까. 즉, 그는 나보다 분명히 강하지만 나에게 그런 공포를 줄 정도는 아니었다는 말이다.

하지만 지금은 두렵다. 혼란에 빠진 것이 아니라 너무나도 침착하게 공포를 떠올린다. 두렵다. 아니, 무섭다. 그가 들고 있는 저것이 너무나도 무섭다.

"하… 하?"

믿을 수 없다. 뱃속 깊은 곳에서부터 기어올라 온 것 같은 공포. 단지 보는 것만으로 질려 버릴 것만 같은 공포. 말도 안 돼. 저 검이 그로테스크한 형상을 가진 것도 아닌데 이런 공포를 느껴야 하다니.

전신을 뒤덮는 고통보다 숨 막히는 공포에 괴로워할 때 레이그가 웃었다.

"오호! 이 검을 보고 뭔가 느끼는 건가? 하긴 비천한 인간이라도 안목은 있을 테니까."

그래, 저 검은 두렵다. 경외가 느껴질 정도로 두려워 금속으로 만들어졌다는 것을 믿을 수 없을 정도다. 그것을 들고 있는 최상급 마족보다 오히려 더 두려울 정도라면 이상한 것일까.

"그럼 죽어라!"

내리찍어 가는 흑색의 검. 그리고 그때 퀘스트가 떠올랐다.

아, 진짜!

귀찮게 하고 있어!!

눈앞의 공간이 일그러지더니 백발의 소년 하나가 튀어나온다. 그의 오른손에 담겨 있는 것은 폭풍. 그는 도베라인을 피해 파고들어 레이그의 정면에서 그것을 터뜨렸다.

"크악?!"

레이그는 불의의 일격에 비명을 지르며 튕겨 나갔고, 백발의 소년은 고개를 돌려 소리쳤다.

"멍하게 보지 말고 로그아웃해!"

"아, 좋아. 그런데 너 퀘스트 주던 녀석 맞지?"

"쳇! 절대 나오면 안 되는 건데. 나는 00002145다. 그냥 2145라고 기억만 해둬. 내가 나올 일은 두 번 다시 없으니까 기대하지 말고. 알았어? 캑! 저놈 또 일어나네. 빨리 꺼!"

"그럼 사양 않고. 로그오프."

태연한 척하기는 했지만 부상당한 몸에서 느껴지는 고통에 힘들어
하던 차였다.

시스템 종료. 세상이 번쩍이는가 싶더니 이내 어두워지기 시작한다.

죽음, 그리고 변수

Chapter 33

죽음, 그리고 변수

2021년 10월 7일, 오후 4시.

잠시 어두워졌다가 은은하게 밝아져 오는 시야를 느끼며 고개를 흔든다. 빠져나왔군. 뭔가 이해할 수 없는 일이 가득한 날이었다.

"쉬고 싶은걸."

아닌 게 아니라 온몸이 완전히 녹초가 되었다. 정신의 피로는 육체에까지 영향을 미치는 걸까?

"응?"

문득 코끝을 느끼는 익숙한 냄새에 인상을 찡그린다.

피 냄새. 이런 냄새에 익숙해졌다는 것도 거북하지만 이런 냄새가 난다는 건 분명 정상이 아니다. 왜 우주 정거장에서 피 냄새 따위가 나는 거지? 나는 왼손을 들어 스위치를 누르려 했다. 하지만 너무 지친 탓인지 왼손은 들려지지 않았고, 나는 불편하지만 비교적 멀쩡한 오른팔로 버튼을 눌렀다.

위잉!

헬멧이 벗겨져 나가는 순간 좀 전과는 감히 비교도 할 수 없을 정도로 자욱한 피 냄새가 밀려들어 온다.

코끝에 와 닿는 것은 피 냄새. 눈에 보이는 것은…….

"……."

잘려 나가 바닥을 뒹굴고 있는 왼팔과 양 다리가 보인다. 고개를 숙여 보니 뻥 뚫려 있는 가슴이 보인다. 내장이 흘러나와 있는 복부도 보인다.

"확실히… 요새 게임을 너무 많이 한 것 같군. 피곤하기도 하고. 그만 가서 자야지."

허탈하게 웃으며 일어나려 한다. 양팔로 난간을 잡고 일어나려 했으나 왼팔이 없어 몸이 왼쪽으로 기운다. 깜짝 놀라 중심을 잡으려 했으나 두 다리 역시 없었다.

퍼억!

"끄윽……."

여태껏 무시하고 있던 고통이 한 번에 밀려온다. 힘겹게 숨을 몰아쉬자 호흡과 함께 입 속으로 바닥에 고여 있던 피가 넘어온다.

"컥! 크윽! 말도 안 돼! 어째서?!"

그래, 분명 나는 팔을 잘렸다. 두 다리도 잘리고, 가슴과 복부도 검이 헤집어놓았다.

하지만 그건 게임 속이다. 현실이 아니라.

이해할 수 없다. 대체 어째서 내 몸이 잘려 있는 거지? 바닥은 이미 내가 흘린 피로 붉게 물들어 있었다. 방울방울 날아다니는 엄청난 양의 피. 인간의 몸에서 이만큼의 피가 나올 수 있다는 것이 신기할 정도였다.

죽어간다. 미친. 나는 죽어가고 있다. 이대로라면 10분도 못 버티고 죽는다. 하지만 여기는 우주 공간. 응급차를 부른다고 올 수 있는 장소가 아니다.

"말도 안 돼."

'사실은 아직 게임 속인 거 아냐?' 하는 생각까지 들었지만 나의 직감이 소리친다. 이곳은 현실이라고, 지금 일어나고 있는 모든 상황이 사실이라고 소리치고 있었다.

띠리리리!

노트북에서 들려오는 기계음에 필사적으로 기어간다. 한 팔과 두 다리가 잘렸지만 아직 오른손이 있었다. 물론 움직이면 안 될 정도로 최악의 몸 상태였지만 정신이 몽롱해 이제는 고통조차 제대로 느껴지지 않는다.

삑!

"여어! 요새 잘 지내?"

"아아, 잘 지내고 있어. 무슨 일이야?"

"일정이 조금 변경돼서 말이야. 아마 내년까지 나미코에 들르는 우주선은 없을 거야."

"하하! 그래서야 날 여기로 보낸 이유가 뭔지 모르겠군."

허탈하게 웃는 내 목소리에서 뭔가 이상을 느낀 듯 석구의 목소리에 걱정스러움이 담긴다.

"무슨 문제라도 있는 거야? 아파?"

"잠을 별로 안 자서 그런 것 같아. 요새 좀 피로하게 살았더니."

"그래? 뭐, 쓸데없는 걱정이겠지만 너무 무리하지는 마. 힘든 거 있으면 말하고. 알았지? 나 여기에서도 어느 정도 권력은 있으니까."

"그거 고마운 말이군. 하지만 정말 괜찮아. 걱정하지 마라."

왼팔과 양 다리가 잘리고 복부와 가슴에 구멍이 난 상태였지만 그에게 말하지 않았다. 뭐라고 한단 말인가? 게임 속에서 다쳤는데 현실에서도 부상을 입었다고? 내가 석구라도 그런 헛소리는 믿지 않을 것이다. 아니, 그걸 떠나서 믿는다 해도 이 상황을 타개할 방법이 있는 것도 아니지 않은가?

"흠, 그럼 이만 끊을게."

"아, 잠깐만!"

"왜?"

의아해하는 목소리. 쓸데없다는 것을 알면서도 진지하게 말한다.

"옛날 건물에서 뛰어내리려고 했을 때 구해줘서 고맙다. 방법이 난폭하긴 했지만 넌 내 은인이야."

"에… 아하하! 갑자기 무슨 소리를 하는 거야? 나는 그저……."

"고맙다."

내 말이 워낙 뜻밖이었던 듯 녀석은 아무런 말도 하지 못했다. 잠시의 정적. 그는 말했다.

"너… 정말로 괜찮은 거야?"

"그냥. 약간 일이 있어 감상적이 된 것뿐이야."

"정말이지?"

"물론."

"…그럼 진짜 끊는다."

"안녕."

삐이!

기계음과 함께 노트북의 불이 꺼진다.

"안녕……."

이제 한계라는 듯 정신이 점점 몽롱해지기 시작한다. 피를 너무 흘렸다. 출혈 과다랄까. 무중력 공간에 이른 피들이 방울방울 날아다니는 모습이 몽환적일 정도로 아름답다.

"죽는 건가?"

한 번 겪어본 일이기는 하지만 나는 안다, 현실에 부활 따위는 없다는 것을. 이대로 죽으면 나란 존재는 영원히 끝인 거다. 사후 세계나 환생의 존재 따위 잘 알지도 못하고 믿지도 않았으니 이제 와 그런 걸 기대하는 것도 웃기는 일이겠지.

20년 좀 넘는 인생을 나름대로 열심히 살아왔다. 언제나 최선을 다했으며 마음먹은 바는 결코 포기하지 않았다. 비록 이루어지지는 않았지만 목숨을 바쳐도 좋다고 생각한 사랑까지 했으니, 어머니의 죽음에 자살하려고 했던 소년치고는 괜찮은 인생을 살았다고나 할까?

"그래도."

하지만 그래도…….

나는 천천히 눈을 감으며 한숨 쉬었다.

"약간은 아쉽군."

세상이 적막 속으로 빠져들어 간다.

*　　　*　　　*

"카인 형, 도, 도베라인이!"

"흠, 나도 느꼈어. 마족공 녀석이 어떻게 빠져나왔나 했더니 아무래도 그녀의 힘이었던 것 같네."

언제나 그랬듯 노트북을 타이핑하고 있던 카인은 한숨을 쉬었다. 도베라인이 나타난 것은 결코 우스운 일이 아니다.

도베라인은 사실상 물질계 최강의 마검. 검 그 자체만으로 드래곤이나 마족공보다 강력한 힘을 가진 신기였다.

"물론 의식이 잠들어 있는 만큼 쓸 수 있는 능력은 크게 제한되겠지만 그것만으로 위협적이겠지."

"어쩔까요? 그건 예전에 사장님께서 쓰시던 쌍검 중에 하나니 사장님께서 관심을 가질지도 모르는데."

"관심을 있든 없든 깃털이 부족한 이상 말짱 꽝이야. 현자의 돌이라도 만들어서 깃털로 변환시키고 싶지만, 현자의 돌 제조는 나라도 쉬운 일이 아니니."

카인은 투덜거리며 하던 작업을 계속했다. 라비린토스를 확장한 덕택에 일거리는 산더미처럼 쌓여 있었다. 늘어난 공간에 따른 프로그램 관리와 우로보로스의 판매 루트 정리, 유저들의 건의 사항 처리 등 카인은 혼자서 능히 수천 명이 할 일을 모조리 처리하고 있었다.

"저기요, 카인 형."

"마음에 걸리는 거라도 있니?"

그의 앞에 있는 것은 열 살 정도 되는 외모에 순박한 외모가 인상적은 흑발의 소년이었다. 그의 이름은 이한얼. 신관들의 성지 언리미너

트와 마스터이자 강력한 속성 지배력으로 라비린토스의 모든 금속을 관리하는 자였다.

자못 신중한 표정으로 카인을 바라보는 한얼. 그는 말했다.

"도베라인을 이루는 금속은 카오스 메탈 맞죠?"

"그렇지."

"그리고 거기에는 신성이 깃들었죠. 마검이라고는 하지만 사실상 도베라인은 신이나 다름없다는 말이에요. 그것도 마신. 물론 하급이겠지만."

"무슨 말을 하고 싶은 거냐?"

이해가 안 간다는 카인의 표정에 한얼은 말했다.

"그러니까… 도베라인의 권능이라면 우리가 걸어놓은 모든 시스템적 요소가 파괴된다는 말이에요. 도베라인에 죽임을 당하면 계정이 삭제되고 도베라인에 베이면 고통을 느끼게 되겠죠."

"그래서?"

"그래서가 아니잖아요! 유저들이 물질계에서 무적에 가까운 능력을 가지게 된다 해도 죽음이 곧 계정 삭제라는 사실이 알려지면 모두가 전투를 꺼리게 될 게 뻔할 텐데. 그렇다면 차라리 어떻게 해서든 도베라인을 회수하는 쪽이……."

나름대로 절실한 한얼의 열변에도 카인은 재미있다는 듯 웃을 뿐이었다. 가볍게 허공에 손을 내저어 공간의 문을 여는 카인. 그는 거기에서 커피를 한 잔 꺼내 든 후 홀짝거리며 말했다.

"훗, 벌써 여섯 명째로군."

"네?"

"너랑 같은 주제로 온 12지신이 벌써 여섯 명이다. 거참, 내가 그렇게도 못 미더운 건지."

그는 싱긋 웃으며 말했다.

"몇 가지 더 찍어줄까? 만약 네 말대로라면 더 큰 문제가 생길 거야. 도베라인에 베이는 유저는 타격을 역류당해 본체에도 동일한 손상을 입게 되지. 뿐만 아니라 현실의 육체가 죽으면 영혼이 시스템 라인을 통해 일루전 속 육체에 빙의될 수도 있다. 말 그대로 현실에서는 죽었는데 게임 속에서는 살아 있는 인간이 존재하게 될 수도 있다는 거야."

"마, 맙소사! 그렇다면……."

"걱정 마라. 벌써 손써놨으니까. 카모밀레."

―네, 주인님.

카인의 앞에 있던 노트북이 푸르스름하게 빛나는가 싶더니 복잡한 마법진을 비춘다. 멍한 표정의 한얼. 그는 말했다.

"이건……."

"권능계 궁극 마법, 존재의 미궁[Existence Labyrinth]."

"존재의 미궁……. 그렇군요. 라비린토스(Labyrinthos)라는 이름은 여기에서 따온 것이었나요?"

"그래. 이게 존재하는 이상 어떤 역류가 행해진다 해도 본체가 타격받을 일은 없어. 시스템 라인이 마치 미로처럼 얽혀 있으니까. 게다가 유저들의 정보도 우리 쪽에 저장되어 있으니 계정 삭제도 막을 수 있지."

좀 의외기는 하지만 도베라인의 출현 정도는 계획에 들어 있던 변수이다. 안 하면 모르되 한다면 완벽하게 해야 한다는 지론을 가진 그가 빈틈을 만들 리 없었던 것이다.

"응? 하지만 현실의 육체들에게는 어떻게 주문을 거셨죠? 일일이 만나는 것은 무리고. 일루전 접속 캡슐인 우로보로스에 거셨나요?"

"쯧, 사람들 중에는 우로보로스를 분해해서 사용하는 녀석들도 있어서 그런 방식은 위험해. 좀 더 확실한 방법이 있지."

"확실한 방법?"

"그래, 확실한 방법. 바로 '지구 전체'에 거는 거다."

허황된 말일지도 모르나 다른 누구도 아닌 그라면 충분히 가능한 일이었다. 그라면 행성 하나에 마법을 거는 일 정도는 간단하니까. 실제로 그 주문은 현실 세계에 무슨 영향을 끼치는 것도 아니므로 그에게 돌아오는 페널티도 없었다.

하지만 그는 알까?

확실하다고 생각했던 방법이 그로 하여금 세상에 단 하나뿐인 예외를 만들게 했다는 사실을.

*　　　*　　　*

2021년 10월 7일, 오후 8시.

"으, 머리 아프군."

몸을 일으킨다. 나를 반기는 것은 지독한 두통과 뻐근함. 몸을 일으키려고 했으나 몸이 무거워 대신 고개만 돌린다. 침대 옆에는 단정해 보이는 복장의 메이드가 서 있다.

"일어나셨습니까?"

"아, 네. 그런 것 같군요."

"잠시만 기다려 주십시오. 도련님들을 모시고 오겠습니다."

그녀는 우아하게 고개를 숙이고 방을 빠져나갔다. 내가 누워 있는 곳은 커다란 침대 위. 몸을 덮고 있는 것은 고급스러워 보이는 이불. 멍한 눈으로 천장을 바라본다.

"아, 저게 바로 그 대항쟁이라는 건가 보군."

천장에는 수백 마리의 드래곤과 수만 명의 인간이 거대한 성에서 천족과 미족들에게 대항하는 모습이 그려져 있었다.

그림 속 몇몇 미족들은 내가 처리했던 중급 미족들과 닮아 있었다. 착각인지 몰라도 상급 미족과 닮은 녀석들도 보인다. 뭐, 중급이든 상급이든 그 숫자가 끝도 없어 보이는데 싸웠다니 놀랍군. 정말로 과거의 인간들은 지금보다 강했다는 건가?

콱!

"깨어나셨어요?!"

천장을 보며 생각에 빠져 있는데 문을 부술 기세로 열고 다섯 명의 꼬마가 방 안으로 쳐들어온다.

"무슨 일입니까?"

"에? 아뇨. 사실 아저씨랑 좀 더 이야기해 보고 싶었거든요."

"아저씨 아닙니다만……."

아직 20대 초반인데, 아니, 24세면 중반 정도인가? 하여튼 아저씨 소리 들을 정도로 나이 먹지는 않았는데 막 부르는군. 게다가 난 동안이라는 소리를 많이 듣는 편이란 말이야!

"헤헤, 미안해요, 형. 로이 녀석이 눈치가 없어서. 저, 기억하시죠? 론 이렌토라고 합니다."

"아아, 그때 봤던 그 다섯 쌍둥이로군요."

　분명 마족들에게 공격받던 것을 구해서 잽싸게 집까지 운반했었지.

　나는 간신히 몸을 일으키며 생각했다. 아아, 저들의 모습이 보이는 걸로 보아 여기는 이렌토 영지인 것 같군. 어쨌든 나는 그들의 은인이라 할 수 있으니 침대도 사용하게 한 모…….

　“……!!”

　“왜, 왜 그러세요?”

　내가 튕기듯이 몸을 일으키자 날 바라보고 있던 녀석들이 놀라 뒤로 물러선다. 하지만 지금 그건 중요한 게 아니다.

　“어째서……?”

　말도 안 돼. 어째서, 어째서 내가 여기에 있을 수 있는 거지? 나는 죽었다. 환상이나 착각 따위가 아니라 분명히 죽었다. 그런데 그런 내가 대체 무슨 수로 파니티리스에서 예전에 구했던 다섯 쌍둥이를 만나고 있단 말인가?!

　성큼성큼 걸어가 커다란 사이즈의 창문으로 다가갔다. 창문 밖으로 보이는 것은 도시의 전경. 나는 멀찍이 있는 대장간의 모습을 확인했다. 마족들과 싸우느라 파괴된 지역들을 사람들이 달려들어 부지런히 수리하고 있었다.

　“설마 죽기 전에 접속한 건가? 아직 몸은 죽지 않아서 여기서는 멀쩡하다든지.”

　바보 같은 생각을 했다가 고개를 흔든다. 아니다. 그럴 리 없다. 내 부상은 몸이 튼튼하고 운이 좋다고 나을 수 있는 수준이 아니었다.

　실제로 병원에 간다 해도 이미 늦었을 정도의 부상이었는데. 그런 상처로 잠시라도 더 살아 있을 리 없다. 무엇보다 나는 일루전에 접속하지 않았다. 단지 눕기만 했을 뿐인 것이다. 우주 정거장인 나미코에는 나 의외의 인간이 있을 리 없을 텐데 내가 어떻게 여기 있을 수 있다는 건가?

"저, 저기 괜찮으세요?"

"아, 잠시 혼란이 와서. 제가 어떻게 여기에 누워 있는 겁니까?"

"아, 도시 밖에 쓰러져 계신 것을 병사들이 발견했어요. 별다른 상처는 없는데 혼수 상태라고 하더군요."

"……."

도시 밖이라면 최상급 마족과 싸웠던 장소를 말하는 건가? 로그아웃했는데 그럴 리가 없잖아! 여기서 시간을 보내는 것보다 로그아웃해서 상황을 파악하는 게 낫겠군.

"로그오프."

"네?"

"……."

의아해하는 꼬마의 얼굴 같은 건 신경 쓰지 못한다. 지금 내 머리 속에는 훨씬 큰 의문들이 가득 차 있으니까.

"로그오프."

반응이 없다. 수면 모드라든가, 즉시 로그오프라든가 묻는 것도 없고 그에 해당하는 효과도 없다. 그냥 별 의미 없는 말을 하기라도 한 것처럼 내 몸은 당당하게 땅을 딛고 서 있다.

"저기… 무슨 소리를 하시는……."

"로그오프."

정신을 집중해서 신중하게 말해 보았지만 여전히 결과는 같다. 아무런 변화도 없고 아무런 효과도 없다.

"로그오프."

이해할 수 없다. 어째서? 어째서?!

"저기요?"

"아, 지금 몸 상태가 안 좋으니 조금만 있다 들어와 주실 수 있겠습니까?"

무례하다면 무례할 수 있는 말이었지만 내 얼굴이 워낙 심각해 보여서일까? 다섯 쌍둥이들은 꾸벅 고개를 숙이고 밖으로 나갔다.

"로그오프."

여전히 반응은 없다. 아무런 효과도 나타나지 않는다. 분명히 그래서는 안 되는 일일 텐데도 세상은 내 목소리에 반응하지 않는다.

"이해할 수 없어."

살짝 전신의 마나를 움직여 본다. 몸 상태는 그리 좋지는 않았지만 능력에는 별 문제가 없는 것 같았다. 하지만 그런데 왜 로그오프가 안 된단 말인가?

고개를 들어 하늘을 본다.

일루젼. 어디에서도 경험할 수 없었던 그 환상의 세계.

오랜만에 보는 것이었지만 그것은 여전히 하늘에 있었다. 이 세상이 거짓이라는 증거. 이 세상이 꿈일 뿐이라는 증거.

하지만 현실에서 죽은 사람이 꿈에서 존재할 수 있는가? 이해할 수 없다. 모든 게 이상하다. 이 상황도, 이렇게 살아 움직이고 있는 내 존재도.

“대체…….”
그 모든 의문을 담아 중얼거린다.
“대체 뭐가 어떻게 돼가고 있는 거야?”

『올마스터』 5권에 계속…